十二國記

9
1

月

옮긴이 추지나

—

대학에서 일본지역학을 전공했다. 출판 편집자로 일하다 지금은 일본 문학 전문 번역가로 활동하고 있다. 옮긴 작품으로는 오노 후유미의 십이국기 시리즈를 비롯해, 『잔예』, 『귀담백경』, 『시귀』, 『흑사의 섬』, 미야베 미유키의 『지하도의 비』, 오카모토 기도의 『한시치 체포록』, 나쓰키 시즈코의 『W의 비극』 등이 있다.

옮긴이 이진

—

성신여자대학교에서 일어일문학을 전공하였다. 일본계 기업에서 십여 년간 근무하며 일본어 통역 및 번역 업무를 맡아왔으며, 공연 예술 쪽에서도 각본 번역 및 통역 활동을 해왔다. 평범한 일상 속에 숨겨져 있는 보석 같은 이야기를 찾는 것을 좋아한다.

십이국기 9/1

흑은 달 백은의 언덕

小野不由美

오노 후유미 지음, 추지나·이진 옮김

엘릭시르

白銀の墟、玄の月

차
례

十二國記 9

십이국 전도

十二國全圖

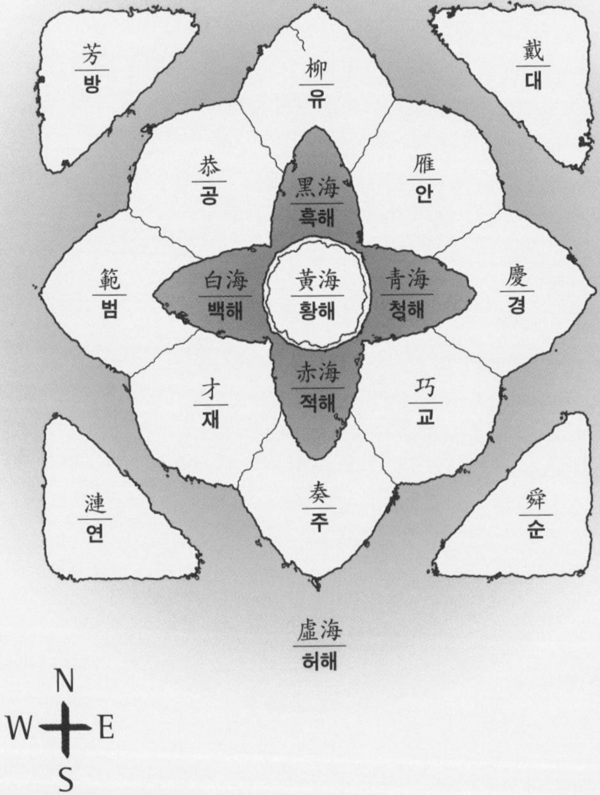

芳
방
柳
유
戴
대
恭
공
雁
안
黑海
흑해
範
범
白海
백해
黃海
황해
青海
청해
慶
경
赤海
적해
才
재
巧
교
奏
주
漣
연
舜
순
虛海
허해
N
W
E
S

대국 북방도

戴國北坊圖

文州
문주
요산
承州
승주
함양산
백랑
철위
임우
가교
馬州
마주
정장
북용
묵양산
동가
홍기
瑞州
서주
江州
강주
조구
N
W
E
S

십이국의 지리

十二國地理

◎ **오산**五山 | 세상의 한가운데에 있는 숭산崇山, 숭산을 중심으로 동서남북에 있는 봉산蓬山, 화산華山, 곽산霍山, 항산恒山 다섯 산을 뜻한다.

◎ **허해**虛海 | 세상 끝까지 펼쳐져 있는 바다. 사람은 건널 수 없다.

◎ **황해**黃海 | 거친 바위산과 사막, 늪지대와 밀림으로 이루어져 있는 물이 없는

◎ **금강산**金剛山 | 황해 주위를 동서남북으로 둘러싸고 있는 산.

○ '십이국기'의 열두 나라

사대국四大國

경동국慶東國 · 주남국奏南國 · 범서국範西國 · 유북국柳北國

사주국四州國

안주국雁州國 · 공주국恭州國 · 재주국才州國 · 교주국巧州國

사극국四極國

대극국戴極國 · 순극국舜極國 · 방극국芳極國 · 연극국漣極國

십이국의 행정구역

十二國行政區域

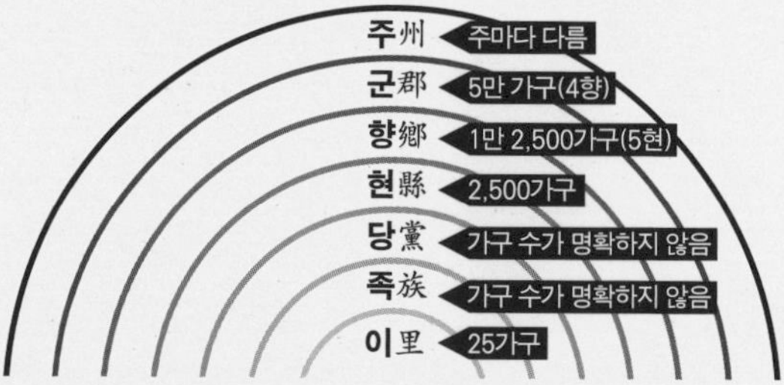

행정기관이 있는 도시를 각각 주도, 군도, 향도라 부른다.
군도, 향도는 군성, 향성이라고도 한다.
현에서 가장 높은 인물은 현정縣正이라 부른다.

교육기관

지방에 속해 있는 교육기관. 상위 기관에 진급하기 위해서는 선발이 되어 추천을 받아야만 한다.

- **상상**上庠 | 군郡의 교육기관.
- **선사**選士 | 상상에서 선발된 우수한 이들을 가리킴. 소학少學에 추천받을 수 있다.

이와 여의 차이

- **이**里 | 두꺼운 외벽으로 둘러싸여 있는 작고 큰 마을. 봄, 여름, 가을에는 여에 살며 일하다가 겨울이 되면 이에서 겨울을 난다.
- **여**廬 | 논에서 일하는 사람이 사는 집. 군데군데 모여 있다.

十二國記、白銀の墟 玄の月、小野不由美

1장

001

대국戴國 강주江州 염현恬懸은 예로부터 도관道觀으로 평판이 높았다.

세상의 북동쪽 대국은 원래 겨울 추위가 유달리 혹독하다. 북부 일대는 특히 혹한의 땅으로 알려졌다. 강주 북부도 그러하다. 매서운 동장군에 눈도 많이 내린다. 험준한 산이 이어지고 경작지가 적으며 토지는 대부분 척박하다. 이렇다 할 산물도 없었다. 그 때문에 사람 사는 마을도 드문드문했던 염현 일대는 금원禁苑 묵양산墨陽山 남쪽 기슭을 이루는 한 봉우리에 서운관瑞雲觀이 들어서면서 역사가 시작되었다.

대국 도교의 총본산이라 할 거대한 도관을 중심으로 여기저기의 산, 곳곳의 봉우리에 크고 작은 도관에 사원까지 모여 있었다. 이사里祠(마을의 사당)를 말단으로 하는 국가의 제사祭祀는 종교가 아니라 정치의 일부이다. 신앙은 도관과 사원으로 모인다. 또한 도관 사원은 온갖 기술과 지식의 발상지다. 건강을 바라고 풍작을 기원하는 백성의 마음에 응하려는 의지가 그곳을 기술과 지식이 집대성한 땅으로 만들었다. 그 필두가 도관에서 만든 민간 약인 단약이다.

그런 지식을 계승하기 위해 전국에서 도사와 승려가 염현으로 모여들었다. 염현에 있는 도관과 사원은 대부분 수행 장소이지만 참배하는 민중도 많다. 각각의 도관과 사원 주변에는 아주 자연스럽게 마을이 형성되고, 이내 이곳에 이里•와 여廬••가 놓였다. 염현은 도관과 함께 성장했다. 그리고 그 도관이 모조리 불탔을 때 염현 역시 황폐 일로를 걷기 시작했다.

육 년 전, 서운관이 선봉이 되어 '왕'을 규탄했다.

이보다 반년을 더 거슬러 올라 대국에는 새로운 왕이 올랐다. 하지만 등극한 지 얼마 지나지 않아 신왕은 짧은 재위 끝에 붕어

• 겨울을 나는 곳. 민가 외에도 마을 사당과 교육 · 행정기관이 놓인 실질적인 마을이다.

•• 농사를 짓기 위해 봄부터 가을까지 지내는 곳.

했다는 이야기가 전해졌다. 곧이어 뒤를 잇는 왕이 옥좌에 올랐지만 과정이 수상하다, 찬탈을 꾀한 '왕'의 모반이 아니냐는 의문을 주장한 것이 서운관이었다. 그 직후 서운관은 왕사王師(왕의 군대)의 급습을 받았다. 인근 도관과 사원은 물론이고 주변 마을까지 모반의 연좌제로 죄를 추궁당했다.

그리고 현재의 을씨년스러운 상태로 전락했다.

여러 봉우리는 바람과 눈에 무방비하게 황폐해진 불탄 흔적이자 폐허만이 남았다. 마을 대부분도 파괴를 피하지 못해 세 곳 중 한 곳에는 사람이 없었고, 남은 마을 역시 비탄과 곤궁에 빠졌다.

그런 염현의 한길을 지는 해를 받으며 느릿느릿 걸어가는 사람 그림자가 있었다.

한때 도관과 사원을 오가는 사람들로 북적이던 길이지만 옛 모습은 찾아볼 수 없다. 밟고 지나다니는 이가 없어 무성히 자란 가을 풀에 묻힐 듯한 언덕길이 구불구불 이어졌다. 그 비탈을 크고 작은 세 그림자가 나아갔다. 서급書笈을 짊어진 중년 남자, 아직 이십 대 중반인 젊은 여자, 그리고 여자의 손을 잡고 가는 세 살짜리 어린아이였다. 걸음이 서툰 아이의 보폭에 맞추어 일행은 길에 긴 그림자를 드리우고 기는 듯한 속도로 비탈을 올라간다.

그들 앞에는 검은 벽처럼 구름을 꿰뚫고 능운산凌雲山이 솟아 있었다. 묵양산, 한때는 비선飛仙•에게 하사된 시대도 있었다고 하나, 적어도 최근 몇백 년 동안 사는 이도 오가는 이도 없이 버려졌다. 그런 묵양산에서 가도를 향해 내려가면서 몇 겹으로 이어지는 산들에 한때 서운관이 있었다. 불과 육 년 전까지 금 기와가 줄짓던 일대는 이제는 무참한 산의 유해로 전락했다. 업화에 불타 드문드문 생긴 빈 공간, 불에 타 고사한 나무의 잔해, 그 틈바구니에 싹틔운 어린나무가 간신히 푸르름과 단풍을 곁들였지만 삭막한 경관을 구제할 만큼은 아니었다. 홀로 무성하게 우거진 잡초만이 가을빛으로 메마르고 빛바랜 풀의 바다를 이루었다. 세 사람은 그 비탈을 따라 언덕 위에 보이는 마을을 향해 부지런히 걸었다. 세 사람 말고 길을 오가는 이는 없었다. 하늘 높이 날아가는 새의 그림자만이 길을 가로질렀다.

저녁 바람이 불었다. 조용한 바람에 이끌리듯이 여자가 숙였던 고개를 들었다. 산과 산 사이에 구멍처럼 뻗은 가도로 가을바람이 분다.

이 여자는 나라의 북동쪽인 승주承州 출신이다. 승주 북부는 대설로 유명하다. 여자는 산간 벼랑 끝 가난한 마을에서 태어나,

• 스스로 간절히 바라서 승선했거나 왕에게 임명받았으나 특별히 왕을 섬기지 않는 선인.

열여덟 살에 마찬가지로 가난한 이웃 마을로 시집갔다. 삼 년 전에 그 마을이 깡그리 불탔다. 여자의 남편 역시 마을과 함께 불길에 휩싸였다. 아마도 그랬을 것이다. 두 아이를 여자에게 맡기고 불을 끄기 위해 마을 사당 쪽으로 달려간 채 돌아오지 않았다. 그녀는 갓 태어난 아들을 안고 어린 딸의 손을 잡고 맨몸으로 도망쳤다. 사흘 밤낮으로 이어진 화재가 잦아들었을 때, 마을에는 무엇 하나 남지 않았다. 엄청난 양의 재와 무참하게도 새카맣게 탄 이목里木•. 그저 그것뿐이었다.

그녀는 몸을 바르르 떨었다. 스며들듯이 빠져나가는 서늘한 공기가 으스스했다. 올려다보니 맑게 갠 저녁 하늘은 짙은 색으로 물들고 산의 능선에는 쪽빛이 배어들었다. 하늘은 어제보다도 멀어진 듯했다. 높아진 만큼 계절이 지나가고 있었다. 남보랏빛이 짙어진 만큼 오늘이 지나가려 하듯이.

—가을이 저문다.

다채로운 여름, 강렬하고 쾌청한 하늘과 눈에 부실 만큼 하얀 구름. 초록빛이 명징하게 뒤덮은 산야에 따스한 비가 내린다. 태양의 계절을 잇는 짧은 가을, 그 찬란한 계절이 지나면 이 나라

• 마을 사당에 있는 생명이 달리는 나무.

는 극한의 겨울을 향해 굴러떨어질 따름이다. 그녀는 그런 생각을 하면서 하늘 높이 표류하며 멀어지는 새를 바라보았다.

손님으로 마을에 체류한 어두운 얼굴의 남자, 그자가 실은 승주의 주재州宰•였다는 사실을 나중에 들었다. 주재는 '왕'의 명령을 따르는 승주 주후州候(주를 통치하는 관리)를 치려다 실패하여 주성을 탈출했으나, 주사州師(주의 군대)는 주재가 도망친 마을을 여자의 남편과 집과 이웃까지 모두 함께 통째로 불태웠다. 시커멓게 탄 이목은 마을의 미래를 상징하는 것만 같았다. 일찍이 그녀에게 두 아이를 내려준 나무, 어쩌면 앞으로도 마을 사람에게 아이를 내려줄 나무. 그 나무가 고사한 듯이 까맣게 죽었다.

어디에서도 소속한 마을을 잃은 모자를 구해줄 손은 내밀지 않았다. 다 타버린 마을은 그대로 방치되고 이사조차 재건될 낌새가 없었다. 화마로 터전을 잃은 이들은 겨울을 목전에 두고 인근 마을로 도망칠 수밖에 없었다. 그 마을도 모자에게 새로운 생활을 베풀 만한 여유가 없어 눈이 녹자 서둘러 쫓아내려 했다. 그 이후로 그녀는 정착하지 못하고 그저 마음 내키는 방향으로 떠돌았다.

• 주후를 보좌하여 주의 육관을 통솔하는 관리.

맨몸으로 불길을 피한 여자에게는 원래부터 아무런 재산도 없었다. 걸으면서 일거리를 구하고 정착할 장소를 찾아 헤맸다. 찾지 못한 채 삼 년이 흐르고 그녀는 떠돌다 이곳 염현에 이르렀다. 여전히 갈 곳도 없고 재산도 없다. 머지않아 찾아올 겨울을 날 계획이고 뭐고 없다. 재작년에는 간신히 살아남았다. 작년도 간신히 버텼지만 큰아이는 겨울을 넘기지 못했다. 네 살밖에 되지 않은 딸은 여자에게 꼭 붙은 채 차갑게 얼어붙었다.

—올겨울은 어찌될까.

가는 계절의 쓸쓸함. 그녀는 하늘을 올려다본 채 몸을 웅크렸다. 한숨을 푹 내쉬었을 때 앞쪽에서 밝은 목소리가 들렸다.

"엔시園糸, 왜 그러시오."

그녀는 목소리가 들린 방향으로 시선을 돌렸다. 안심한 얼굴에 미소가 피었다. 황량한 길 앞에서 커다란 서급을 짊어진 남자가 걸음을 멈추고 엔시를 보고 있다. 엔시는 지금 적어도 혼자가 아니다.

"무슨 문제라도 있나?"

남자가 물으면서 빠른 걸음으로 돌아왔다. 그녀는 아니라며 고개를 가로저었다.

"추워졌구나 싶어서."

"아, 정말 그렇군."

남자는 그렇게 대답하고 엔시의 손을 잡은 어린애를 보았다.

"리쓰栗에게도 새 옷이 필요하겠군."

말을 붙이자 아이는 만면에 미소를 머금었다. 화재로 쫓겨났을 때 젖먹이였던 아들은 떠도는 동안에 세 살이 되었다.

"괜찮아. 작년에 입던 옷이 있는걸."

엔시가 말하자 남자는 가느다란 눈을 더욱 가늘게 뜨며 웃었다.

"작년 옷은 이제 못 입지."

그렇게 말하며 리쓰의 머리를 쓰다듬었다.

"이렇게나 자랐으니."

엔시는 미소 지었다. 그녀는 작년 겨울 이 남자와 마주馬州 서부에 있는 고을에서 만났다. 엔시는 큰애를 묻어주려고 울면서 얼어붙은 눈을 팠다. 자신의 무력함이 서글펐다. 어린 딸을 지켜주지 못했다. 굶주림과 추위 속에서 손도 써보지 못하고 죽게 했다.

묵은눈은 단단하게 뭉쳐 있어 그녀의 힘으로는 얼마 파지 못했다. 포기하고 눈에 묻으면 봄이 되어 녹았을 때 아이의 시신이 들판에 드러난다. 지켜주지 못한 대신에 흙 속에 묻어주기만이라도 하고 싶었다. 그런데 그조차 뜻대로 하지 못하는 자신의 무력함이 지긋지긋해 참지 못하고 눈에 엎드려 울었다. 그때 남자가 나타나 그녀를 도왔다.

남자의 이름은 고료項梁, 엔시와 마찬가지로 살 곳을 잃고 정처 없이 방랑하는 모양새였다. 원래는 목공이라도 했었는지 짊어진 서급에는 나무로 만든 잡화며 지저깨비를 세공한 장난감 따위가 들어 있었다. 돌아다니면서 길가의 산으로 들어가 대나무를 베고, 나뭇가지를 꺾어 마련한 재목을 가공해서 국자며 수저 같은 소품을 만들었다. 어느 것이고 보잘것없는 값어치의 물건이지만 재룟값이 공짜나 다름없으니 그럭저럭 먹고살 만했다.

엔시는 겨울을 나려고 들어선 마주 서부의 고을 가두에서 몇 번인가 남자를 보았다. 고료는 길목에서 쾌활한 가락으로 피리를 불었다. 그렇게 아이들을 모으고 하잘것없는 장난감을 건넸다. 신이 난 아이들이 어머니의 손을 잡아끌고 모여들면 농을 던지면서 잡화를 팔았다. 특별히 드물지도 않은 노상 중 하나였지만 마른 장신이 남편을 생각나게 해서 눈길을 끌었다. 부드러운 인상, 가는 눈을 더 가늘게 뜨며 웃는 모습. 아이 앞에서는 한층 더 환히 웃는다. 그런 모습이 죽은 남편을—남편보다 열 살은 더 많아 보였지만—떠올리게 해서 인상적이었다.

그 남자가 눈 위에 웅크린 엔시를 도와주었다. 눈을 긁는 엔시의 손을 가로막고 덥힌 돌을 쥐여주었다. 엔시 대신에 눈을 헤치고 쇳덩이처럼 얼어붙은 땅을 파내 아이를 묻어주었다. 일을 마치자 여관에서 따뜻한 식사를 시키고 리쓰에게는 장난감을 주었다. 엔시가 마을 사당의 처마 밑에서 지내는 걸 알자 자신의 숙소로 불렀고, 그 이후로 여러모로 돌봐주었다. 봄이 되어 눈이 녹고 고을에 모인 황민荒民과 부민浮民이 움직이자 엔시를 바래다주겠다 했다. 갈 곳이 없다고 설명하자 그러면 찾는 것을 돕겠다고 했다. 어차피 자신도 정처 없는 신세이니 정착할 곳을 찾을 때까지 바래다주겠노라고.

"마을에 도착하면 헌 옷을 구해볼까."

고료는 말하고서 언덕 위를 바라보았다. 황폐해진 길 끝에는 작은 마을이 있었다. 곽벽•이 석양에 불그스름하게 빛났다.

"조금만 가면 돼. 힘내렴, 리쓰."

남자는 그렇게 말하고 아이의 손을 잡고 끌었다.

002

그림자 셋이 길을 오른다. 그들이 발길을 향한 곳, 큰길가에 있는 작은 마을은 조용히 존재했다.

전란의 흔적은 없으나 이 마을 또한 황폐를 피하지는 못했다.

• 마을 외곽을 둘러싼 벽.

마을을 둘러싼 곽벽 안에 가득한 것은 활기도 떠들썩함도 아닌 정적, 길에는 인적도 없고 열린 창문도 얼마 없고, 하물며 그 창문으로 사람이 보이는 일은 없다. 그저 마을 주위에 펼쳐진 공지空地에만 주민의 모습이 보였다. 한 젊은이가 여러 마리 산양을 쫓아 공지에서 마을 입구의 문으로 돌아가려는 참이었다. 마을 문에 다다른 그는 마을에 들어가기 전에 무심히 한길을 돌아보았다가 길을 올라오는 그림자 셋을 확인했다. 남자와 손을 잡은 어린아이, 그 뒤에는 젊은 여자가 따랐다.

그 젊은이, 교시去思는 눈살을 살짝 찌푸렸다.

한때 도관으로 향하는 사람들로 북적이던 가도도 이제는 왕래가 뚝 끊겼다. 인근 주민들만이 오가는데다 그 수도 빈도도 적었다. 그래도 나그네가 길을 잘못 드는 일이 전혀 없지는 않다.

교시는 그 자리에 걸음을 멈추고 세 사람이 향하는 방향을 확인했다. 마을에는 출입구가 딱 하나 있다. 남쪽을 향한 마을 입구부터 뻗은 길은 공지를 가로질러서 큰길과 교차한다. 가볍게 손을 들어 저무는 햇빛을 가리고 실눈을 지은 눈앞에서 그들은 망설임도 없이 공지를 가로지른 길로 발걸음을 옮겼다. 앞장서 걷는 남자가 교시를 발견하고 서글서글한 미소를 지었다. 교시는 속으로 무거운 한숨을 한번 쉬었다. 손에 든 막대기로 산양들을 마을 안으로 몰아넣고서 자신은 입구에서 여행자를 기다렸다.

“이봐, 여기 사람인가?”

남자는 쾌활하게 소리쳤다. 교시는 고개를 끄덕였다.

“드디어 사람 사는 마을이 나왔군.”

남자는 환히 웃으며 말하고서 세 살쯤 된 어린애 손을 격려하듯이 이끈다. 두 사람을 따라오는 여자도 마찬가지로 안도한 듯이 표정이 밝았다.

“이 마을에 묵을 만한 곳이 있나.”

다가오는 남자의 질문에 교시는 겸연쩍게 입을 열었다.

“마을에는 묵을 수 없습니다.”

남자는 어리둥절한 표정을 지으며 걸음을 멈추었다.

“미안하지만 타지 사람은 들어올 수 없어요.”

말한 순간 남자가 어떤 표정을 지었는지 시선을 돌린 교시는 알지 못했다. 낙담하는 표정이었을지도 모르고 화난 표정이었을지도 모른다. 그도 그럴 것이다. 가도 주변에는 사람 사는 마을이 없다. 마을은 있어도 사람 없는 폐허뿐이었다. 그들이 온 방향에 남은 가장 가까운 고을은 걸어서 하루 거리에 있었다. 어린아이의 걸음에 맞추어 왔다면 여기까지 도저히 하루 안에 걸어오지는 못했으리라. 아마도 그들은 간밤을 노천에서 보냈을 것이다.

실제로 세 사람은 지난밤을 한길 옆 우묵땅에서 보냈다. 그 전날 밤은 다 쓰러져서 방치된 농갓집에서 보냈다. 세 사람은 벌써 이틀을 제대로 된 침상에서 자지 못하고 변변한 식사도 하지 못했다.

"……이 앞에 사람 사는 마을이 있나."

고료가 불편한 듯이 시선을 피하는 청년에게 물었다.

"큰 마을이 있지만 고개를 넘어야 해서 이틀은 걸립니다."

엔시는 안 된다며 소리쳤다. 고료는 엔시를 눈짓으로 달래고 청년에게 다가갔다.

"사정 좀 봐줄 수 없겠나. 보다시피 어린애가 있어. 어른 걸음으로 이틀이면, 못해도 사흘은 걸리지 않겠나. 아침저녁으로는 정말 춥다네. 이 계절에 사흘이나 노숙하라니, 아이나 아이 엄마에게나 어려운 일이야. 게다가 여기까지 오는 데도 이틀 밤을 노숙했어."

고료의 말에 젊은이는 안타까워하며 고개를 가로저었다.

고료는 포기한 듯이 그러냐고 중얼거렸다. 엔시도 받아들여야 했다. 떠돌다 보면 어쩔 수 없이 느낀다. 염현은 가난하다. 서운관의 수난 때부터 서서히 몰락하여 파멸 직전에서 힘겹게 버티고 있다. 아마도 이 마을 역시 자신들의 생계를 꾸리는 것만으로도 벅차서 타지 사람에게 품을 들이거나 물자를 나누어줄 여유 따위 없을 것이다.

이 마을만의 이야기도 아니었다. 마을은 본디 자유로이 드나들 수 있는 법이지만, 요새는 마을 출입문을 타지인에게 닫는 마을이 드물지 않았다. 특히 이 마을처럼 마을에 소속한 주민만 살 법한 작은 마을일수록 그런 경향이 컸다. 대국의 겨울은 혹독하다. 백성은 그동안 비축한 것을 허물어서 먹고살아야 한다. 각자의 집과 이부里府(마을 관아)의 의창義倉•에 비축한 물자가 떨어지면 다 함께 죽는 수밖에 없으니 머릿수가 느는 것을 가장 두려워했다. 타지 사람을 선불리 들이면 그대로 눌러앉는 경우도 생긴다. 그래서 마을 문을 닫는다. 마을 안에는 아이가 늘어나는 것을 우려해 사당을 닫는 곳마저 있었다.

고료는 젊은이에게 거듭 호소했다.

"우리는 여기에 정착할 마음은 없네. 바람이 들지 않는 곳에서 밤이슬 걱정 없이 쉬고 싶을 뿐이야. 사당 처마라도 좋으니 빌려줄 수 없겠나? 그게 어렵다면 먹을 것만 좀 나누어주어도 괜찮네. 당연히 돈도 치를 거고, 처마를 빌려준다면 숙박비도 낼 터이니."

"미안하지만 안 됩니다."

• 흉작에 대비해 곡물을 저장해두는 창고.

"음식을 팔 수는 없겠나? 가진 식량으로 사흘은 불안해."

고료의 말에 청년은 미안하다며 고개를 숙였다.

고료의 등 뒤에서 엔시도 부탁한다고 소리를 높였다.

"도와주세요. 저희가 안 되면 아이만이라도요."

"……미안합니다."

엔시는 청년의 얼굴을 바라보았다. 청년의 표정은 자신도 어찌할 수 없다고 이야기하는 듯했다.

"어쩔 수 없지."

고료는 한숨을 쉬었다.

"그만 갑시다."

"고료, 하지만……."

"어디든 다 힘들어. 어서 가재도."

고료는 싫어하는 엔시를 재촉했다. 고료의 손을 잡은 리쓰는 더욱 싫어했다. 마을 안으로 들어가고 싶은 모양이다. 문을 가리키며 얼굴을 찡그렸다.

"리쓰, 여기는 안 된단다."

고료가 달래도 리쓰는 고개를 가로저었다. 이렇게 어린 아이라도 마을이 더 낫다는 것을 안다. 고료가 억지로 안아 올리려 하자 큰 소리로 울음을 터뜨렸다. 참을성 강한 아이지만 여기까지 오는 여정으로 지쳐 있다. 리쓰가 우는 소리를 듣고 문 앞에

선 청년이 가슴 아픈 얼굴을 했다. 그 표정을 보고 엔시는 어쩔 수 없음을 깨달았다. 이 마을은 정말로 안 되는 거다.

고료는 몸을 비틀며 우는 리쓰를 안아 올려 한길 쪽으로 발길을 돌렸다. 엔시도 뒤따랐다. 못내 아쉬워하며 돌아본 뒤편에서 청년은 시선을 피하듯 고개를 떨구었다. 그 모습을 내려다보듯 이 마을 입구 높은 곳에 걸린 편액에는 '동가東架'라 적혀 있다.

"……미안해."

엔시는 무거운 걸음으로 가도를 오르면서 사과했다. 어디로 갈지는 엔시가 결정한다. 고료는 엔시를 '바래다주는' 것이니까. 하지만 엔시에게는 갈 곳이 없었다. 아무런 계획도 없이 마주에서 강주로 들어서 가도를 따라 남하했다. 이대로 남쪽으로 가야 할지, 아니면 방향을 틀어 도읍인 홍기鴻基를 향할지 엔시는 근래 결정을 짓지 못했다. 홍기로 향하면 길가는 북적이겠지만, 그만큼 무뢰한이나 노상강도를 맞닥뜨릴 위험도 늘어난다. 숙박비와 식대도 비싸진다. 어찌해야 할지 쉽사리 결정하지 못하고 즉흥적인 선택을 반복한 결과 들어선 샛길이 이 쓸쓸한 가도로 이어졌다.

"내가 꾸물거리며 망설인 탓이야."

고료는 밝은 목소리로 "뭘" 하고 대답했다.

"신경 쓸 거 없어. 괜찮아, 사흘만 참으면 돼."

고료는 말했지만 리쓰의 흐느낌이 엔시를 지독히 비참하게 했다.

엔시는 대국의 북동부에서 서쪽으로 향해 문주文州를 가로질렀고 마주를 종단해 강주에서 여기까지 남하했다. 목적지 있는 여행이 아니라 여러 곳을 왔다 갔다 하는 여정이었다. 방랑하는 동안 좋든 싫든 간에 깨달았다. 대국에는 여유가 없다. 갈 곳을 잃은 떠돌이에게 손을 뻗을 만한 여유는 없다. 이 상태로 올겨울을 어떻게 지내야 할까. 리쓰의 울음소리가 귀에 박힌다.

어린 리쓰가 혹독한 겨울을 넘기려면 충분한 음식과 얼어붙을 일 없는 침상이 절대적으로 필요했다. 그것을 얻기 위해서라도 어딘가에 정착할 마을을 찾아야 한다. 그런데 해마다 나라의 상태가 안 좋아지기만 하니 이제는 나그네를 받아들일 여유조차 없는 이 나라에서 그런 곳을 어떻게 찾을 수 있을까.

고료가 기운을 북돋듯이 밝고 큰 목소리로 말했다.

"사흘쯤이야 어떻게든 되겠지. 다행히 요새 날씨도 좋고."

고료는 그리 말하고 여전히 훌쩍이는 리쓰를 쓰다듬었다.

"착한 아이구나. 조금만 더 참자. 세 밤 자고 나면 따뜻한 침상에서 자게 해줄게. 맛난 것도 먹고 겉옷도 사러 가자."

그제야 리쓰가 울음을 그쳤다. 정말이냐며 고료를 쳐다본다.

엔시는 두 사람을 푸근한 마음으로 지켜보았다. 꼭 남편이 있는 것 같다. 리쓰와는 진짜 부자 사이처럼 보인다. 그렇다. 엔시에게는 고료가 있다.

"미안, 이것저것 신세를 져서."

작년 겨울에 웃옷을 사준 것도 고료였다. 엔시는 숙박비부터 먹을 것까지 이 남자의 신세를 졌다. 고료는 너그럽게 웃었다.

"당분간이니 신경 쓸 거 없어."

엔시는 고맙다며 미소 지었다. 복잡한 미소가 되었다.

고료는 몇 번이고 당분간이라고 말한다. 고료가 여관에 머물며 물건을 만드는 동안 엔시는 날품팔이를 찾는다. 고료에게 리쓰를 맡겨 일하고 적으나마 노임을 얻었지만 고료는 엔시에게 금전을 받으려 하지 않았다. 어디에 정착하든 그곳에서 생활을 시작하려면 어느 정도 모아둔 돈이 필요하다. 당분간 호의를 받아들이면 된다, 당분간 돈을 모으는 기회로 삼으면 된다고 입버릇처럼 말했다. 그 말을 들을 때마다 엔시는 이 남자가 여행의 길동무일 뿐이라는 사실을 싫어도 떠올려야 했다.

반년 이상 길을 함께했다. 어쩐지 이 상태가 계속 이어질 것만 같다. 어머니와 부자지간처럼. 그것을 남자의 말이 깨부순다. 당분간 함께지만 언젠가 헤어진다. 적어도 고료는 그럴 마음이란 사실을 들이미는 것 같았다.

고료가 자신과 리쓰를 받아들이지는 않을까. 엔시는 그런 기대를 차마 버리지 못했다. 하지만 그것을 완전히 믿을 수도 없었다. 이 남자는 자기 이야기를 좀처럼 꺼내려 하지 않았다. 출신은 어디인지 어떻게 자랐는지. 생업으로 버는 수입은 결코 많지 않을 것이다. 재룟값이 공짜나 다름없다지만 정작 물건의 값은 뻔했다. 그런데 엔시는 고료가 돈에 궁한 모습을 본 일이 없었다. 풍족하지는 않지만 어느 정도 여유는 있는 것처럼 보인다. 아마도 모아둔 돈이 어느 정도 있는 듯한데 그것을 어떻게 얻었는지조차 잘 모른다. 갈 곳이 없으니 떠돈다고는 하나, 어찌하여 갈 곳이 없는지는 들려준 일이 없었다. 무심한 언동을 보고 있자면 그저 유랑을 위해 길을 나선 것처럼 보이기도 한다. 그것도 단순한 떠돌이의 변덕이 아니다. 고료를 보고 있으면, 목적도 정처도 없지만 머물러 있을 수는 없다, 무조건 가야 한다는 절박한 심정에 떠밀려 움직이는 것 같을 때가 있다.

고료는 엔시에게는 보이지 않는 무언가를 끌어안고 있다. 그래서 언젠가 엔시와 리쓰도 두고 가겠지. 이대로 함께이기를 바라지 않는 편이 좋다.

엔시는 침울하게 생각하면서 오랜 방랑으로 쑤시는 다리에 힘을 주어 언덕을 오르는 데 집중했다.

교시는 여전히 마을 문 앞에 서 있었다. 석양을 등지고 세 사람의 그림자가 길을 따라 멀어진다. 정처 없는 여정에 지칠 대로 지친 듯한 여자, 마찬가지로 질린 듯한 어린아이. 두 사람을 책임지고 있는 남자도 고생이 클 것이다. 불러 세워서 하다못해 하룻밤 묵고 가라고 하고 싶다. 하지만 그것만큼은 교시만의 생각으로 결정할 일이 아니고, 마을 사람들이 동의할 리도 없었다. 이 마을은 가난하다. 더 여유 있는 마을조차 타지인이 눌러앉는 것은 싫어하는 법이다. 한번 안에 들였다가 눌러앉으면 쫓아내는 데 애를 먹는다. 그러니 처음부터 나그네를 마을 안에 들이지 않는다. 이곳 동가는 그러지 않아도 가난한데다 외지인을 머물게 하지 못할 사정을 끌어안고 있었다.

—무사히 길을 가야 할 텐데.

그렇게 생각하며 지켜보는데 요란한 발소리가 들렸다. 공지를 돌아보니 마을을 둘러싼 곽벽 모퉁이에서 한 남자가 뛰쳐나와 필사적인 모습으로 달려왔다. 마을 남자다. 남자는 숨을 헐떡이면서 달려와서 소리 지르듯이 입을 크게 벌리더니, 별안간 가도 쪽으로 눈길을 주고 입을 다물었다. 대신에 구르듯 달려와 교시의 팔에 달려들었다.

"산에, 사람이……."

한숨처럼 낮춘 목소리에 깜짝 놀라 남자를 바라봤다.

"두 사람, 일행이다. 게다가 기수騎獸."

숨을 헐떡이면서 속삭이는 남자에게 교시는 목소리를 낮추어 되물었다.

"기수를 데리고 있다고요? 옷차림은 어땠습니까."

"차림새는 훌륭하다. 그보다 기수가 예사 물건이 아니야."

교시는 조금 전까지 산양을 몰던 막대기를 고쳐 쥐었다. 단단한 떡갈나무 막대기. 낡아서 적갈색으로 빛바랜 막대기 양 끝에는 희미하게 혈흔이 남아 있다.

"어디죠?"

"보현사普賢寺 터 봉우리를 내려오는 모습이 보였어."

교시가 고개를 끄덕였다.

"저는 먼저 가겠습니다. 사람들에게 알리세요."

숨을 헐떡이면서 수긍하는 남자를 남긴 채 교시는 봉을 쥐고 그 자리를 박찼다. 가도에서 멀어지는 세 사람을 흘끔 보고서 곽벽을 따라 공지를 달렸다.

003

해는 크게 기울고 금원인 능운산의 거대한 그림자가 뻗어 가도를 뒤덮었다. 엔시는 날이 저무는 하늘을 올려다봤다. 마찬가지로 고료도 하늘을 올려다보았다.

"곧 어두워지겠군. 잘 곳을 찾아야겠어."

엔시는 고개를 끄덕였다. 동가라는 편액이 걸린 마을에서 얼마 떨어지지 않았다. 길은 고개를 향한 가파른 오르막이었다. 산비탈이 몇 번이나 이어져서, 걸은 만큼, 지친 만큼 더 나아갈 수가 없었다.

고료는 잠깐 기다리라는 말을 남기더니 리쓰를 엔시에게 건네고 한길가의 급사면을 올랐다. 시야를 가로막은 비탈 꼭대기까지 오르더니 금세 내려와서 고개를 저었다.

"이 근방은 바위밭과 수풀뿐이야. 이대로 길을 가도 잘 만한 곳은 없을 것 같군. 조금 힘들겠지만 이 비탈을 오르면 숲이 있어. 숲속이면 밤이슬을 피할 곳이 있을지도 몰라."

엔시는 그러냐며 반쯤 낙담하여 한숨을 내쉬었다. 역시 오늘 밤도 노숙인가. 그런 생각을 하며 리쓰의 손을 잡고 가파른 비탈을 올라갔다. 수풀 속에서는 밤이슬이 심해서 잘 수 없다. 게다가 서쪽 하늘이 어둡다. 밤이 되어 날씨가 바뀔 가능성도 있다. 아침저녁으로 쌀쌀해진 이 계절의 밤비는 무섭다. 특히 리쓰는 몸집이 작아서 흠뻑 젖으면 체온을 빠르게 빼앗긴다. 숲이면 비바람을 막을 수 있겠지만 그것으로 얼마나 도움이 될까.

바위밭과 무성한 풀 사이에 발 디딜 곳을 찾아가며 가파른 비탈을 오른다. 고생하면서 오르자 펼쳐진 것은 고료의 말대로 온통 초원이었다. 그 초원, 완만한 풀밭의 비탈을 오른 끝에 숲이 보였다. 방향으로 보면 온 길을 돌아가는 꼴이 될 듯하다.

—이 상태로는 고개 너머에 있다는 마을까지 며칠이 걸릴지 알 수 없다.

그리 생각하며 "저기까지 힘내자" 하고 억지로 밝은 말투로 리쓰에게 말했다. 손을 이끌어 풀숲을 헤치고 걸었으나 얼마 걷지 못하고 리쓰가 칭얼거렸다. 아직 어린애에게는 힘든 길이다. 무성한 잡초와 풀숲 사이에 도관의 잔해인지 기와 조각인지 모를 것이 나뒹굴어 발에 걸린다. 애초에 이틀이나 제대로 쉬지 못했다. 리쓰의 나이를 생각하면 여태껏 용케 힘을 냈다. 아들을 달래며 안아 올리려는데 고료가 짐을 내려 등짐의 끈을 팔에 걸고 리쓰 앞에 몸을 웅크렸다. 리쓰는 기뻐하며 그 등에 매달린다.

—계속 이러면 얼마나 좋을까.

리쓰도 이렇게나 잘 따른다. 고료가 없어지면 틀림없이 쓸쓸해할 것이다. 무엇보다도 엔시 자신이 불안하다. 황폐한 나라, 여유 없는 사람들. 설령 정착할 곳을 발견하더라도 이런 시대에 낯선 마을에서 리쓰를 데리고 살아가야 한다.

생각에 잠긴 채 엔시는 풀밭을 올랐다. 풀로 뒤덮인 광대한 완사면을 간신히 반쯤 올라갔나 싶을 무렵에 앞서가던 고료가 업은 리쓰를 내리고, 허리에 찬 가죽 주머니를 품으로 옮기는 것이 보였다. 주머니에는 창칼이 몇 개 들어 있다. 세공하기에 좋은 나무라도 찾았나 싶어 엔시는 주위를 둘러보았지만, 정면에 보이는 숲까지는 아직 거리가 있고 양쪽에도 가슴 품이 무성한 바위투성이 비탈이 있을 뿐이었다. 고료는 엔시를 돌아보았다. 걸음을 재촉해 따라온 엔시의 손에 리쓰의 손을 쥐여준다.

"미안. 무거웠지."

"아니야. 하지만 잠깐 엔시가 맡아줘. 리쓰의 손을 놓지 마."

"왜 그러는데?"

기분 탓인지 긴장한 목소리로 아니라고 말한 고료는 갑자기 비탈 위를 올려다보았다. 이끌려서 엔시도 시선을 들자 숲의 녹음을 스치며 나무숲 속으로 사라지는 그림자가 보인 것 같았다.

"지금 뭔가……."

"음, 여우 같은 거겠지. 그보다 리쓰의 기운을 북돋아줘. 또 칭얼거릴 거야. 이만큼 올라왔으니 지쳤겠지."

"응…… 그러네."

엔시는 리쓰의 손을 고쳐 쥐었다. 고료는 서급을 짊어지고 허리띠에 꽂은 피리를 손에 들었다. 리쓰가 걷다가 지치면 고료는 피리를 불어준다. 리쓰는 고료의 피리를 좋아한다. 쾌활한 소리에 이끌려 신이 나서 걷기 시작하는 것이다. 이때도 고료는 웃으며 "힘내렴" 하고 리쓰에게 말하고서 피리를 입에 댔다. 신바람 나는 음색이 흐른다.

잘은 모르지만 고료의 피리 연주 솜씨는 결코 뛰어나지 않다. 아니면 피리 자체가 조잡한 것일까. 좋은 음색이라고 할 수는 없지만 이유 없이 기분이 들뜬다. 리쓰도 비어 있던 쪽 작은 손을 들고 쥐었다 폈다 하면서 생글생글 웃으며 시선으로 고료를 좇는다.

그런데 갑자기 고료가 피리를 멈추었다. 뚝 그치고 옆을 본다.

그와 동시에 조금 높은 암벽에서 풀을 헤치고 검은 그림자가 둘, 셋 뛰어들었다.

엔시는 놀라서 걸음을 멈추었다. 뛰쳐나온 남자들이 하나같이 손에 낫이며 갈퀴를 들고 있는 것을 보고 엔시가 리쓰를 끌어안았다. 남자들은 건장한 체구에 날카로운 인상으로 위협하듯이 엔시 일행을 보았다.

"아니잖아."

그중 한 사람이 말하고 작게 혀를 차며 주위를 둘러보았다.

"조금 전 그놈들은 어디로 갔지."

거칠게 말하고 험악한 눈빛으로 엔시 일행을 봤다.

"기수를 거느린 두 사람을 보지 못했나."

"못 봤어요."

엔시는 열심히 고개를 내저었다. 다시 보니 세 남자 중 한 사람이 손에 든 것은 노궁(활)이다. 노궁을 손에 든 작은 남자는 값을 매기는 듯한 눈빛으로 엔시 일행의 모습을 살폈다. 비적이다. 엔시는 떨었다. 가난한 지방에서는 나그네의 짐을 훔치는 놈들도 적지 않다. 심지어 흔하디흔한 마을의 평범한 주민이 부업으로 마을에 들른 나그네를 습격해 금품을 갈취한다. 살아남으려면 그러는 수밖에 없는 탓이다. 개중에는 마을 전체가 강도질로 입에 풀칠하며 사는 곳도 있다고 들었다. 엔시의 품에는 고료 덕분에 모을 수 있었던 약간의 목돈이 들어 있다. 보잘것없는 액수지만 빼앗기면 앞으로 곤란하다.

노궁을 손에 든 작은 남자는 작게 콧방귀를 뀌며 흉기를 내렸다.

"이 앞에는 아무것도 없어. 큰길로 돌아가. 얼른 서둘러."

변변한 소지금도 없으리라 생각했을까. 엔시는 남몰래 안도하며 품을 움켜쥐었다.

기다리라며 소리친 사람은 갈퀴를 든 거한이었다.

"제대로 뒤져봐야지. 이런 놈들이야말로 더 방심할 수 없어."

엔시는 반사적으로 가슴을 누르며 뒷걸음질 쳤다. 작은 남자가 곧바로 그 모습을 포착했다.

"여자, 품에 뭘 숨겼지."

엔시는 몸이 마비되는 것 같았다. 금품만 빼앗기는 거라면 그래도 낫다. 하지만 빼앗긴 피해자는 대개 입막음을 위해 살해당하는 법이다. 엔시는 리쓰를 끌어안았다. 아들만큼은 구하고 싶다. 아이의 앞날을 생각하면 엔시도 여기서 죽을 수는 없는 노릇이었다. 하지만 엔시에게는 비적을 쫓아낼 만한 힘이 없다. 리쓰를 안고 도망치려 해도 공포로 다리가 풀렸다. 고료 역시 그럴 거라 생각하며 엔시는 남자를 바라보았다. 이런 시대에 오래 여행하면서 검 한 자루 없다. 온화하고 서글서글한 게 다인 남자다. 어설프게 착해서는 엔시와 리쓰를 떠맡는 바람에 이런 곳에 발을 들이고 말았다.

"돈이라면 드릴게요. 그러니까……."

목숨만은 살려달라고 말하려 했을 때, 암벽 위에서 목소리가 들렸다.

"그 사람들은 갈 곳 없는 떠돌이야."

올려다보니 조금 전 마을 문 앞에서 만난 청년이었다. 한 손에는 막대기를 쥐었다. 아까 봤을 때도 분명히 들고 있었다. 그 막대기로 산양을 몰았는데, 저건…….

청년은 막대기, 아니 곤봉을 고쳐 쥐고 미안한 표정으로 엔시를 내려다보았다.

"이런 곳에 있지 말고, 아무 생각도 하지 말고 어서 가세요."

고개를 끄덕이고 발길을 돌리는 엔시 앞에 덩치 큰 남자가 가로막고 섰다. 엔시의 팔을 가차 없이 붙들었다.

"품에 있는 걸 내놔."

비명을 지르기 전에 둘 사이로 고료가 끼어들었다. 엔시는 소리쳤다.

"그만둬, 고료. 맞서지 마. 돈이라면 두고 갈게요."

품에 손을 넣은 엔시를 고료가 막았다. 꺼내지 말라고 말했다.

"그건 앞으로 당신에게 필요한 거야."

더없이 평정을 유지한 목소리였다. 엔시는 그 침착함이 이상했고, 엔시의 팔을 붙든 남자도 경계하듯이 눈을 가늘게 떴다. 고료는 담담히 말했다.

"여자를 놔주게, 우리는 사라질 테니."

"그럴 수는 없겠는데."

덩치 큰 남자가 말하고 엔시의 팔을 잡은 손에 힘을 주어 비틀어 올리려 했다. 그 순간 고료가 남자에게 손을 뻗었다. 뭘 했는지는 알 수 없다. 남자의 팔을 잡았다. 고작 그 동작만으로 엔시를 붙잡았던 폭한의 손이 떨어졌다. 남자는 놀라서 소리를 질렀다. 발을 비틀거리며 이내 살기를 띤 채 고료를 바라본다.

저항했다가는 죽는다. 엔시가 외치기도 전에 거한이 갈퀴를 쳐들었다. 엔시는 비명을 질렀다. 마찬가지로 리쓰가 지르는 날카로운 비명이 들렸다. 최악의 일이 일어난다. 그렇게 생각했건만 잠시 뒤 바닥에 웅크린 이는 갈퀴를 내려친 남자였다.

비적들은 놀란 듯이 멈춰 섰다. 웅크린 남자는 땅바닥에 이마를 대고 신음했다. 고료는 그 모습을 무표정하게 봤다. 손에 든 것은 검도 소도도 아니다. 피리다.

엔시는 놀라서 고료를 응시했다. 낫을 든 남자가 고함을 질렀다. 쳐든 낫을 고료의 피리가 막아내고 뿌리쳤다. 자세가 무너진 남자가 앞으로 고꾸라졌다. 그와 동시에 노궁을 손에 든 작은 남자가 한심하게 비명을 지르며 활을 떨어뜨렸다. 손에는 소도, 고료가 세공에 쓰는 작은 칼이 꽂혀 있다. 낫을 든 남자가 무기를 고쳐 쥐고 고료에게 향한다. 하지만 고료는 뻗은 손을 곧바로 피하고, 남자는 고료의 피리에 맞아 비명을 질렀다. 눈만 둥그렇게 뜬 엔시를 고료가 떠밀었다.

"가. 무조건 달려."

엔시는 고개를 끄덕이고 리쓰의 손을 잡아끌고 유일하게 빈 공간으로 달렸다. 흘끔 돌아보니 웅크린 놈들이 몸을 일으키고 얼굴을 험상궂게 일그러뜨린 게 보였다. 그들을 태연히 지켜보는 고료의 등. 그 모습을 확인했을 때 망연자실에서 정신이 든 것처럼 리쓰가 울음을 터뜨렸다. 리쓰의 몸을 안아 올려 풀숲을 헤치며 달린다. 하다못해 숲속으로. 숲으로 들어가면 땅거미와 나무숲이 몸을 숨겨줄 것이다.

숨을 헐떡이면서 달려간 곳으로 쏟아지듯이 남자 여럿이 뛰쳐나왔다.

엔시는 허둥지둥 발을 멈추는 바람에 기세를 줄이지 못하고 그 자리에 굴렀다. 리쓰가 불에 덴 듯이 운다. 손에 든 무기를 볼 것도 없이 비적의 동료인 걸 알았다. 그중 한 사람의 더러운 겉옷에 거무칙칙하게 들러붙은 오래된 얼룩을 보고서 눈앞이 아찔했다. 그 남자는 "뭐야"라고 거칠게 말하고 비탈 아래를 노려봤다. 엔시의 등 뒤, 아래쪽에서 고료가 고함치는 소리가 들렸다. 남자는 그것을 보고 아무렇게나 손에 든 검 끝을 쳐들었다.

엔시는 반사적으로 리쓰를 끌어안았다. 검에 베일 각오를 하고 눈을 감았지만 충격도 아픔도 전해지지 않았다. 귀에 고함이 들렸다. 묵직한 발소리가 어지러이 뒤섞이고 비명 같은 소리가 들린다. 그리고 끼어드는 이상한 소리. 엔시는 놀라서 고개를 들었다. 짐승이 낮게 우는 소리와 날갯소리 같았다. 반사적으로 요마라고 생각하자 동시에 조금 전 뛰쳐나온 남자들이 "기수를 거느린 두 사람"이라고 한 말이 떠올랐다.

눈을 크게 뜬 엔시의 시선 끝에는 커다란 짐승이 있었다. 하얀 몸에 검은 머리, 자세를 낮춘 머리로 들이박아 비적 한 사람이 날아갔다.

"일어나."

나직한 목소리가 말했다. 올려다보니 바로 옆에 키가 큰 여자가 서 있었다.

"아이를 데리고 수풀에서 몸을 숙이고 있게."

침착한 목소리다. 엔시는 불안해하며 고개를 끄덕이고 리쓰를 끌어안고 비탈을 달려 내려갔다. 바위밭으로 구르듯 달려가 수풀에 뛰어들어 몸을 숙이려다가 발이 미끄러졌다. 버티려던 발밑에는 지면의 감촉이 없다.

비명을 지를 여유조차 없었다. 한 손으로 리쓰를 안고 한 손으로 풀을 잡았지만 하반신이 허공에 주르륵 미끄러져 떨어졌다. 움켜쥔 풀 한 덩어리의 뿌리가 뽑히는 감촉이 느껴졌다. 하다못해 리쓰만이라도 이 자리에 두려고 마음먹고 끌어안은 아들을 비탈 위에 밀어 올리려던 순간, 엔시를 찾아 헤매다 비적들 앞으로 걸어가는 리쓰의 모습이 눈앞에 떠올랐다.

놓을까, 아니면……. 찰나의 순간 망설이면서 엔시는 필사적으로 발버둥 치며 발 디딜 곳을 찾았다. 허공을 휘젓던 발끝에 무언가 닿았다.

돌아보아도 아래는 보이지 않는다. 그런데 아래에서 엔시의 다리를 받치는 손이 있다. 비적의 동료일까. 하지만 위해를 가할

생각이라면 끌어당기면 당겼지 지지해주지는 않을 것이다. 그리 생각하자 손에서 힘이 풀렸다. 한쪽 팔에 리쓰를 끌어안은 채 가슴 부근까지 낭떠러지에서 미끄러져 떨어졌지만 그런 엔시를 밑에서 단단히 받치고 받아주려는 손이 있었다. 다시 돌아보니 이번에는 낭떠러지 아래에 있는 사람이 보였다. 십 대 중반의 소년 같았다. 재촉하듯이 고개를 끄덕이는 모습에 안도하고 엔시는 매달렸던 풀을 놓았다. 주르르 미끄러지는 대로 몸을 맡기고 자신을 받치는 양팔 위로 떨어지자 이내 발끝이 지면에 닿았다. 고작해야 키만 한 높이였던 모양이다.

—살았다.

온몸에서 빠르게 힘이 빠졌다. 품에 안은 리쓰를 내려놓고 지면에 닿은 발부리부터 무너지듯이 주저앉았다. 머리 위에서는 고함과 살벌한 소리가 쏟아졌지만 일단 아무것도 보이지 않았고 소리도 무언가에 가로막힌 듯 멀어졌다. 위험한 곳에서 벗어난 것만 같았다.

"괜찮으세요?"

조심스럽게 낮춘 목소리로 묻는다.

"괜찮아. 고마워."

작은 목소리로 대답하자 엔시를 받아준 소년은 살짝 미소 지었다. 그 모습을 보고 엔시는 이유도 없이 가슴이 메었다. 무슨 까닭으로 상대방이 애처로워 보였는지 모르겠다. 야윈 얼굴이나 방랑에 지친 차림새 탓인지도 모른다. 어쩌면 특이한 빛깔의 검은 머리카락을 짧게 잘랐기 때문일까. 이것은 속세를 떠난 사람이나 신변에 큰 불행이 있어 상중이라는 의미다.

엔시야말로 괜찮으냐고 묻고 싶은 심정이었다. 그런 마음이 드는 자신이 신기했다. 그와 달리 소년은 리쓰의 머리에 손을 얹고, 놀라서 우는 것도 까먹은 리쓰에게서 마른 풀과 흙을 털어주었다.

그곳은 움푹 파인 것처럼 높낮이 차이가 나는 땅 아래쪽이었다. 낮은 낭떠러지가 가로막고 거기서부터 가파르게 내리막이 계속되어 가을 풀에 묻힌 바위밭이 이어졌다. 조금 내려가면 또 다시 낭떠러지다. 높이가 아주 낮은지 그 아래 키가 큰 수풀 사이에 커다란 짐승의 몸이 엿보였다.

—기수를 데리고 다니는 두 사람.

"……너, 저 여자의 일행이니?"

엔시가 묻자 소년은 고개를 끄덕이고 걱정스러운 듯이 낭떠러지를 올려다본다. 어느새 고함이 그쳤다. 황혼이 가까워지는 가운데 새소리도 끊기고, 가을바람에 산들거리는 풀 소리만이 들린다. 대체 어떻게 되었을지 불안해하며 낭떠러지 좌우를 둘러보았다. 바로 옆에 오를 수 있을 듯한 암벽이 있다. 리쓰의 손을 잡고 조심조심 바위를 올라 낭떠러지 위 상황을 살피니 멀리 여자의 모습과 그쪽으로 달려가는 고료의 모습이 보였다. 기수와 비적의 모습은 보이지 않았다. 아니, 수풀 여기저기에 쓰러진 사람들이라면 보인다. 작게 신음하며 움찔거렸지만 죽지는 않은 듯했다. 조금 전 본 것보다 숫자도 적다. 몇 사람은 도망친 것이리라.

안도하는 한편으로 엔시는 급격하게 불안해졌다.

고료는 서글서글한 것만이 장점인 남자다. 줄곧 그리 생각했다. 길에서 부당한 대우를 받고도 화내지 않고 소동에 휘말려도 고함 한번 지르지 않는다. 비적의 위협을 저리도 태연히 받아넘길 만큼 대담한 남자가 아니었고, 하물며 강도를 쓰러뜨릴 만한 사람으로는 절대로 보이지 않았다.

"괜찮은가."

여자에게 달려간 고료가 물었다. 상대방이 대답하는 소리가 들렸다.

"괜찮네. 그쪽도 다치지 않았나."

"무사하다. 일행을 도와준 모양이야. 고맙군."

고료의 밝은 목소리를 들으면서 엔시는 낭떠러지 위 수풀 속에 꼼짝 못 하고 섰다. 고료에게는 당황한 낌새도 우쭐한 낌새도 없었다. 노상강도의 습격을 받고 운 좋게 도망친 사람처럼 보이지는 않았다. 마치 이것이 당연하고 별일 아니라는 듯한 태도였다.

"고맙다는 인사를 받을 일은 아니지."

여자도 역시나 침착했다.

"오히려 우리 때문에 휘말린 것 같군. 미안하네."

"미행당한 것 같던데, 일행은 어떻게 됐지?"

"기다리고 있어. 우리를 봤나?"

웃음 섞인 목소리로 그렇다고 대답하는 고료의 소리가 들렸다.

"수상한 놈들이 몸을 숨기고 비탈을 내려오는 모습이 보였어. 뭔가 쫓고 있는 것 같다 했더니 숲으로 도망치는 댁들이 보였지. 우리도 몸을 숨겨야 했지만, 놈들을 유인할 수 있을 것 같았어."

"그랬나. 도움을 받았군."

"아니. 여자와 어린애도 있는데 무모한 짓이었던 모양이야. 댁이 일행을 도망가게 해준 것 같군. 고맙네."

이게 무슨 상황일까. 엔시는 불안해하며 느릿느릿 걸어나갔다. 무언가 이상하다. 좋지 않은 일이 일어난 것 같다. 고료는 비적을 눈치챘다. 분위기가 이상했던 것은 그 탓이었는데 도망치려 하지 않았다.

"그건 철적鐵笛인가?"

여자가 고료의 피리를 가리켰다.

"철적을 쓰는 사람은 처음 봐."

여자는 말하면서 무언가를 고료에게 내밀었다.

"이건 비도飛刀로군. 암기暗器에 통달했어."

여자의 말에 놀란 것처럼 눈을 깜빡거리는 고료의 모습이 보였다. 엔시는 넋이 나간 채 수풀에서 나왔다. 고료가 엔시를 발견하고 활짝 웃었다.

"무사했소? 다친 데는 없고?"

엔시는 고개를 끄덕이고 그제야 흐느끼는 리쓰를 끌어안았다.

"리쓰도 무사한가?"

엔시는 이 물음에도 말없이 고개만 끄덕이고 고료 쪽으로 걸어갔다. 너무나 불안했다. 왠지 무섭다. 철적이 뭘까. 비도는? 여자는 암기라고 했는데 그게 대체 뭘까. 어째서 고료가.

그리 생각했을 때 희미한 소리가 들렸다. 엔시가 나온 수풀이 흔들리며 조금 전 소년이 모습을 드러냈다.

"아아, 죄송합니다."

여자가 말하자마자 고료가 고개를 갸웃했다. 여자는 고료에게 일행이라고 말하며 달려와서 엔시를 스쳐 지났다. 그때 엔시는 보았다. 이제야 깨달았지만 여자에게는 한쪽 팔이 없다.

여자는 소년의 곁에 이르자 자기 몸으로 엔시의 시선을 차단하며 그에게 무슨 말인가 속삭였다. 고료는 그 모습을 의아해하며 바라보았다. 몇 번이고 소년과 여자를 번갈아 본다. 곁으로 다가간 엔시가 왜 그러느냐고 물으려 했을 때였다. 고료는 퍼뜩 안색이 달라졌다. 여자와 소년 쪽으로 황급히 발걸음을 내디디는 바람에 고료를 향해 뻗은 엔시의 손은 무시당하고 말았다.

고료는 두 사람에게 무슨 말을 하려다가 불현듯 엔시를 돌아보았다. 엔시를 향한 얼굴은 엔시가 일찍이 본 적 없는 표정을 지었다. 타인을 거부하는 얼굴이다. 엔시와 고료 사이에 좁히지 못할 거리가 생겼다.

"엔시, 마을로 가시오."

"……네?"

"미안하지만 나는 이제 자네를 바래다줄 수가 없어."

그 순간 엔시는 마침내 '그날'이 왔다고 생각했다. 언젠가 이런 날이 오리라 각오했다. 하지만 어찌하여 지금일까. 가을이 끝날 징조로 가득한 오늘 같은 날. 가까이에 들를 만한 마을은 없고 방금 전에 강도를 만났고, 벌써 해도 지려 했다.

고료는 품에서 전낭을 꺼내 엔시의 손에 쥐여주었다.

"이거라도 보태게."

엔시는 해야 할 말을 찾지 못했다. 내민 것을 받아 들지도 못한 채 우두커니 섰는데 갑자기 고료가 고개를 들었다.

"뒤편!"

고료가 소리쳤다. 엔시 뒤에 있는 두 사람에게 한 말이었다.

엔시가 고료의 시선을 좇기도 전에 두 사람 중 한 사람, 소년의 몸이 크게 기우는 것이 보였다.

004

조금 전 교시는 수풀 속을 천천히 기었다.

난투가 벌어진 장소에서 간신히 도망쳤다. 동료는 모두 도망쳤거나 공격을 받은 모양이었다. 무리가 아니다. 남자와 여자, 그 두 사람은 만만치 않았다.

—평범한 나그네라고 생각했건만.

함께 있던 여자는 고료라고 불렀던가. 문 앞에서 만났을 때 가엾게 여기며 지켜본 자신에게 화가 치밀었다. 남자가 손에 든 물건은 철적이다. 피리로 보이고 틀림없이 소리도 나지만 안은 강철로 이루어졌다. 충분히 사람을 해칠 수 있는 암기다. 게다가 남자는 비도를 쓴다. 던지기 위한 작은 칼로, 소름 끼칠 정도로 솜씨가 좋았다. 절대 단순한 나그네 따위일 리가 없다.

적어도 무기를 쓰는 게 몸에 뱄다. 그것을 생업으로 삼던 자다. 여자, 엔시라 불린 아이 엄마가 아니라 기수를 데리고 있던 쪽도 마찬가지였다. 여자는 팔 하나가 없었지만 검을 능숙하게 다루었다. 그런 두 사람이 상대다. 교시 일당에게는 압도적으로 불리했다. 그도 그럴 것이 폭력과는 무관한 이들이 무기만 들었을 뿐인 집단이다. 하지만 상황이 어떻든 이대로 도망치게 할 수는 없는 노릇이었다. 저기에 동료가 쓰러져 있다. 목숨이 붙어 있다면 조처해야 했고, 무엇보다 산에 난입한 저놈들을 이대로 묵인할 수는 없었다.

값비싼 기수를 거느린 두 사람, 한쪽은 검을 찼다. 때를 같이해 나타난 남자는 암기를 쓴다. 그자가 가도를 피해 산으로 들어간다.

어떤 자인지는 알고도 남는다. 어떻게든 놈들을 처리해야 한다. 절박한 심정에 자극받아 교시는 필사적으로 기척을 죽이고 비탈을 기어 올라갔다. 다행히 부근은 땅거미가 져서 잘 보이지 않는다. 바람도 불었다. 그래도 가능한 한 소리가 나지 않도록 천천히 기어서 걸음을 멈춘 놈들 쪽으로 다가갔다. 도중에 쓰러진 동료 곁을 지났다.

"……괜찮은가?"

교시가 나직하게 물었다. 남자는 작게 신음하면서 고개를 끄덕였다. 움직일 수 없는 모양이지만 다행히도 숨은 붙어 있다. 처치를 해야 할지 망설이는데 남자가 교시를 재촉했다.

"얼른 가. ……부탁한다."

동료의 눈에는 절박한 기색이 고통보다 크게 떠올랐다. 간절한 바람을 이해하고 교시는 고개를 끄덕였다. 동료를 두고 조용히 자리를 벗어나, 다시 기어서 놈들 쪽으로 다가갔다. 가까이에서 움직임을 멈추고 수풀 안에서 상황을 살폈다. 외팔의 여자. 데리고 있던 기수는 모습이 보이지 않는다. 조금 전 도망친 동료를 쫓는 모습을 보았으니 아직 돌아오지 않은 모양이다. 여자의 옆쪽, 교시와 가까운 위치에는 여자보다도 선이 가는 사람이 있다. 그 두 사람 맞은편에 아이를 동반한 엔시라는 여자와 고료라는 저 남자. 고료는 고개를 숙였다. 교시에게 등을 돌리고 서 있는 엔시와 무슨 심각한 이야기를 하는 듯했다. 상황을 파악하고 교시는 기세 좋게 뛰쳐나갔다. 일어난 순간 고개를 든 고료를 보았지만 개의치 않고 두 걸음 좁혀 가까운 사람을 붙잡고 뒷걸음질 쳤다. 엔시와 여자가 놀라서 이쪽을 돌아보았다.

"움직이지 마."

교시는 크게 숨을 들이쉬고 소도를 인질에게 들이밀었다. 들이댔을 때에야 그자가 십 대 중반의 소년인 걸 알았다. 놀란 소년의 목에 칼끝을 댔다. 한심하게도 자신의 손은 발작하듯 떨렸다.

외팔의 여자가 그만두라며 외쳤다. 교시는 그 말에 성난 목소리로 되받아치며 간격을 벌렸다.

"움직이지 마!"

움직이지 않기를 바란다. 특히 암기를 쓰는 저 남자는.

여자와 고료는 얼어붙은 듯이 움직임을 멈추었다. 움직인 사람은 엔시라는 젊은 부인이었다.

"이제 그만, 그만하세요."

엔시는 그렇게 호소하며 품을 뒤졌다. 전낭을 꺼냈다. 양손으로 들고 간절히 바라듯이 내밀었다.

"가져가요. 당신들도 고발하지 않을게요. 그러니 우리를 못 본 척해주세요."

교시는 물러나면서 눈살을 찌푸렸다. 아무래도 교시를 비적이라고 생각하는 모양이다. 그 오해에 안도감과 동시에 미심쩍음을 느꼈다. 엔시는 고료의 일행이 아닌가. 그렇다면 고료가 무엇을 위해 산에 들어왔는지 알 것이다. 교시는 새삼 고료과 여자에게 눈길을 돌렸다.

"……너희는 누구지? 무슨 목적으로 왔지?"

고료가 언성을 높였다.

"평범한 나그네지. 자네도 알잖은가."

"암기를 쓰는 나그네인가? 나그네가 어째서 가도를 벗어나 이런 산속에 있지?"

"자네가 마을에는 들어올 수 없다고 했기 때문이지. 잠자리를 찾고 있었어. 길가에서 잘 수는 없지 않은가. 그래서 숲속으로라도 가자 싶었지. 그뿐일세."

"그럼 어째서 이자들과 따로 행동했지?"

기수를 거느린 두 사람. 기수는 세상 중앙에 있는 금역, 황해黃海에서 잡을 수 있는 요수妖獸를 사람이 탈 수 있게끔 길들인 것이다. 하늘을 날 수 있는 등의 이점도 많지만 숫자가 한정되어 있고 그만큼 고가였다. 게다가 두 사람이 데리고 있는 것은 평범한 기수가 아니다. 시정의 백성이나 약간의 목돈을 모은 상인이 데리고 다닐 만한 물건이 절대로 아니었다. 병사가 전투를 위해 쓰는 기수다. 그것도 일개 병졸이 아니다. 군대의 공행사空行師, 아니면 장군, 사수師帥처럼 어느 정도 지위가 있는 장병이 아니면 소유할 수 없을 만한 기수다. 그런 두 사람을 쫓아 산으로 들어왔다. 그러자 이 남자가 도우러 나타났다. 남자는 평범한 행상인의 얼굴을 하고 모자와 함께였지만, 사실은 암기를 사용한다. 교시에게는 두 무리가 한패로 보였다. 한쪽은 모자를 핑계 삼아 큰길을 가고, 한쪽은 기수를 이용해 산속에 내려선다. 눈에 띄지 않도록 그렇게 따로따로 산으로 향하고 미리 말을 맞춘 장소에서 만나려 했다고밖에는 생각할 수 없다.

"따로 행동했다니 당치도 않아. 애초에 우리는 아는 사이도 뭣도 아니야. 정말로 우연히 마주쳤을 뿐이야."

"설마."

"거짓말 같겠지만 진짜다. 이 부근 길가에는 나무 한 그루도 없잖은가. 요새는 밤이슬이 심하고 비도 내릴 것 같더군. 여자와 어린애가 있으니 바위를 베개 삼아 잘 수도 없는 노릇이지. 그래서 잘 곳을 찾아 여기까지 왔을 뿐이야. 그랬더니 자네들이 보였지. 꼭 이 사람들이 비적에게 쫓기는 것처럼 보였어. 그래, 그런 너희야말로 누구냐? 어째서 이 사람들을 공격하지. 우리를 공격했지? 돈이 목적인가? 그렇다면 줄 테니 위험한 물건을 내려놔."

교시는 더욱 눈살을 찡그렸다. 고료의 목소리에 어쩐지 애원하는 말투가 내포된 것처럼 느껴졌기 때문이다. 고료의 주장 따위 교시는 도저히 믿을 수 없다. 고료도 알 것이다. 그런데도 열심히 호소하고 또 호소한다. 어찌하여 이 남자는 이토록 필사적인가?

그런 고민을 하는데 나지막한 목소리가 들렸다.

"풀어주세요."

뒤에서 구속당한 인질의 목소리였다.

"도망치지 않을 테니까. 무엇을 원하는지 알려주시겠습니까."

교시는 낭패했다. 인질의 말투가 너무나 차분했기 때문이다. 가까이 있어 붙잡았지만, 애초에 여자와 둘이서 이곳까지 들어왔을 정도이니 고료처럼 고수인지도 모른다. 저도 모르게 칼을 쥔 손에 힘이 들어갔다. 만약 그렇다면 교시에게는 승산이 없다. 본디 교시는 이런 일에 소질이 없다.

그리 생각했을 때였다. 고료가 갑자기 외쳤다.

"장군, 안 됩니다!"

교시는 순간적으로 고료의 시선이 향한 곳, 외팔의 여자를 보았다. 여자가 검을 뺐다. 교시에게 달려들려 했다. 그런 것처럼 보였다. 그런데 여자는 고료의 목소리에 반사적으로 돌아보더니 바로 그 고료를 향해 검을 겨누었다. 살기가 피어올랐다.

—이게 무슨 일이지.

교시는 혼란스러웠다. 고료는 여자를 장군이라 불렀다. 예상대로 고료와 여자는 아는 사이다. 아는 사이가 아니라던 말은 고료의 거짓말, 그럼 이놈들은 역시 한패다. 그렇다면 목적은 같다. 함께 산을 뒤지기 위해 왔을 것이다. 그렇다면 이자들은 교시 일당을 붙잡아…… 필경 죽이기 위해 이곳에 온 것이다. 하지만 여자의 검은 한패인 고료를 향했다.

혼란은 긴장이 되었다. 교시가 쥔 흉기에까지 힘이 들어갔다. 손이 떨린다. 스스로 알 수 있었다. 칼끝이 탄력을 지닌 살갗으로 파고들려 했다. 갑자기 힘이 빠진 까닭은 눈앞에서 고료가 땅에 양손을 짚었기 때문이다.

"그만하게! 그분은 태보台輔시다!"

교시는 얼이 빠졌다. 여자가 놀라서 겨누었던 검을 내리고, 어린아이와 함께인 젊은 부인 또한 우두커니 섰다.

"……태보?"

교시는 불현듯 꽉 붙든 몸을 의식했다. 붙잡아서 흉기를 들이댄 상대가?

교시는 알고 있다. 이 나라에는 재보宰輔가 없다. 재보는 일국에 한 명, 본성은 기린麒麟으로 하늘과 뜻을 통하여 왕을 고른다. 왕을 선정한 뒤에는 왕을 보좌하여 백성에게 자비를 베푼다. 백성에게 최대 아군인 재보의 소식은 알지 못한다. 벌써 육 년이다. 살해당했다는 이야기도 있지만 교시는 그 소문을 믿지 않았다. 어딘가에 무사히 계실 것이다. 틀림없이 언젠가 돌아오실 것이다.

머뭇머뭇 들여다본 상대는 조용히 교시를 올려다보았다. 그러나 그 머리카락은……. 그렇게 생각하자마자 떠올렸다. 어딘가에서 들었다. 이 나라의 재보는 흑기린이다. 사실 재보의 머리카락은 갈기로 일반적으로는 금색이지만 대국의 재보, 다이키泰麒라면 검은색이어도 문제는 없다.

고료는 넋이 나간 교시를 무시하고 검을 든 여자를 상대했다.

"류劉 장군, 리사이李齋 님 아니십니까."

여자가 맞는다고 응답하자 인사를 올린다.

"저는 금군禁軍• 중군中軍에 있던 소楚라 하옵니다."

"중군……."

여자, 리사이는 그렇게 중얼거리더니 놀라며 눈을 크게 떴다.

"중군 사수인 소인가? 분명 고료라는 암기의 달인이 있다 들었는데."

"예, 맞습니다."

고료는 교시와 인질 쪽으로 몸을 돌려 그 자리에 깊이 고두했다.

"……무사하시어 다행입니다."

교시의 손에서 흉기가 떨어졌다.

"……정말인가?"

주저앉듯이 그 자리에 무릎을 꿇었다. 멍하니 올려다본 상대는 아주 조용히 고개를 끄덕였다.

"그대는?"

"저는 서운관 사람입니다."

"서운관."

고료가 놀라서 소리쳤다.

• 왕사. 왕의 군대.

"서운관의 생존자입니다!"

육 년 전, 서운관은 인근 도관, 사원과 함께 불탔다. 소속된 도사와 승려는 모조리 목숨을 잃었다. 간신히 살아남은 교시 일당은 지금까지 인근 백성의 보호 아래 살아남았다.

교시는 그 자리에 깊이 머리를 조아렸다.

"진심으로 돌아오시기를 기다렸습니다……!"

2장

001

화원和元 33년 윤달 6월, 대국에 새로운 왕이 즉위하였다. 선왕인 교왕驕王이 붕어한 뒤 십일 년의 공위空位를 지나 전 금군 장군 사쿠 교소乍驍宗가 등극했다. 대국의 흑기, 다이키가 선정했다. 그러나 신왕의 시대는 불과 반년으로 막을 내렸다. 무대는 대국 북방의 문주다.

원래 문주는 기후가 혹독한 고장이다. 대국 북부는 대개 겨울이 몹시 추운데, 그중에서도 문주는 눈은 많이 내리지 않지만 혹한의 땅으로 유명하다. 봄은 늦게 찾아오고 여름은 건조하다. 작물의 생육에 적합하지 않고 좋은 삼림도 없다. 백성은 광업으로 생계를 유지했다. 문주는 옥 생산지로 유명하다. 대국에서만 유명한 것이 아니라 세계에서도 손꼽히는 산지다. 또한 규모는 작지만 질 좋은 철을 캘 수 있고, 양질의 금천, 은천, 옥천이 있다. 평범한 광산과는 달리 광천에서는 광물을 산출하는 물이 샘솟는다. 물이 광석을 키우는 것이다. 천연으로 샘솟은 물은 땅속에 금, 은, 옥 등의 귀중한 광석을 품어 길러왔다. 이것을 채굴하면서, 한편으로 물이 고인 샘에다가 광석을 키운다. 물속에 핵이 되는 광물을 담가두면, 오랜 시간이 걸리기는 하나 순도 높은 덩어리로 키울 수 있다. 그중에서도 요산瑤山 남쪽의 함양산函養山은 대국에서 가장 오래되고 가장 큰 규모의 옥천이라 이야기한다.

이런 광산은 기본적으로 나라의 소유로 관아가 산을 도맡아 관리한다. 그러나 실제로 산을 운영하는 것은 민간업자다. 게다가 광상•을 찾고, 갱도를 파고, 광석을 캐는 사람, 운반하는 사람으로 작업이 세분되어 각각 전문으로 청부를 맡는 업자가 있었다. 광상을 찾는 사람들은 광상이나 광천을 발견하면 돈을 받는 장사이니 일단 닥치는 대로 산을 판다. 여기에 갱도를 파는 업자가 트집을 잡는다. 시굴을 위한 갱도가 엉망이면 자신들의 수고

• 땅속에 광물이 많이 묻힌 부분.

가 늘고, 위험도 커지기 때문이다. 그 사람들에게 이번에는 광석을 파는 자들이 트집을 잡는다. 갱도 정비가 늦어지면 그만큼 자신들의 벌이가 줄어든다. 그런 광부 역시 짐을 나르는 업자들에게 끊임없이 불평을 듣는다. 광부가 일하지 않으면 돌은 움직이지 않는다. 인부는 대기하고만 있다가는 임금을 받을 수 없다. 그러니 서둘러 채굴하라고 광부를 재촉하는데, 반대로 광부가 아무리 일해도 돌이 움직이지 않으면 광부는 일하지 않은 것이 된다. 광부는 광부대로 인부를 재촉한다. 결국에는 항상 다툼이 있다. 이를 주먹으로 다스리기 위해 대두한 것이 그 지역의 불량배인 화적이었다.

각자의 요구를 조정하고 타협 짓는다. 말로 타이르기도 하지만 주먹도 쓴다. 산이 원활하게 돌아가도록 지휘하고 산의 질서를 유지한다. 그 결과 산 전체를 도맡는다. 이리하여 문주 일대는 화적의 세력 없이는 성립하지 않게 되었다. 거만해진 화적은 제멋대로 행동한다. 이에 관아는 백성을 위해, 또는 자신들의 이권을 위해 통제를 강화한다. 화적은 당연히 반항한다. 산을 둘러싼 이해가 충돌하고 관아와 화적 사이에는 다툼이 끊이지 않았다.

육 년 전에도 그러했다. 홍시弘始 2년, 교소가 즉위하고 처음 신년이 밝은 직후에 문주 남부에 있는 고백古伯이라는 고을이 화적에게 점거당했다. 이를 진압하고자 왕사를 파견했으나 동시에 다른 장소에서도 폭동이 이어지더니 점차 확대되어 결국에는 문주 일대가 휘말린 반란으로 발전했다. 들불처럼 번진 난은 마침내 왕까지 끌어내어 삼켜버렸다.

홍시 2년 3월, 교소는 문주에서 소식이 끊겼다. 동시에 재보인 다이키의 모습이 궁성에서 사라졌다. 그것이 육 년 전 대국에서 일어난 일의 전모다.

고료는 이때 문주에 있었다. 폭동 진압을 위해 파견된 금군 중군에서 일사一師 이천오백 명의 병사를 이끈 사수의 직을 맡고 있었기 때문이다. 문주사文州師와 협력하여 폭동을 일으킨 화적패를 토벌하고 점거당한 고을을 해방하고, 휘말린 양민을 보호한다. 그것이 고료에게 내려진 명령이었다.

당초에는 별일 아니라 여겼다. 출정할 때 들은 화적의 숫자는 고작 오백 명 정도, 설령 지리적으로 유리하더라도 일만 이천오백 명의 병사를 거느린 금군의 적이 못 된다. 하물며 문주에도 주사가 있다. 그것을 생각하면 일군一軍이 출정한다는 게 우스울 정도지만, 토벌을 명령한 교소는 백성에게 나라의 보호가 있음을 반드시 알게 할 필요가 있다고 생각했다.

문주는 오랫동안 화적의 전횡에 고생했다. 이전 문주후는 화적 이상으로 악랄했고 화적과의 사이에 이권을 둘러싼 분쟁이 끊이지 않았다. 주와 화적, 어느 쪽이 주도권을 쥐더라도 그 피해는 백성의 몫이다. 부는 가로채고, 법을 무시한 횡포가 버젓이 통용되고, 서로 다툼 끝에 일어나는 소요 사태가 많았다. 문주의 백성은 그것을 견뎌왔다. 교소가 옥좌에 오른 이상 주후의 전횡도 없고 화적의 행패도 없다. 대국의 새로운 왕이 허락하지 않는다. 금군 일군의 위용으로 문주의 백성에게 그것을 알린다. 그를 위한 중군 파견이었으나 그들은 이길 수가 없었다. 마치 짠 것처럼 화적의 폭동이 잇따르더니 연쇄하여 규모가 점차 커졌기 때문이다.

이곳을 진화해도 다른 곳에서 불길이 오른다. 그것을 공격해도 또 다른 장소에서 다시 커다란 불길이 치솟는다. 폭도끼리 결탁해 전황이 확대된다. 이것은 폭동 같은 간단한 문제가 아니라 처음부터 계산된 모반이 아닌가. 의심에 부응하여 왕도에서는 일군이 더 파견되었다. 그뿐만 아니라 결국에는 교소가 직접 금군에서 병사를 쪼개어 출정했다.

일반적으로 왕이 직접 최전선에 나서는 일 따위 없다. 그런데도 교소가 굳이 출정한 이유는 전황이 확대되어 교소와 인연이 깊은 철위轍圍라는 고을이 폭동의 소용돌이에 휘말렸기 때문이었다. 철위를 화적과 전화로부터 지키기 위해 교소는 일부러 출정했다. 그리고 홀연히 자취를 감추었다.

왕사는 어리석게도 동요했다. 교소 수색에 수고와 시간을 쪼개느라 정작 화적과의 전황은 완전히 교착 상태에 빠졌다. 홍기에서 새로이 일군이 투입되어 간신히 진압했으나 현장의 혼란은 심각했다. 한창 혼란할 때 진영에 새 한 마리가 날아들었다. 마찬가지로 폭동이 일어난 승주에 파견된 서주사의 장군 리사이가 보낸 소식을 전하는 새였다. 아센阿選, 모반.

처음에 고료는 경악했으나 침착하게 생각하면 사태는 자명했다. 짜고 친 것처럼 폭동이 확대된다 했더니만, 모두 계획된 일이었다. 처음부터 왕사를 문주에 묶어두기 위해 준비되었다. 철위를 끌어들여 교소를 왕궁에서 끌어내기 위해 계획되었다.

고료의 상관인 중군 장군 에이쇼英章는 꼼짝없이 계략에 빠졌다고 언짢아하며 말했다. 문주의 폭동을 뒤에서 지휘하던 인물은 아센이었을 것이다. 교소 휘하의 왕사를 왕도에서 내쫓고 틈을 노려 옥좌를 훔쳤다. 아센을 치려 해도 정작 홍기에는 간초巖趙군 일군만 남아 있었다. 왕사가 홍기로 되돌아간다 해도 난공불락의 왕도를 어떻게 공격하면 좋겠는가. 게다가 '아센 모반' 소식이 도착하고 얼마 지나지 않아 중앙에서는 리사이가 모반을 저질렀다는 소식이 날아왔다. 리사이가 교소를 치고 찬탈을 꾀했다는 것이다. 이미 구도는 자명했다. 아센에게 항복하고 리사이 토벌에 참가해라, 하지 않는다면 역적이 된다는 뜻이었다. 아센에게 항복할 것인가, 아니면 리사이와 마찬가지로 역적이 될 것인가. 결단을 강요당하는 가운데 에이쇼는 진영에 주요 장수를 모아 시원스레 선언했다.

"나는 도망치겠다."

"에이쇼 님!"

"도망쳐서 어딘가에 숨겠다. 너희도 좋을 대로 해."

에이쇼는 기가 막혀 하는 장수들을 바라보고 빈정대듯 입가를 일그러뜨렸다.

"하는 수 없잖아. 그렇다고 아센에게 굴복할 수도 없고, 그렇다면 우리는 역적이다. 그러니 도망친다."

"싸우지 않으실 겁니까."

찬탈자 아센을 친다. 고료 같은 에이쇼군의 병사뿐만 아니라 마찬가지로 문주에 있던 소겐霜元군, 가신臥信군의 병사도 당연히 전투를 치를 것이라 생각했다.

"싸우지 않는다. 백치白雉가 숨을 거두지 않았으니까."

리사이가 보낸 소식으로는 그러했다. 백치는 나라에 하나뿐인 영조靈鳥다. 왕의 등극과 함께 '즉위'라고 울고 왕이 타계하면 '붕어'라고 울며 죽는다. 백치가 교소의 죽음으로 숨이 끊어졌다는 이야기가 전해졌으나, 모두 아센의 기만이며 백치는 아직 죽지 않았다 한다.

"주상은 돌아가시지 않았다. 그렇다면 장차 반드시 전투가 있다. 아센에게 저항하려는 전투가 아니라 아센과 주상의 전투가."

에이쇼는 냉정하게 웃으며 말했다.

"그때 움직이지 못한다면 교소 님을 섬길 가치가 없다. 그러니 지금은 도망쳐서 어딘가에 잠복한다. 교소 님이 큰일을 일으켰을 때 급히 달려갈 수 있도록. 하지만 너희는 너희 뜻대로 해라."

에이쇼는 그리 말하고 진영을 둘러보았다.

"나는 너희 전부를 끌어안을 만큼 사정이 넉넉하지 않으니까. 그러니 왕사를 도망쳐 어딘가에 숨든 아센 밑으로 들어가든 마음대로 해."

에이쇼는 평상에 펼친 지도를 가리켰다. 철위, 임우琳宇 주변 지도다. 지도에는 적과 아군의 진영과 전장이 될 토지의 상세한 지형이 적혀 있었다.

"하지만 만약 훗날 교소 님을 위해 일할 마음이 있다면 여기에 서명해라. 반드시 교소 님을 위해 돌아오겠다는 서약을 하는 것이다. 이것은 약속이 아니다. 기린이 왕에게 충성을 맹세하듯이 절대로 어길 일 없는 서약이어야 한다."

동의의 목소리를 높이는 부하들에게 던진 지도. 지도에 그려진 땅 어딘가에서 그들의 왕은 소식이 끊겼다.

"견디고 때를 기다려 주상이 거병하면 반드시 달려오겠노라

서약하라. 그럴 마음이 없는 자는 마음대로 하면 된다. 단, 아센에게 투항하는 자는 결전 때까지만 살아 있는 목숨이라 생각해. 주상과 아센이 싸운다면 나는 반드시 그자의 목을 가져오겠다."

에이쇼는 그렇게 말하고 냉정하게 미소를 지었다.

"여기서 도망칠 자는 길을 걸을 때 고개를 숙여라. 나와 눈이 마주치지 말도록. 시선이 마주친다면 용서하지 않겠다. 서약해 두고서 때가 되어 두려움에 떠는 자는 도망쳐 숨을 생각 하지 말고 자해하라. 거기서 목숨을 아껴도 수명은 크게 바뀌지 않을 테니까."

그 지도에 실제로 얼마나 서명을 했는지 고료는 알지 못한다. 적어도 앞뒤로 조금의 여백도 없이 묵서된 지도를 들고 에이쇼는 정말로 종적을 감추었다. 그 뒤로 고료는 소식을 모른다. 다만 아센에게 붙잡혔다, 처형당했다는 소문은 듣지 못했다. 그런 이야기가 없는 이상 아마도 어딘가에 잠복해 있을 것이다.

고료 역시 휘장을 내버리고, 무기와 갑주를 버리고 문주를 벗어났다. 그 뒤로 줄곧 다가올 때를 기다리며 흘러가는 대로 방랑했다.

"리사이 님의 안부를 줄곧 걱정했습니다. 각지에 수색의 손길이 뻗어 있었으니까요."

고료는 외팔의 장군을 바라보았다. 적어도 고료가 문주로 떠나기 전에 장군에게는 양팔이 다 있었다.

리사이는 고개를 끄덕였다.

"희생은 컸지만, 보다시피 가까스로 살아남았다."

폐허 한구석이었다. 한때 보현사가 있던 불탄 터라고 한다. 사원이 있던 장소에는 돌을 쌓은 기단만이 남았다. 조금 거리를 두고 안뜰—이제는 가을 풀에 묻혀 흔적도 없다—에는 다친 백성이 누워 있거나 웅크리고 있었다. 리사이와 다이키를 덮친 이들은 도관, 사당의 잔당과 그들을 비호하던 인근 주민이었다. 그들은 기수와 행동거지로 짐작건대 두 사람이 잔당 사냥을 위해 아센이 파견한 자들이라고 판단했다.

비탈 여기저기에 쓰러진 부상자는 움직일 수 있는 사람들이 총동원해 옮겨서 쉬게 했다. 마을로 데리고 돌아가기 위해 전령이 산을 달려 내려갔다. 다행히도 사망자는 없고, 심각한 중상자도 없다. 고료는 몸을 숨겨야 했기 때문에 검을 가지고 다니지 않았다. 암기는 있지만 기본적으로 방어나 암살을 위한 것으로 사용한다고 상대가 반드시 크게 다치는 성질의 무기가 아니다. 리사이는 검을 지녔지만 주로 쓰던 팔을 잃은데다 다이키가 곁에 있는 것을 의식하고 있었기에, 가능한 한 살상을 피했다. 그 때문에 분별 있는 양민에게 중상을 입히지 않을 수 있었다.

"리사이 님의 휘하는……."

리사이는 모른다고 대답했다.

리사이는 문주와 홍기로 '아센 모반'의 소식을 흘린 직후에 아센에게 구속되었다. 아센은 리사이가 교소를 시해했다면서 반란 진압을 위해 승주로 가던 길인 리사이의 신병을 구속했다. 리사이는 자신의 군을 남기고 왕궁으로 이송되게 되었다. 남겨진 휘하도 홍기로 연행한다고 들었다.

"훗날 들은 바로는 결국 홍기에서 새로운 장수가 파견되어 그대로 승주로 보내진 모양이더군."

하지만 리사이는 이송 도중에 탈주했다. 그 순간 리사이군은 반군이 되고 말았다. 혹독한 문초 뒤에 그들은 승주 진압을 위해 파견되었으나, 이미 대역죄를 저지른 장군을 모신 그들에게 이것은 징벌적 의미가 강했을 것이다. 진압을 위해 일하지 않는다면 마땅한 형벌에 처하겠다는 뜻이다.

실제로는 그들이 도착하기도 전에 폭동은 진압되었고 목적을 잃은 그들에게 다음 명령이 내려졌다. 다름 아닌 리사이를 내몰아 처형하라는 것이었다. 애초에 리사이에게 역모의 마음이 있을 리 없다는 사실을 아는 휘하들은 이 명령만큼은 받아들일 수 없었다.

"승주에서 뿔뿔이 흩어졌다 들었다. ……그리고 대부분 붙잡혀 처형당했다는 이야기도."

얼마나 많은 병사가, 그리고 휘하 중 누가 실제로 처형당했는지는 리사이도 확실히 모른다. 그들 대부분은 정식 재판도 없이 붙잡힌 그 자리에서 부당하게 살해당했다. 기록도 없거니와 무덤도 없다. 도주한 뒤로 몸을 숨기면서 도망쳐 다니던 리사이에게도 그것을 조사할 길은 없었다. 다만 그들이 국명을 거부하고 흩어진 곳은 승주다. 그리고 승주는 원래 리사이가 주사 장군을 배명받은 토지이기도 하다. 휘하에는 승주 출신자가 많고, 그곳을 잘 알기도 알거니와 지연地緣도 있다. 어떻게든 도움을 받아 몸을 잘 숨긴 자도 많지 않을까. 리사이는 지금도 그 점에 한 줄기 희망을 붙들고 있다.

그러고 나서 리사이는 줄곧 도망다녔다. 자신의 휘하, 또는 교소 휘하를 만나 어떻게든 아센을 칠 수 없을까 하고 계속 발버둥쳤지만 허망했다.

당시 리사이뿐만 아니라 아센을 옥좌에서 추방하려 움직이는 의로운 백성은 많았다. 그러나 반민으로 보이는 세력이 아센의 눈에 띄면 가혹한 보복이 기다렸다. 아센이 보복하는 방식은 이상했다. 마을에 모반을 꾀하는 세력이 있으면 반민을 찾는 수고 따위 들이지 않는다. 마을을 송두리째 뿌리 뽑았다. 일찍이 서운관에 그리했던 것처럼.

리사이가 콕 집어 말하자 묵묵히 기다리던 교시는 몸을 떨었다.

문주에서 새로운 왕이 붕어하고 아센이 옥좌를 채웠다. 처음에는 왕궁 바깥에 있던 이들이 여기에 의심을 제기할 이유가 전혀 없었다. 왕이란 본디 하늘이 고르는 것, 하늘이 기린을 통해 최선의 인물을 옥좌에 올린다. 그러나 그 왕이 없는 이상 정당한 왕이 다시 오를 때까지 누군가 대신 조정을 통솔해야 했다. 아센은 교왕 시대부터 교소와 쌍벽을 이루던 인물이다. 교소의 왕조에서도 중용되어 휘하는 물론 조정 신료들의 평판도 좋다. 새로운 왕이 등극하기 전까지 가왕假王으로 아센이 교소의 뒤를 잇는 것이 타당해 보였다.

그러나 이 사태에 서운관이 의심을 드러냈다. 원래 서운관은 전국 도관의 중추로, 각처의 도관이 보고 들은 정보는 결국 서운관에 모인다. 또한 도관과 사원은 지식 기술 전승의 장이라는 성질상 동관冬官•과 인연이 깊다. 도관과 동관, 양쪽의 목소리를 대조하면 아센이 등극한 경과는 심히 이상했다.

먼저 정말로 교소가 붕어하였는지부터 분명치 않았다. 처음에는 문주 화적의 난에서 전사했다고 전해졌지만 전후 사정이 확

• 기술 개발 및 제작을 관장하는 관리.

실하지 않고, 조난당한 장소도 여러 말이 있어 일정하지 않다. 설사 어떠한 사고가 있어 돌아가셨다 하더라도 국장도 치르지 않고 능을 건설할 낌새도 없다. 조사해보아도 교소의 죽음을 확인한 사람 자체를 찾을 수가 없었다. 전란 속에 교소가 종적을 감추었다는 것은 사실이나, 그 뒤 소식은 알지 못한다는 것이 실정인 듯했다. 그렇다면 가왕이 설 도리가 없다. 그리 의심하고 보니 화적의 난은 처음부터 교소를 끌어들이기 위해 준비된 것으로만 보였다. 그리고 때를 같이해 다이키까지 자취를 감추었다 한다. 왕궁에서 이상한 천재지변, 식蝕이 일어났다고 하는데 본디 천상의 왕궁에서 식이 일어나는 것 자체가 흔치 않은 일, 그것이 때마침 교소의 실종과 동시였다는 것 또한 지나친 우연이라 납득하기 어렵다. 다이키의 소재도 분명치 않은 상황임에도 마치 공위가 된 것처럼 가왕이 서고 태연히 조정을 움직인다. 여기에는 태강太綱(규율)의 뒷받침은 고사하고 관례라는 뒷배조차 없었다.

아무래도 이상하다는 목소리가 염현의 도사와 승려 사이에서 커지고, 결국 각 파의 도관과 여러 파의 사원이 협의 끝에 나라에 그 점을 따져 묻기로 했다. 그러한 행동으로 현재 아센이 좌지우지하는 국부와 대립하게 되리란 것은 누구나 예상한 일이었다. 앞으로 냉엄한 상황에 처할지도 모르니 단단히 마음먹으라는 말을 교시도 노사老師에게 들었다. 앞으로 서운관에 대한 나라의 처우는 냉랭해질 것이다. 만약 무슨 일이 생기더라도 나라의 원조는 기대할 수 없다. 많은 도사를 거느린 각 도관의 규모에 따라 나라나 주에서 해주던 지원은 끊길 가능성이 크다. 온갖 것에 부족함이 생기겠지만 다소 참고 견디더라도 길은 바로잡아야 한다. 노사는 그리 말씀하셨다.

며칠 뒤에 나라의 칙사가 왔다. 책문에 대한 답변 없이 새로운 왕의 등극에 의심을 드러냄은 곧 모반에 해당한다고 통고했다. 서운관은 대답이 되지 않는다고 반발했다. 모반 따위 생각하지 않으나 백성이 모시는 왕의 정당성은 물을 권리가 있다. 정당한 가왕이라면 서운관은 적극적으로 왕의 통치에 협력하겠다. 하지만 만에 하나 그렇지 않다면 어떠한 협력도 할 수 없다.

반발에 대한 보복은 곧바로 찾아왔다. 팔월 말일 미명, 낭패한 동료가 교시를 들깨웠다. 자신의 이름을 부르는 목소리가 평정을 잃은 것이 심상치 않아서 교시는 놀라며 벌떡 일어났다.

"……뭐지?"

수행중인 도사 가운데 교시 같은 하위 도사는 여러 명이 한 조가 되어 별채에서 함께 지냈다. 교시는 당시 열여섯 살로 입산한 지 얼마 되지 않아 도사라 해도 아직 수습생 같은 존재였다. 아침저녁으로 사당에 예배를 드리고 노사 곁에서 강의를 듣는 것 말고는 그저 잡일에만 종사했다. 동이 트자마자 일어나 각처를 청소하며 재계하고, 늦은 밤에 하루의 먼지를 청소하고 끝난다. 장작을 패고, 가축을 돌보고, 밭에서 농사일을 하고, 부엌일을 돕고 심부름을 하고, 법식法式을 지키면서 철저하게 허드렛일에 힘쓰는 것이 수행의 첫걸음이다. 그렇기에 잠은 늘 추락하듯이 찾아와 징 소리에 벌떡 일어날 때까지는 꿈도 꾸지 않는다.

그러나 교시는 그런 생활에 불만을 느낀 적이 없었다. 교시는 원해서 도관에 들어왔다. 강주에서 태어난 교시에게, 백성에게 무슨 일이 있으면 달려와서 도와주는 도사들의 검은 도복은 줄곧 동경의 대상이었다. 교시는 아직 교학을 전부 마치지 못해 검은 도복을 입지는 못하지만, 주어진 남의藍衣를 입고 웅장한 서운관을 자신의 거처로 삼고 돌아다니는 것만으로 긍지를 느꼈다. 서운관 입산은 바란다고 해서 이룰 수 있는 일이 아니다. 우연히 연줄이 있어 서운관에서 수행을 시작할 수 있었다. 그것을 가장 큰 행운이라 여겼다.

그렇지만 허드렛일에 지칠 대로 지친 몸을 기상 징 소리 이전에 일으키기는 괴롭다. 동료의 절박한 목소리가 없었더라면 뒤척이며 다시 잠들었을지도 모른다. 그것을 용납지 않는 비통한 절규에 일어나 등불도 없이 방 안이 붉은빛으로 가득 찬 데에 놀랐다.

불 꺼진 당내에 늘어선 침상, 교시와 마찬가지로 당황하며 일어난 같은 방 동료들. 불온하게 흔들리는 붉은 불빛이 그들 모두를 비췄다. 놀라서 시선을 돌린 채광창 너머로 한낮처럼 밝은 하늘이 보였다. 붉게 물든 미명의 하늘을 줄지은 기와지붕 그림자가 시커멓게 가렸다. 화재다. 바로 알았다. 심상치 않은 규모다.

불을 끄기 위해 침상에서 뛰쳐나온 교시의 팔을 동료가 붙잡았다.

"도망쳐."

"그보다 불을 꺼야지."

달려가려는 교시를 강한 힘이 막는다.

"됐으니까 도망쳐. 왕사다."

교시는 경악하며 동료의 얼굴을 돌아보았다. 불침번을 섰는지 남의를 입은 동료의 얼굴은 재로 더럽고 폭포처럼 땀이 흘러 얼룩졌다.

다른 동료가 어떻게 된 일이냐고 물었다.

"포위됐어. 이게 왕의 대답이다."

교시는 떨었다. 역정을 살 것은 잘 알고 있었다. 하지만 이렇게까지 할 줄이야.

"아무런 경고도 없이 느닷없이 불을 질렀어."

"설마."

동료는 고개를 저었다. 광대한 서운관 곳곳에서 갑자기 불길이 치솟았다. 놀라서 둘러보니 산은 군대로 완전히 포위되었다.

"노사님은?"

"본전에서 짐을 꾸리고 계셔. 경전만이라도 가지고 나가야 한다고."

교시는 고개를 끄덕였다.

"가서 노사님을 도와 산기슭으로 도망쳐. 우리는 다른 사람들을 깨우러 갈게."

교시는 고개를 끄덕이고 남의로 갈아입을 시간도 아까워하며 본채로 달려갔다. 서운관은 내부에 여러 도원을 거느렸다. 도원은 저마다 노사인 감원監院을 정점으로 독립한 수행장인데 통틀어서 서운관이라 부른다. 교시는 득지원得之院 소속이었고 감원은 세이메이世明다. 교시와 수련 동료들은 세이메이 곁으로 달려가 서둘러 짐을 꾸리고 야음을 틈타 도망쳤다. 서운관은 왕사에 두텁게 포위되었지만 득지원은 거대한 너럭바위로 된 바위산 기슭에 있고, 산에는 수행을 위해 다니는 좁은 길이 나 있었다. 짐승이나 오갈 만한 좁은 길이지만 산을 넘고 또 다음 봉우리를 넘어 묵양산 중턱까지 이어진다. 교시 일행은 각자 짐을 짊어지고, 교대로 노사의 손을 끌며 캄캄한 산길을 넘었다. 얄궂게도 서운관이 타오르는 불빛이 위험한 발밑을 비추어주었다. 이 샛길만은 왕사도 알아채지 못했는지 병졸을 맞닥뜨리는 일은 없었다.

교시 일행은 간신히 도망쳤다. 그러나 도사 대부분은 서운관과 운명을 함께했다. 주위 다른 도관과 사원도 마찬가지였다. 소수만이 간신히 도망쳐 각자 인근 마을로 도망쳤다. 그러나 그것이 비극을 더욱 확대했다. 상소와 관계없던 인근 마을까지 모반에 가담했다 하여 주벌의 대상이 되었다.

역정을 사더라도 하는 수 없다. 서운관의 누구나가 엄격한 문초를 예상했고, 그 결과에 따라 윗선이 책임을 물어 한꺼번에 처벌받을 각오도 했다. 그러나 소속된 도사뿐 아니라 고용되어 일하는 양민과 도관 인근 마을까지 일망타진으로 섬멸당할 줄은 누구 한 사람 상상조차 하지 못했다. 서운관과 부근의 도관, 사원에는 참배를 위해 찾아와 묵던 신도와 치료를 위해 체류하던 병자도 있었다. 그러한 무고한 백성까지 포함해 묵양산 일대를 불태워버렸다. 이것이 아센의 이상한 방식이었다.

그후로도 도관과 사원의 잔당에 냉엄한 추격이 이어졌다. 도사를 숨겨주었다는 이유로 토벌당한 마을도 있다. 주민의 의사와는 관계없이 갈 곳을 잃은 승려가 도망쳐 들어온 탓에 잿더미가 된 마을도 있었다. 반대로 자신들을 숨겨준 마을을 지키기 위해 스스로 왕사에 투항한 도사도 있었다. 교시 일행도 그러했다. 교시를 포함한 열일곱 명이 묵양산 기슭에 있는 동가로 도망쳐 왕사의 수색을 받았다. 그들이 발각되면 동가까지 재난이 미친다. 그 사실을 염려하고, 또한 교시 일행을 지키기 위해 노사를 비롯한 여섯 명이 왕사 앞으로 나갔다. 아니, 거부하는 동가 주민을 설득하여 왕사로 끌고 가게 했다.

밀어닥친 왕사는 다행인지 불행인지 규율을 지켰다. 적어도 당시, 잔당 수색이 시작된 초반에는 아직 군에 규율이 살아 있었다. 왕사는 도망친 도사와 승려를 찾기 위해 건물을 부수고 주민을 위협하기는 했으나 결코 도리에 맞지 않는 행패를 부리지는 않았다. 저항했을 때는 마을을 통째로 무참하게 불태웠으나 수색에 얌전히 협력하면 눈감아주는 일도 많았다. 여섯 사람은 동가 주민에 의해 왕사에 넘겨졌다. 노사와 마을 주민은 동가로 도망쳐 온 이는 이 여섯 명이 전부라 주장했고 왕사도 그것으로 납득했다. 교시를 포함한 열한 명이 그들의 희생으로 목숨을 건졌다.

상식적이라면 교시와 같은 서운관 잔당뿐 아니라 부근 일대에 숨은 많은 도사는 뿔뿔이 흩어져 이 주변을 떠나야 했다. 하지만 그러지 못했다. 단약을 만들기 위해서 여러 도관에 있는 설비가 필요했다. 단약은 민간 의술의 핵심이다. 나라의 시혜를 기대할 수 없어진 지금이야말로 단약 제조만은 그만두어서는 안 되었다. 도사들은 여기저기 폐허를 돌아다니며 쓸 수 있는 가마와 도구를 뒤졌다. 부서진 것은 수리하고 잔해와 재 속에 묻힌 물건을 발굴했다. 여기에서 포기하고 도사들이 뿔뿔이 흩어지면 필요한 단약이 백성의 손에 전해지지 않는 것은 물론이고 단약을 만들기 위한 기술과 지식마저도 흩어져 사라진다. 그들은 산에 남았다. 도원의 일에 휘말려서 비운에 처한 인근 백성들도 도왔다. 가난한 가운데 도사들을 먹여 살렸을 뿐 아니라 완성된 단약을 몰래 들고 가 각지의 도관에 전달되도록 인계하고, 돌아오는 길에는 재료를 모아주었다. 도사들은 그 귀한 재료를 가지고 산을 돌았다. 하나의 도관 터에 모든 설비가 남아 있지 않았기 때문에 공정마다 산에서 산으로, 폐허에서 폐허로 전전해야 했다. 한편으로 지식의 누락을 막기 위해서 발굴한 서면과 기억을 합쳐 편찬에도 힘썼다. 추위와 굶주림에 조금씩 숫자가 줄어들면서도 그렇게 버틴 육 년.

교시는 묻는 대로 이야기를 떠들었다.

"용케…… 견뎌주셨습니다."

따스한 손이 교시의 양손에 닿았다. 놀라서 시선을 들자, 터무니없게도 다이키 본인이 기단에 앉은 교시 앞에 무릎을 꿇고 교시의 손을 쥐고 있었다.

"당치도 않습니다."

교시는 허둥지둥 기단을 미끄러져 내려오려 했으나 양손을 쥔 인물은 그것을 허락지 않았다.

"죄송합니다. 그리고 고맙습니다."

교시는 말이 나오지 않았다. 반드시 가마를 지키라는 말을 남기고 은신처를 나선 노사, 눈산을 넘어 다음 가마로 가려다가 쓰러진 동료. 함이 젖으면 염현의 백성이 목숨을 걸고 마련한 재료, 그때까지의 공정이 헛되이 된다. 그렇게 생각했을 것이다. 산길에서 실족해 떨어진 그는 입었던 옷가지를 모조리 함에 씌우고, 몸으로 그것을 덮어쓴 채로 얼어붙어 있었다.

교시는 무척 괴로웠다고 말하고 싶었다. 어느 누구의 몸과 마음에도 지독하게 참담한 육 년이었다고.

"……태보, 한 가지만 여쭈어도 될까요."

교시는 간신히 말했다. 상대방의 긍정을 얻고서 물었다.

"태보께서는 지금까지 어디에 계셨습니까."

교시, 하고 누군가가 제지하는 목소리가 들렸다. 당연하다. 이는 부재를 책망하는 말이다. 알지만 묻지 않고는 배길 수 없었다.

"봉래蓬萊에……."

세상의 끝, 바다 너머에는 봉래라 불리는 환상의 나라가 있다 한다.

"듣기로 태보는 봉래에서 태어나셨다고요."

매우 드물게 그 환상의 나라에서 태어난 태과胎果라 불리는 이가 있다. 태과인 재보는 고개를 끄덕이고, 교시의 손을 쥔 자신의 손에 이마를 댔다.

“용서하세요. 저는 돌아오는 길을 알지 못하였습니다.”

교시는 납득했다. 자세히는 모르지만 힘주어 쥔 손바닥으로, 그 힘과 떨림으로 헤아릴 수 있는 일도 있다.

“……돌아와주셔서 고맙습니다. 이보다 더한 행복은 없습니다.”

교시가 그리 말하자, 무슨 의미인지 다이키는 고개를 작게 가로저었다.

002

어둠 속 마을은 입구의 문을 닫았다. 곽벽 안은 쥐 죽은 듯이 고요하고, 동시에 집집에 켠 불빛도 드물었다. 이미 밤이 깊어 마을은 잠들어도 당연한 시각이었다. 하지만 바깥에서 보이는 고요함과는 달리 마을은 잠들지 않았다. 그 증거로 어슴푸레 등불을 켠 이가里家•에 수십 명이 모였다.

• 고아와 노인을 돌보고, 글방과 사랑방을 겸하는 마을 공동 시설.

그들은 이가 동쪽에 있는 객청을 말없이 둘러쌌다. 발 디딜 틈도 없이 사람으로 빽빽했으나, 만약 이가를 들여다본 사람이 있다 해도 사람이 모여 있는 줄은 모를 것이다. 사람들은 등불 하나 손에 들지 않고 회랑의 암흑에 숨고, 정원의 어둠 속에 몸을 던져 고집스럽게 침묵을 지킨 채 건물에서 새어 나오는 불빛을 바라보았다.

아니, 완벽한 침묵은 아니다. 이야기를 나누는 소리는 없으나 숨죽인 중얼거림, 참아내는 오열이 어둠 속에 울려 퍼졌다. 꼭 끌어안은 가족, 떨리는 손을 굳게 마주 쥔 부부, 어떤 이는 소리를 죽이듯 입가에 가져다 댄 소매를 물고, 또 어떤 이는 정원의 수목에 매달려서도 시선은 절대로 건물에서 떼지 않았다. 창문과 문에서 들여다보이는 객청 안, 어둑한 등불에 비춘 그림자. 모든 시선이 하나의 그림자 위에 쏟아졌다.

그 시선을 가로막듯이 늙은 그림자가 창가에 나타났다. 이가 바깥에 꺼릴 만한 눈과 귀라도 있는 것처럼 소리 죽인 나직한 목소리로 어둠 속에서 말했다.

"이보게들, 그만 돌아가게."

말한 이는 이 마을의 여서閭胥(장로)다.

"자네들 마음은 이해하지만 이러면 마음이 편치 않으실 게야."

여서는 누구의 마음이 편치 않은지 굳이 말하지 않았다. 그래도 뜻이 통한 걸 알 수 있었다. 하지만 조각상처럼 우두커니 선 사람들은 반응이 없었다.

"우선 쉬시게 하자고, 알아듣지?"

여서가 거듭 말하자 사람 무리가 흔들렸다. 노인의 목소리에 반응한 것이 아니라 그의 뒤에 나타난 그림자에 모두가 숨을 삼키고 꿈틀거린 탓이었다.

"괜찮아요."

그 인물은 여서에게 말하고서 앞으로 나왔다. 한차례 밤을 둘러보고 동시에 부드러운 목소리로 말을 건넸다.

"보아하니 어린아이도 있는 모양이군요. 이대로는 밤이슬에 젖겠습니다. 안으로 들어오세요."

여서는 놀라서 인물을 보았다. 동시에 다시 인파가 술렁였다. 희미한 오열과 숨죽인 외침, 금세 사람들이 무너지듯이 가라앉아 그 자리에 머리를 조아렸다. 땅바닥에 엎드렸던 인파가 이윽고 다시 일어나 끝에서부터 무너지듯이 물러갔다. 마지막 한 사람이 자취를 감출 때까지 단 한 마디도 없었다.

"……태보."

여서는 옆에 선 그림자를 올려다본다. 다이키는 사람들이 사라지고 칠흑 같은 어둠만이 서린 밤을 응시했다.

"필시 호소하고 싶은 이야기가 있었을 것인데…… 훌륭한 분들입니다."

"감사합니다."

여서는 고개를 숙였다.

교시는 묵묵히 그 모습을 지켜보았다. 오로지 참고 견딘 마을 사람들. 이 가난한 땅에 머무르며 자신들의 먹을 것을 줄이면서까지 숨어 사는 도사들의 버팀목이 되었다. 그들은 보상받을 가치가 있다. 다이키의 모습을 보고 목소리를 들은 것이 조금이나마 보답이 되었을까.

여서가 애틋하게 정원을 바라보는 다이키를 재촉해 객청 안으로 돌아왔다. "그럼" 하고 기운을 북돋우듯이 밝은 목소리를 내며 치료와 식사 시중을 위해 남았던 주민 몇 명을 둘러보았다.

"다들 쉬시도록 우리도 물러갑세."

여서는 나이 든 얼굴을 고료에게 향했다.

"같이 오신 분은 저희 이가에서 책임지고 맡겠습니다. 풍족한 마을이라 할 수 없으니 아무 부족함 없이 보살피지는 못하겠지만 가능한 한 잘 돌보겠습니다. 안심하십시오."

"고맙습니다."

감사를 표하고 깊이 인사하는 고료에 이어 리사이가 입을 열었다.

"전부 다 고맙습니다. 신세를 지겠습니다."

리사이의 말에 여서는 머리를 조아리며 응답했다. 마을 사람들도 마찬가지로 고두하며 물러났다. 이제 다이키를 둘러싸듯이 고료와 리사이, 교시와 두 인물이 남았다. 장년의 마른 남자와 간소한 옷차림의 노인. 이 두 사람이 이날까지 서운관 사람들을 도왔다. 남자는 마을의 이재里宰(이장)로 도진同仁이라 하고, 노인은 서운관의 도사로 엔초淵澄라 한다.

교시 일행이 다친 동료들을 부축하며 마을로 돌아왔을 때 도진은 마을 입구에서 안절부절못하며 서성댔다. 다이키의 귀환을 사람들에게 듣고 만사 제치고 그곳에서 기다렸던 듯하다. 선량함이란 단어를 그림으로 그린 듯한 풍채의 이재는 멀리서 다이키의 모습을 보자마자 그 자리에 고두하고, 교시 일행이 다가올 때까지 땅바닥에 엎드린 채 소리 죽여 울었다. 태양은 이미 저물었다. 일행을 맞아들인 동가는 외부를 거부하고 마을 문을 닫았다. 이가로 맞이한 귀한 손님은 잠시 휴식을 취하고 음식을 대접받았다. 근처 산에 몸을 숨겼던 엔초가 소식을 듣고 달려왔다. 조금 전 도진이 보낸 사자에 이끌려 도착한 엔초는 수난을 겪은 뒤로 여태껏 단 한 번도 당황한 적이 없었는데, 교시가 알기로 처음으로 제정신이 아니었다. 다이키를 앞에 두고 입도 거의 뻥긋하지 않은 채 머리를 조아리더니 객청 구석에서 얼어붙은 듯이 웅크리고 있었다.

주위가 잠잠해졌을 때 교시는 살며시 노사의 손을 끌고 다이키 앞으로 데려갔다.

"태보, 다시 노사를 소개하겠습니다. 서운관의 감원인 엔초이옵니다."

서운관은 백 개 가까운 도원을 거느리고, 도원의 숫자만큼 감원이 있었다. 그들 감원 위에는 복수의 도원을 총괄하는 방장方丈이 있었으나 방장 중에 살아남은 이는 단 한 사람도 없다. 감원 중에서 살아남은 이는 불과 여섯 명, 엔초는 그중의 필두다. 다른 다섯 명을 다른 주로 피신시키고서 자신은 이 땅에 남아 단약을 만드는 도사들을 지휘하고, 마찬가지로 남은 다른 종파의 도관과 여러 종파의 사원을 총괄하는 역할을 맡았다.

교시가 그렇게 이야기하자 다이키는 교시에게 했던 것처럼 정중하게 엔초의 손을 잡았다. 그 손을 받들듯이 잡고 감사의 말을 전했다. 황송하다며 옷으로 눈가를 훔친 노사를 교시가 부축한다. 노령인 엔초는 참극 이후로 겪은 가난과 추위로 다리가 상했다. 일어나고 앉을 때나 걸을 때도 부축이 필요하다. 그것을 알아챘는지 다이키는 직접 손으로 부축하며 의자로 이끌었다.

"부디 앉아주세요."

그리 말하고 무릎 꿇은 도진을 돌아보았다.

"이재도 앉으세요."

"아닙니다, 저는……."

허둥지둥 고개를 젓는 도진에게 다이키는 놀랄 만한 소리를 했다.

"바닥이 찹니다. 무엇보다 저는 이제 여러분이 머리를 조아릴 만한 자가 아닙니다."

리사이가 당황해서 태보를 불렀다. 다이키는 그런 리사이를 시선으로 제지했다.

"모두 앉아주세요. 저는 오랫동안의 부재를 가장 먼저 사죄해야 합니다. 그뿐 아니라 여러분을 더욱 낙담시킬 만한 이야기를 드려야 합니다."

다이키는 잠시 말을 끊었다. 담담하고 조용한 얼굴이었다.

"먼저 이재와 감원께 지금까지 백성을 위해 애써주신 것을 진심으로 감사드립니다. 교시에게도요."

다이키는 그리 말하고 교시에게 시선을 돌렸다.

"지금까지의 노고에 깊이 감사드립니다. 한심하게도 제가 대국을 떠난 사이 여러분이 백성의 버팀목이 되어주셨습니다. 많은 희생을 치렀는데도 이제야 돌아온 저를 진심으로 환영해주셨어요. 그러나……."

다이키는 다시 한번 말을 끊고 잠시 단어를 고르는 것 같았다.

"저에게는 여러분께 베풀 기적의 힘이 없습니다. ……뿔을 잃었습니다. 그래서 저는 이제 기린이라 부를 수 없습니다."

리사이가 거세게 자리를 박차고 일어났다.

"태보, 그런 표현은……."

"사실인걸요."

교시는 말의 의미를 제대로 파악할 수 없었다. 마찬가지인지 고료 역시 의아해했다. 그런 사람들을 보고 리사이는 아니라며 고개를 가로저었다.

"태보의 말씀은 바르지 않다. 어떻게 기린이 기린이 아니게 될 수 있을까. 태보는 이 대국의 기린이시고, 하늘이 대국에 내리신 분이 틀림없다. 태보는 그저 다치신 거야."

"뿔…… 말입니까?"

교시는 무심코 물었다. 기린은 본디 신수神獸라 불리는 짐승 형태를 가졌다. 대다수는 자황색 털에 황금빛 갈기를 지니고 이마에는 뿔이 하나 있다. 뿔이야말로 기린이 기적을 부리는 원천이라 일컬어졌다. ……그 뿔을?

"아센, 그 흉적이 베었다. 그 탓에 태보는 크나큰 상처를 입고 봉래로 떨어지셨어. 이는 결단코 태보 탓이……."

필사적으로 해명하려 하는 리사이를 당사자인 다이키가 막았다.

"리사이, 그런 이야기를 해도 소용없어요. 리사이의 말대로 부상당했습니다. 그 때문에 왕기를 찾지도 못하고, 짐승의 모습으로 전변轉變하지도 못하고, 지배하에 둔 요마를 사령使令으로 사역할 수도 없습니다. 대국을 위해, 대국의 백성을 위해 무엇도 베풀 수가 없습니다. 가진 것이라고는 그저 이 몸 하나뿐입니다."

"그걸로 충분합니다."

누가 무슨 말을 하기 전에 도진이 말하였다.

"존체 그 자체가 대국에는 하늘의 은혜입니다. 기린인 태보께서 대국에 계시다는 것은 하늘이 대국을 버리지 않았다는 증좌입니다. 저희는 그것만으로 차고 넘칠 만큼 보답받았습니다."

도진은 그리 말하고 나서 가볍게 숨을 토해냈다.

"솔직히 말씀드리면 하늘은 이미 대국을 버렸다고 생각했습니다. 이대로 나라도 만민도 몰락하는 수밖에 없다고요……."

항상 마을 사람이나 도사들을 적극적으로 격려하던 도진이 처음으로 털어놓은 약한 소리였다.

"어떻게 마지막 순간까지 모두에게 그것을 들키지 않고 희망을 품게 할지, 아니면 공연히 희망을 지니게 하는 것이 도리어 무자비한 짓일지……."

도진은 말을 끊고 감정을 억누르듯이 주먹으로 입을 틀어막았다.

"마을 사람들에게는 죄가 없습니다. 오히려 오늘날까지 열심히 도사님의 버팀목이 되었지요. 먹을 것을 줄이며 수고를 아끼지 않았어요. 그런데 하늘은 자네들을 버렸노라고 어찌 말하겠습니까. 선행은 하늘에 닿지 않고, 헌신은 땅에 내던져졌다고, 그런 사실을 알아차리지 못하기를 바랐습니다."

도진은 울음이 터질 듯한 얼굴에 미소를 지었다.

"그러나 하늘은 버리지 않으셨어요. 희망을 버리지 마라, 참고 견디면 반드시 좋은 보상이 있다고 이야기해온 제 말은 거짓이 되지 않았습니다. 이토록 감사한 일이 어디에 있겠습니까."

도진의 말을 듣고 다이키는 말없이 깊이 인사했다.

"도진의 말이 맞습니다."

엔초가 말을 덧붙였다.

"다친 몸으로 용케 돌아오셨습니다. 봉래는 쉬이 오갈 수 있는 곳이 아니지 않습니까."

"저 혼자만의 힘으로는 불가능했어요. 리사이가 목숨을 걸고 경국慶國에 가서 경왕景王의 조력을 얻었어요."

"경왕요?"

엔초가 잘못 들은 듯이 되뇌었다. 너무나 뜻밖의 말에 의미를 파악하지 못한 것이리라. 교시도 마찬가지였다. 경왕이란 대륙 동쪽에 있는 경국의 왕을 이르는 것인가? 그분이 대국에 힘을 보탠다?

교시는 여태껏 나라가 타국에 원조한다는 이야기는 들은 적이 없었다. 어쩌면 대륙이라면 그런 일도 있을지 모른다. 대륙의 여덟 나라는 육지로 이어졌다. 그러나 대국은 바다에 고립되어 있다. 타국과는 거의 교류가 없다. 분명 겨우 반년 만에 사라진 신왕의 즉위식에는 타국에서 빈객이 있었다고 들었지만 자세히는 알지 못했다. 적어도 천상 세계에 속하지 않은 교시에게는 다른 나라 따위 없으나 마찬가지인 존재다.

다들 얼이 빠진 것을 보았는지 다이키가 재촉해 리사이가 입을 열었다.

"경왕은 태보와 마찬가지로 태과 출신이시라 들어서……."

이 세계에서 생명은 이목의 난과卵果에 깃든다. 불행히도 그 난과가 환상의 나라로 흘러가버리는 일이 있다. 흘러간 난과는 그곳에서 부화해 태어난다. 그것이 태과다. 소문으로는 경국의 왕도 태과라 한다. 경왕이라면 같은 봉래에서 태어난 다이키에게 친근감을 느끼고 구제를 위해 도움을 주지 않을까. 리사이에게는 타국에 매달리는 것 외에 더는 방법이 없었다.

경국의 젊은 왕은 다이키를 구하기 위해 동분서주했다. 경왕뿐만 아니라 경국과 친분이 깊은 안국雁國의 조력을 얻고, 안국 연왕延王의 요청으로 다른 왕들까지 끌어들여 식으로 봉래에 떨어진 다이키를 힘들게 찾아냈고 간신히 데려올 수 있었다.

제왕의 협력이 있어도 다이키를 데리고 돌아오기란 쉽지 않았다. 겨우 데려온 다이키에게는 뿔이 없었다. 이제 다이키는 제대로 몸을 지킬 수조차 없다. 하지만 다이키는 대국으로 돌아가야 한다고 말했다.

봉래에서 병든 몸을 충분히 치유할 새도 없이 경국을 떠나 대국으로 돌아왔다. 리사이의 기수와 연왕에게 빌린 기수를 타고 운해雲海를 넘어 처음 향한 곳은 수주垂州였다.

하늘 높은 곳에 있는 운해가 천상과 천하를 나눈다. 나라가 기울었다는 증좌일까. 대국에는 이미 요마가 들끓었다. 특히 남쪽의 수주는 요마의 출몰이 심각하다고 소문이 났지만, 요마는 천상에는 나타나지 않는다. 운해를 넘으면 수주성에 이르리라 생각하고 향했으나 정작 수주성은 닫혀 있었다. 주사가 주위를 두텁게 지켜서 다가갈 수조차 없었다.

"나는 경국으로 가기 전 벗과 함께 수주성으로 가려 했다. 수주는 아직 아센의 지배하에 놓이지 않았다고 들었으니까."

"아뇨, 수주는 글렀습니다."

고료가 끼어들었다.

"수주후는 오래전에 병들었어요."

"그랬구나."

리사이는 신음했다. 그런 줄도 모르고 리사이는 벗과 수주성으로 향했고 그곳에서 헤어져 경국으로 향했다. 그렇다면 이를 데 없이 황폐한 구릉에 남기고 온 벗은 그 뒤에 어찌되었을까. 리사이는 뒷일을 생각하며 잠시 말을 끊었다.

"수주의 현재 상황을 알지 못했기 때문에…… 우선 태보와 함께 수주로 향했는데……."

리사이도 나라를 떠나 있는 동안에 수주후가 전향했을 가능성은 고려했다.

처음에 아센은 새로 정당한 왕이 등극할 때까지의 가왕으로서 순리대로 옥좌를 메웠다. 대국의 아홉 주를 다스리는 주후가 아센을 적대할 이유는 없었다. 마침내 아센의 찬탈이 명백해지고서도 모든 주후가 아센에게 저항한 것은 아니다. 일부 주후는 이론을 외쳤지만 아센의 위협에 입을 다물었다. 반항의 기회를 기다리는 자도 있었을 테고 그저 추세를 살피던 자도 있었을 것이다. 하지만 차츰 주들은 아센에게 굴복하기 시작했다. 그중에는 이해할 수 없이 갑자기 전향한 자도 있었다. 요컨대 '병든' 것이다.

아센에게 저항하는 자들은 갑작스레 '병드는' 일이 있다. 리사이는 그것을 알았고 그래서 주사에 의해 굳게 닫힌 주후성을 보고, 수주는 틀렸다고 단념했다. 수주후도 병든 것이다. 그래서 아센에게 항복했다. 운해 위에는 요마가 나타나지 않으니 절대로 요마에 대한 방비가 아니었다.

하지만 거기서 어디로 가야 할지 고민스러웠다. 운해 위에는 몸을 쉴 마을도 없다. 어디쯤에서 운해 밑으로 나가야 하는데 주후성은 경유할 수 없다. 수주 북쪽에 있는 남주藍州와 개주凱州가 이미 아센에게 항복한 것은 리사이도 안다. 그러면 남은 경로는 능운산뿐이다. 그런 생각을 한 순간 리사이는 강주의 묵양산을 떠올렸다. 묵양산 기슭, 염현은 도관의 땅, 분명 도관은 아센이 모두 불태웠다고 들었으니 묵양산 부근은 대부분 무인無人에 가까운 상태일 터다.

실제로 묵양산에는 방비가 없었다. 도관 앞에 있었을 고을들도 사라졌다. 근처 마을도 잔해로 전락했다. 그런데 설마 이런 사람들이 남아 있을 줄이야.

"하늘의 뜻일지도 모르지……."

리사이는 나직하게 말했다.

"우연히 묵양산을 떠올렸을 뿐이었지만."

수주 북부, 그보다 더 북쪽에 펼쳐진 남주에도 각각 능운산은 존재했다. 리사이는 전부 알지는 못했지만 곧바로 능운산 두세 곳을 떠올렸다. 그런데 어째서 건너뛰고 더욱 북쪽인 강주, 강주에서도 북부에 있는 묵양산을 먼저 떠올렸는가. 서운관의 비극이 강렬하게 인상에 남았기 때문이라 해도 염현까지 거리를 생각하면 단념할 법도 했다. 그런데 묵양산이 머릿속에 떠오르자 이상하게도 다른 선택지는 떠오르지 않았다.

"잘 떠올리셨습니다."

고료가 말했다.

"덕분에 우연히 저도 만날 수 있었습니다."

교시도 고개를 끄덕이다 경위를 떠올리고 오한이 들었다. 만약 우연히 고료가 있지 않았더라면 교시는 리사이와 다이키를 아센이 파견한 잔당 사냥꾼으로 오인한 채 어떻게든 없애려고 했을 것이다. 리사이가 상대라면 상당히 고전했을 테고, 교시 일당이 일망타진당했을지도 모른다. 하지만 어쩌다 실수로 다이키를 해쳤을 수도 있다. 다이키는 흑기다. 그 머리카락은 기린의 상징인 금빛이 아니다. 설마 자국의 기린인 줄은 꿈에도 생각지 못하고 부상을 입히고—사령이 없다면 불가능하지 않다—최악의 경우 해쳤을지도 모른다.

교시의 심중을 아는지 모르는지 고료가 말했다.

"그때 마침 그 자리에 없었다면, 저는 지금도 태보가 돌아오신 줄 모른 채 대국을 방랑했겠지요. 고맙습니다."

"내 공은 아니지."

리사이는 고개를 가로저었다.

"이는 동가 분들의 공덕이 하늘에 닿은 것이라 봐야겠지."

리사이의 말에 도진은 몹시 감동한 듯이 눈가를 훔쳤다.

003

강주 북부의 한쪽 구석, 작은 마을의 밤은 깊어갔다. 한때의 찬란한 영예는 사라지고 절멸한 듯이 고요한 묵양산 일대, 캄캄한 한밤중에 작은 등불이 밝았다.

등불을 둘러싼 사람들은 저마다의 생각에 잠겨 한동안 말소리도 들리지 않았다.

"그럼 이제……."

도진이 침묵을 깼다.

"이제 정말 다들 쉬셔야지요. 태보도 리사이 님도 피곤하신 것 같으니 한동안 여기서 편히 쉬십시오."

도진의 말을 다이키가 가로막았다.

"마음은 고맙지만 저와 리사이는 내일 이른 아침에 출발하겠습니다."

도진은 놀란 듯이 다이키를 바라보았다.

"예? 아니, 하오나……."

"갈 길을 서둘러야 합니다. 주상을 찾아야지요."

교시는 가슴이 철렁했다. 승하했다고 전해지는 대국의 정당한 왕. 그 뒤 나라의 꼴을 보면 공보 따위 믿기지 않았다. 그러나…….

"저어……."

교시는 머뭇거린 끝에 그 말을 입에 올렸다. 두려워서 묻지 못했지만 묻지 않을 수는 없다.

"태보, 주상은……."

"무사하십니다."

다이키의 목소리는 부드럽지만 단호했다. 교시는 주먹을 쥐었다.

"그렇다면……."

"아니."

리사이가 이야기에 끼어들었다.

"유감이지만 지금 어디에 어떻게 계신지는 몰라. 하지만 돌아가시지는 않았다. 그것만큼은 단언할 수 있어."

아아, 하고 도진이 신음했다.

"은혜롭게도."

마찬가지로 교시도 그 자리에서 얼굴을 싸안았다. 그렇다면 아직 대국에는 희망이 남아 있다. 모든 것을 바로잡을 가능성이 있다.

"백치가 죽었다는 것은 아센의 기만이다. 나는 백치를 돌보던 이성씨二聲氏에게 직접 이야기를 들었다."

리사이는 천명했다.

"그뿐만 아니라 타국의 왕궁에도 주상의 붕어는 전해지지 않았다. 백치가 죽으면 각국의 봉鳳이 울어 소식을 알리는데 아직 봉이 운 적은 없노라고 경왕과 연왕도 말씀하셨다."

"하오나 그렇다면 주상께서는 어디 계십니까?"

고료가 물었다. 리사이는 고료를 향해 고개를 가로저었다.

"모른다. 원통하게도 태보께서도 알지 못하시네. 하지만 주상의 허리띠 조각이 함양산에서 발견되었다."

리사이는 기이한 인연으로 교소의 허리띠 조각을 얻은 경위를 이야기했다. 허리띠는 범국範國 범왕氾王이 즉위 축하 선물로 교소에게 보냈고, 함양산에서 도착한 옥 안에 섞여 범왕의 곁으로 되돌아왔다. 리사이는 그것을 범왕에게 받았다.

리사이는 아름다운 손수건으로 싼 조각을 내보였다.

"깔끔하게 절단되었어. 길이로 보면 정확히 등 부분이다."

"그럼 주상은 등 뒤에서 습격을 받으신 겁니까?"

리사이는 그리 묻는 고료에게 허리띠 조각을 건넸다.

"그렇겠지. 보다시피 혈흔이 남아 있어. 주상이 적의 습격으로 다치신 건 확실할 거야."

고료는 허리띠 조각을 선뜻 받들고 자세히 뜯어보았다.

"일도양단이군요. 실력이 뛰어난 자가 공격했어요."

"그렇지. 다만 주상도 검객으로 유명한 분이시다. 그런 분을 등 뒤에서 일도양단할 만한 달인이 나는 떠오르지 않는군."

"많은 수로 둘러쌌나…… 무슨 간계를 쓴 건가……."

"그럴 수도 있지. 어쨌거나 이토록 깔끔하게 베었으니 그 자리에서 떨어졌을 거야. 찢어진 것이 아니니 습격받은 장소에 떨어졌다고 생각해야겠지. 그렇다면 주상이 공격당한 곳은 함양산이 틀림없고 습격한 자는 아센밖에 생각할 수 없다. 아센은 문주의 난을 틈타 주상을 시해할 작정이었다."

"하지만 주상은 돌아가시지 않았습니다. 그 뒤에 어떻게 되었을까요."

"그걸 모르겠어."

리사이는 그 자리에 있는 사람들을 둘러보았다.

"소문이라도 좋다. 누군가 주상 같은 인물을 보았다는 이야기를 들은 자는 없을까."

"저는 각지를 떠돌았지만 그동안 그런 소문을 들은 적이 없습니다. 동가 분들은 어떠십니까."

고료의 물음에 질문을 받은 쪽은 하나같이 고개를 갸웃했다.

"나라에 쫓기는 무장이 드나드는 것 같다거나."

도진이 말했다.

"그 정도 소문이라면 있었지만 어느 것이고 확실한 이야기는 아니었고, 그자가 주상인 모양이라는 이야기는 들은 일이 없습니다. 그러니 주상께서 돌아가셨다는 공보를 백성들은 믿었던 거지요."

"그러하겠군."

"허리띠를 보면 부상당하신 건 확실하겠지요. 그럼에도 주상께서 습격자의 독수로부터 도망치셨다면 여태껏 아무 소식도 없는 것은 어째서일까요. 도망쳐 침묵하고 계시다니 석연치 않은 이야기예요."

고료도 거들었다.

"상식적으로 아센의 모반을 표명하는 게 당연하니까. ……그렇다면 아센에게 붙잡히신 건가."

"하지만 수중에 신병을 구속해놓고 아센이 주상을 살려두는 일이 가능할까요."

교시는 불가능하다고 생각했다. 왕을 시해하고 옥좌를 훔치고자 아센은 행동했다. 그런 상대가 자신의 수중에 있는데 목숨을 거두지 않을 리가 없다.

"불가능하겠지."

고료도 중얼거렸다.

"아마도 주상의 신병은 아센 손안에 없을 거야. 그러나 주상 본인이 나서서 아센을 규탄할 상태도 아니야. 자유로이 움직일 수 있는 상태가 아닐지도 모르겠군."

고료의 말에 교시는 그저 고개만 갸웃거렸다. 그게 대체 어떤 상황일까?

"아무튼 무사하신 이상 찾는 것이 우선이다. 태보의 말씀대로 한시라도 빨리."

고료가 말하고 리사이는 고개를 끄덕였다.

"주상의 흔적을 찾기 위해서는 먼저 문주로 가야 한다."

고료는 자세를 바로 했다.

"기꺼이 가겠습니다."

"그런 의미가 아니야. 물론 나도……."

고료는 고개를 가로저었다.

"장군은 여기에 머무십시오. 제가 다녀오겠습니다."

고료가 말하자 리사이의 표정이 굳었다.

"분명 나는 오른팔을 잃었다. 그러나……."

고료는 당황했다.

"오해하지 마십시오. 문주를 탐색하는 데 혼자보다 두 사람이 함께하는 편이 좋은 건 잘 압니다. 하오나 태보는 어쩌실 겁니까. 설마 문주까지 함께할 수는 없지요. 만약 동가 분들이 부담으로 여기지 않는다면 여러분께 부탁드리는 것이 최선일 겁니다. 다만 태보만 남겨둘 수는 없습니다. 반드시 리사이 님께서 곁에 계셔야 합니다."

리사이는 작게 탄식하고 입을 다물었다. 그런데도 반대를 외친 사람은 묵묵히 귀를 기울이던 다이키였다.

"그럴 수는 없어요."

고료가 놀라서 다이키를 보았다.

"동가 분들께 폐를 끼칠 수는 없어요. 그보다도 저 혼자만 안전한 곳에 숨어 있을 수는 없어요."

"가당치 않은 말씀 마십시오. 태보께서 미안한 마음을 품는 것은 이해하지만 어떻게든 존체의 안전을 꾀하셔야……."

다이키가 고료의 말을 제지했다.

"저는 이제 왕기王氣를 찾을 수 없어요."

"태보, 그런 뜻이 아닙니다."

"사령도 없습니다. 스스로 제 몸을 지킬 수조차 없어요. 함께 가도 방해만 되겠죠."

"태보, 그만하십시오."

고료가 소리쳤다. 리사이 역시 다이키를 만류했다.

"태보, 그런 식으로 말씀하시면 안 됩니다."

"사실입니다."

다이키의 말은 잔혹하리만치 단호했다.

"리사이, 이 이야기는 이미 나누었죠? 그렇다면 경국의 금파궁金波宮보다 더 안전한 곳은 없어요. 어째서 금파궁에서 떠나야 하는지는 설명했을 겁니다."

리사이는 고개를 떨구었다. 다이키는 그 자리에 있는 사람들을 바라보았다.

"고료와 여러분…… 걱정하는 마음은 잘 알아요. 저는 기린으로서 가져야 할 기적의 힘을 모두 잃었습니다. 상실했기 때문에 기적이 아닌 현실적인 무언가로 대국을 구하기 위해 공헌해야 합니다. 여러분이 고난을 견디고 극복하며 오늘까지 온 것처럼 마찬가지로 고난을 극복하지 않으면, 장차 평온한 대국을 되찾는다 해도 그 평온함을 여러분과 함께 누릴 자격을 잃고 맙니다."

"태보, 하오나……."

"여러분이 평온함에 기뻐할 때 저는 홀로 자신의 무력함을 저주해야 해요."

고료는 침묵을 지켰다.

다이키의 말을 듣고도 여전히 쉽게 승복하지 못하는 일동에게 다이키는 조용히 말했다.

"진실로 대국을 위한다면 이 자리에서 저를 베는 것이 상책이에요."

자리의 모두가 경악하여 말도 안 된다며 소리 질렀다.

"왜 그러죠? 그것이야말로 가장 확실한 방법이에요. 저를 베어 죽이고 어딘가에 계신 교소 님도 죽이세요. 그렇게 하여 새로운 기린과 새로운 왕을 얻고 이르면 몇 년 안에 모든 것을 확실하게 바로잡을 수 있습니다."

고료는 말문이 막힌 듯이 머뭇거렸다. 교시 또한 입에 담을 말을 찾지 못했다. 분명히 다이키의 말은 틀리지 않았다.

무거운 침묵 가운데 엔초가 "감사합니다" 하고 말했다. 엔초는 온화한 표정으로 일동을 둘러보았다.

"태보께서는 우리와 함께 같은 고난을 나누어 지겠다 말씀하셨다. 감사히 여기지 못할망정 불만을 품을 필요가 있겠느냐?"

"없습니다."

교시가 소리쳤다.

"괜찮으시다면 저도 데려가주십시오."

돌아본 일동을 향해 교시는 가볍게 고개를 숙였다.

"존체를 지키기에 부족한 실력인 줄은 충분히 압니다. 저야말로 방해만 될 뿐이겠죠. 그러나 제가 함께라면 가면서 도관을 의지할 수가 있어요."

"그거 좋군."

엔초의 목소리가 높아졌다.

"네가 가주겠느냐."

"기꺼이 가겠습니다. 꼭 가게 해주세요."

엔초는 고개를 크게 끄덕였다.

"이유는 묻지 말고 도와달라고, 내가 몇 자 적어두마. 익숙지 않은 일이라 고생스럽겠지만 꼭 가서 이분들께 도움을 드려라."

교시는 "예" 하고 깊이 인사했다. 리사이 또한 엔초에게 인사했다.

"여러 가지로 고맙습니다. 큰 도움이 되었습니다."

엔초는 고개를 끄덕이고 리사이에게 손을 뻗었다. 내민 리사이의 한 손을 양손으로 감싸듯이 쥔다.

"저희야말로 감사드립니다. 경국까지 잘 가주셨습니다. 태보를 구해주시어 정말로 고맙습니다. 앞으로도 고생이 많을 줄 알지만 하늘은 반드시 도우실 겁니다."

그리 말하고 리사이의 손을 두드렸다.

"……하늘만이 아니라 사람도. 절대 이 마을만은 아닐 겁니다. 대국은 죽지 않았습니다. 분별 있는 이들이 나라 곳곳에 틀림없이 존재하고 시대가 움직이기를 기다리고 있습니다."

엔초의 말에 리사이뿐만 아니라 그 자리의 모두가 그러기 바라는 기도를 담아서 고개를 끄덕였다.

엄숙한 침묵에 작은 빗소리가 숨어든다. 어느새 쌀겨 같은 비가 조용히 내렸다.

004

바람 없는 밤에 잔잔한 비가 산야를 적셨다. 강주 북부를 촉촉하게 감싼 비는 문주와 경계선인 산지에 이르러 빗줄기가 세지고 산지 기슭에서 다시 조용한 가랑비로 바뀌었다. 문주 중앙부에서는 안개비에 가깝다. 색이 물든 수목이 이슬을 잔뜩 머금고, 그 이슬이 물방울이 되어 땅에 떨어진다. 빗방울이 때린 지면 밑에는 움막이 있었다. 어둠 속에 사람이 누워 있다. 숨어드는 빗소리에 섞여 희미한 목소리가 울렸다.

"……에서 싸우고."

어렴풋한 불빛은 딱 하나. 곧 꺼질 듯이 어두웠다.

"……에서 죽었네……."

어둠 속에 누운 그림자는 꼼짝하지 않는다. 그저 노랫소리만이 입안에서 소리 높이듯 새어 나왔다. 소년은 손을 멈추고 침상을 보았다. 그 인물이 눈을 뜨고 평소처럼 밤의 허공을 응시하는 것을 보고 시선을 손가로 되돌렸다. 소도를 숫돌에 대면서 가락을 맞추었다.

"벌판에서 죽어 나뒹구니 이제 까마귀에게 먹히는 일만 남았네……."

음산한 가사지만 곡조는 밝다. 그가 돌봐야 하는 인물이 자주 흥얼거려서 어느새 외우고 말았다. 놀랐는지 침상 위의 몸이 움찔하더니 잠시 뒤 목소리가 끊기고 "후후" 하고 입을 다문 채 웃는 소리가 들린다.

—나를 위해 까마귀에게 말해다오
  파먹기 전에 한차례 예의를 갖추어 울어달라고
  벌판에 널린 채 무덤조차 없지 않은가
  썩은 고기가 어찌 네 입에서 도망칠 수 있으랴?

아주 오래된 우스꽝스러운 노래라고 한다. 곤륜崑崙에서 온 산객山客이 전했다고도 하는 노래로 병졸들이 술자리에서 즐겨 부른다고 한다. 연회 종반에 술기운에 취해 대단히 흥에 겨워 손뼉을 치고 발을 구르며 한목소리로 목청껏 부른다. 내일이 되면 노랫말처럼 산야에 송장으로 방치될지도 모를 자신들의 운명을 나서서 선택한 구제 불능의 자신을 비웃으면서. 침상 위의 인물이 예전에 그렇게 가르쳐주었다.

그는 숫돌에 물을 치고 흥얼거리면서 소도를 계속 간다.

—냇물 소리 세차고 물가의 풀숲은 캄캄한데
  용맹한 기사님 싸우다 죽고
  말만 남아 어디로 갈 줄 모르고 울기만 하네

마을에는 병졸 출신 식객이 몇 명 있는데 그들도 술자리에서 이 노래를 자주 부른다. 그러나 노래라기보다 목청껏 소리 지르는 데에 가깝다. 어떤 병사가 고주망태가 되어 노래하는 것이 바른 노래법이라 했다. 그 탓에 어느 병사고 음정이 엉망이다. 그렇게 입에서 입으로 전해져 기억된 탓인지 부르는 사람마다 곡조가 미묘하게 달랐다. 침상 위의 주공이 부르면 밝고 아름다운 곡으로 들린다. 우스꽝스럽게 부르는 노래치고는 너무 단정한 느낌도 든다. 오랜 시간 되풀이하는 사이에 가다듬어졌기 때문인지도 모른다.

그런 생각을 하며 소도를 가는데 손이 미끄러졌다. 우득 하고 칼날이 숫돌을 씹는다. 주공이 그 소리를 들었는지 물었다.

"왜 그러지, 괜찮으냐?"

그는 돌아보고 고개를 끄덕이며 소도를 등불에 비추어보았다. 애써 칼날을 갈았건만 이가 빠졌다.

"또 실패했어요……."

웃음기 섞인 따스한 목소리가 보여달라고 하자 그는 침상 곁으로 다가갔다. 누워 있는 주공에게 소도를 내밀었다. 여름이 끝날 무렵 감기에 걸려 몸져누운 주공은 조금 야윈 듯이 보이는 손으로 그가 내민 소도를 받아 들었다.

"이가 빠졌군. 너무 얇게 갈았어."

"얇지 않으면 조금도 들지 않아요."

쇠가 좋지 않으니까, 라며 주공은 웃더니 가볍게 기침했다.

"괜찮으세요? 물이라도 가져올까요?"

주공은 됐다며 웃는다.

"조금 더 두껍게."

말과 함께 돌려받은 소도를 들고 그는 다시 숫돌 앞으로 돌아갔다.

—재산을 모으는데 어이하여 남쪽으로 보내는가? 어이하여
　북쪽으로 보내는가?
　추수를 하지 않고
　군주는 대체 무얼 드시는가
　이래서야 충신이 되려면 어이하면 좋은가?
　충분히 좋은 신하가 아닌가. 군주님 헤아려보시오
　진정으로 신하를 생각해주면 어떻겠는가

침상 위에서 나직한 웃음이 새어 나왔다. 예전에 큰 소리로 웃으며 노래하던 날을 떠올렸을까. 처음 몸져누웠을 때는 상태가 몹시 나빠 보여서 주변을 걱정시킨 주공이었지만, 어제부터 열이 내려 안색도 좋아졌다. 그는 겨우 마음을 놓았다.

만신창이가 된 주공이 이 마을에 실려 온 것이 육 년 전이던가. 그때 그는 아직 어린아이였다. 그리고 지금은 소도를 갈 정도로 자랐다. 곧 검을 쥐고 휘두를 수 있게 될 것이다.

사 년 전, 유일한 혈육이었던 부친이 요마의 습격을 받았을

때, 주공이 아버지를 구해주었다. 결국 부친은 그때의 상처 때문에 죽었지만, 그 이후로 주공이 그를 가까이에 두고 돌봐주었다. 마을 사람들은 아들 같다 하지만, 그는 아들이 될 생각 따위 없다. 그는 주공의 휘하가 되었다.

—강한 병사가 되어 언젠가 주공과 함께 싸우겠다.

학대받는 나라와 백성을 구하기 위하여.

창밖에서 은밀한 빗소리와 함께 시끄럽기만 한 벌레 소리가 들어왔다. 겨울을 앞에 둔 벌레들이 얼마 남지 않은 생을 구가하는 목소리다.

전쟁터에 가기 전에 병사가 큰 소리로 노래하는 것 같았다.

—아침에 정정하게 나가 싸우고
날 저물어 밤에는 돌아오지 않네

3 장

001

동가의 동틀 녘은 새소리와 함께 시작되었다.

밤중에 내린 비는 어느새 그친 모양이었다. 엔시는 아직 어스름함이 남은 침실에서 몸을 일으켜 멍하니 작은 새의 지저귐을 들었다. 엔시 옆에는 리쓰가 움직임도 없이 잠들어 있었다.

—피곤했구나.

엔시는 어린 아들의 잠든 얼굴을 바라보며 땀을 흠뻑 머금은 머리카락을 쓰다듬었다.

동가에 이르기 전 두 밤을 노천에서 보내야 했다. 지친 걸음으로 완만하게 이어지는 언덕을 올랐다가 기묘한 소동에 휘말렸고, 간밤에 간신히 이가 한쪽 작은 곁채에 잠자리를 얻었다. 문

전에서 엔시를 쫓아낸 동가는 한 소년을 맞이하며 그 처우를 바꾸었다. 마을 사람들은 엔시를 맞아들여 극진하게 환대했다. 인심 좋은 식사와 리쓰와 둘이서 쉴 수 있는 방. 먼지를 씻어내기 위한 더운물과 간소하지만 포근한 침상.

어젯밤 자리를 잡았을 무렵에 문 두드리는 소리가 나서 엔시는 기대를 품고 일어났으나, 문밖에는 동가의 여서가 있었다. 노인은 친절하게 엔시를 위로하고 필요한 것은 없는지 묻고 작은 방이지만 자유로이 쓰라고 했다. 원하는 만큼 머물러도 상관없다. 엔시와 리쓰의 신병은 동가의 이가가 맡겠다.

엔시가 그토록 찾던 '정착할 장소'가 여기였다. 여서는 엔시가 원한다면 주민으로 살아갈 수 있도록 절차를 밟아주겠다고 했다. 엔시가 살던 마을은 이제 없으니 가능했다. 엔시는 이대로 이가에 머물러도 되고, 바란다면 마을에 집을 마련해도 좋다. 일자리가 필요하다면 알선하겠다. 가난한 마을이지만 내 마을이라 생각하며 안심하고 머물렀으면 좋겠다.

고맙습니다, 하고 엔시는 인사했다. 실제로 엔시는 정말로 고마웠다. 이제 더는 정처 없이 떠돌지 않아도 된다. 밤이슬에 젖을 일도 없고 겨울이 와도 얼어붙지 않아도 된다. 만약 정식으로 동가의 주민이 되면 여기서 농사지을 땅도 받을 수 있다. 뿌리내릴 수가 있다.

그런데 마음에 구멍이 뚫린 것처럼 허전하여 엔시는 간밤에 좀처럼 잠들 수 없었다.

엔시가 있는 건물 바로 뒤편에는 아담한 정원이 펼쳐져 있다. 그 안쪽에 마을에서 중요한 손님을 맞기 위한 객청이 있을 것이다. 엔시가 있는 곁채에서는 건물을 볼 수 없고, 기척조차 전해지지 않지만. 정원 사이를 가로막는 담 너머를 훔쳐보니 수목 사이로 작은 불빛이 보였다. 아마도 저곳에 그들이 있을 것이다.

—태보.

이 혼미한 대국을 구해줄 사람.

실제로 엔시와 리쓰를 구해주었다. 동시에 고료를 빼앗아 간다.

불경한 줄은 알지만 어째서 중대한 역할을 내던지고 사라져버렸느냐고 나무라고 싶었다. 그 사람이 자취를 감춘 사이에 엔시는 리쓰를 제외하고 모든 것을 잃었다. 재보라는 자가 어찌하여 나라를 떠났는가. 여태껏 어디에서 뭘 했나. 어찌하여 더 빨리 돌아오지 않았는가. 모든 것을 잃은 지금에서야 돌아와 엔시와 리쓰에게서 고료를 빼앗아 간다.

고료는 이제 엔시를 바래다주지 않는다.

눈앞에 있는 울타리는 엔시와 고료 사이를 가른 증거였다.

—금군의 사수님이신걸.

엔시 처지에서는 구름 위 사람이다. 고료는 대국이 이 지경이 되기 전에는 아마도 홍기, 하늘에 가까운 곳에서 살았을 것이다.

엔시는 울타리 너머로는 갈 수 없다. 고료는 엔시와 함께 동가에 머물러주지 않는다.

물론 그래도 된다. 고료는 엔시가 정착할 장소까지 바래다주기로 했던 것이고, 엔시는 이곳에서 정착할 곳을 찾았다. 그러니 고료와의 여행은 끝이 났다.

언젠가 이별이 올 줄 알았다.

고료는 엔시에게는 보이지 않는 무언가를 짊어지고 있었다. 이제는 안다. 고료는 대국을 짊어졌다. 이곳저곳을 헤매는 동안에 대국의 현 상황을 알게 되었다. 대국에는 왕이 없다. 그래서 이토록 피폐해졌다. 고료는 그것을 바로잡을 기회를 엿보며 떠돌았다. 그 기회가 재보의 모습을 빌려 찾아왔다.

고료는 무슨 일이 있어도 엔시와는 갈 수 없다.

알지만 잠든 리쓰의 얼굴을 보면 안타까웠다.

—그렇게 잘 따랐는데.

이별을 알면 리쓰는 무척 슬퍼하겠지. 날마다 떠올리고 그리워하겠지.

이것으로 족하다고 타이르려 해도 저항하는 자신이 있다. 아무리 애써도 진정되지 않는 기분 탓에 엔시는 뜬눈으로 밤을 지새웠다. 새의 지저귐으로 동이 튼 것을 알고, 방 안이 밝아지기 시작해 포기했다. 침상을 나와 벗어놓은 자신과 리쓰의 옷 먼지를 공들여 털고 나서 부은 얼굴을 경대의 들통에서 씻었다. 엔시의 움직임을 알아챘는지 리쓰가 눈을 떴다. 몸단장을 시키고, 앞으로 어떻게 해야 하나 고민하며 리쓰의 손을 끌고 침실을 나가자 안뜰에서 일하던 여자가 엔시에게 말을 건넸다.

"벌써 일어났어?"

"예."

"피로가 조금은 가셨고?"

"덕분에 푹 쉬었어요."

엔시는 억지로 미소 지었다. 엔시의 거짓말을 알아챘는지 여자는 위로하듯이 웃었다.

"한동안 푹 쉬어도 돼. 마침 잘됐네. 슬슬 깨워야겠다고 생각하던 참이야."

"할 일이 있나요?"

엔시가 묻자 여자는 천천히 고개를 가로저었다.

"……곧 출발하실 것 같아."

그 말을 듣고 잠시 숨이 멎었다. 벌써?

"길을 서두르고 계신대. 배웅할 거지?"

여자의 말이 의미하는 이는 고료일까, 아니면 재보일까.

엔시는 고개를 끄덕였다. 무슨 일이냐는 듯이 올려다보는 리쓰 앞에 무릎을 꿇었다.

"아저씨가 길을 떠나신대. 다녀오시라고 인사하자."

리쓰는 고개를 갸웃거리더니 끄덕였다. 어린 리쓰는 뜻을 이해하지 못했는지도 모른다. 지금까지 여행에서 그러했듯이 고료가 장사를 하러 나간다고 생각할 것이다.

리쓰의 손을 끌고 여자에게 이끌려 이가 안쪽으로 갔다. 복도를 빠져나가 정원으로 둘러싸인 회랑을 지나서 정원 문으로 나갔다. 정원에서 직접 바깥으로 통하는 문이다. 그 옆에 모인 사람들 무리에 여자와 함께 섞이자 잠시 뒤 일곱 명쯤 되는 사람이 나타났다. 그중에 여서의 모습이 보인다. 이 마을 사람인 듯한 중년 남자와 깡마른 노인. 여장을 갖추고 그들에게 배웅받는 사람들. 기수 두 마리와 소년 한 명, 여자 한 명. 도복을 입은 이는 어제 만난 이 마을 청년 교시다. 그리고 또 한 사람.

엔시는 리쓰의 손을 꼭 쥐었다.

남편 같았다. 남편이 엔시를 위해 돌아와준 것 같았다. 하지만 인정해야 한다. 엔시의 남편은 리쓰를 남기고 죽었다. 그리고 고료는 떠난다. 싸우기 위해서. 싸움이란 필경 죽이고 죽임당하러 가는 것이다.

새삼스레 깨닫고는 그 자리에 못 박힌 엔시를 고료가 주시했다. 평소와 다름없이 서글을 젊어진 밝은 얼굴이었다. 엔시를 향해 고개를 끄덕이고 리쓰를 보며 눈을 가늘게 떴다.

"왜 그러지? 잠은 잘 잤니?"

물으며 다가오더니 리쓰의 머리에 손을 얹는다. 사랑스러운 듯이 머리카락을 쓰다듬었다. 고개를 끄덕이는 리쓰에게 미소 짓고는 엔시에게 고개를 돌렸다.

"이재가 잘 처리해줄 거야."

엔시는 말없이 고개를 끄덕였다.

"잘 지내시오."

엔시는 다시금 고개를 끄덕였다. 그것 말고 어쩌면 좋을까.

고료는 살짝 난처한 표정을 지었다.

"엔시와 리쓰를 버리려는 게 아니야. 오히려 반대지. 그건 알겠는가?"

엔시는 이 물음에도 고개를 끄덕였다. 엔시 같은 백성을 구하기 위해 고료는 가야 한다. 엔시는 떨리는 손으로 리쓰의 등을 밀었다.

"리쓰, 아저씨께 고맙습니다 인사드려. ……꼭 무탈하시라고."

그 말을 들은 리쓰는 어리둥절했다. 고료는 다시 리쓰의 머리에 손을 얹었다.

"내가 돌아올 때까지 건강하게 지내야 한다."

"돌아온다고?"

엔시가 되묻자 고료는 밝은 눈으로 엔시를 바라보았다.

“당연하지. 반드시 무사히 돌아올 테니 고생스럽겠지만 힘내오. 알겠지?”

“돌아오면 또 바래다줄 거야……?”

머뭇거리며 물은 엔시에게 고료는 “아니” 하며 웃었다.

“내가 돌아올 때는 이 나라 그 누구도 더는 떠돌 필요가 없어.”

이른 아침, 정각에 동가의 출입문이 열렸다. 기수 두 마리와 나그네 네 명이 그 문을 지나 한길로 나갔다. 문밖까지 배웅한 이는 남자가 세 사람, 여자가 한 사람, 그리고 어린아이가 한 명. 하지만 문 안쪽에는 셀 수 없을 만큼 많은 남녀가 서 있었다. 그들은 그 자리에 무릎을 꿇고 나그네의 모습이 길 너머로 사라질 때까지 그저 가만히 전송했다.

002

교시는 세 사람을 안내하고 길을 따라 북쪽으로 향했다. 어젯밤의 구름은 밤중에 약간의 비를 뿌리고 그대로 흘러간 듯했다. 뒤쪽으로 시커멓게 우뚝 솟은 능운산 주위에도 구름 한 점 없는 끝없이 높고 쾌청한 하늘이 이어졌다. 잠이 부족한 눈에 빛이 시리다.

간밤에는 길을 떠날 채비를 하느라 거의 잠들 새도 없었다. 피곤할 텐데 신기하게도 피로는 느끼지 않았다. 오히려 기분은 고양되어 있었다. 드디어 사람들을 구할 수 있다.

처음으로 입은 도복에 영향을 받았을지도 모른다. 교시는 서운관이 불타던 당시, 입산은 했으나 아직 교학을 마치지 못했으므로 어엿한 도사가 아니었다. 그 뒤 숨어 사는 동안에 교학을 마치고 제 몫을 하는 도사가 되었음을 가리키는 법록法籙을 받았으나 도복은커녕 남의조차 몸에 걸칠 만한 상황이 아니었다. 동가에는 도사 따위 없다고 되어 있으니 당연한 일이다. 그런데 오늘 아침 엔초가 서두르느라 새로운 물건을 준비하지 못했다고 사과하면서 자신의 도복을 내주었다.

원칙대로라면 법록을 내릴 때 새로운 도복 한 벌을 맞추고 의식을 치른다. 도사에 뜻을 둔 자라면 누구나 동경하는 단계다. 하지만 그들에게는 그런 의식을 집행할 만한 여유가 없었다. 간신히 몸을 숨기면서 연명하고 도통道統을 지키며 단약을 제조하는 것으로도 벅차서, 의식 따위는 머릿속에 떠오르지 않았고 오히려 그런 가운데 엔초가 일부러 법록을 내린 것에 감동했다. 도복도 마찬가지다. 도복을 입을 날이 올 줄은 생각지 못했고 여행의 편의를 위해서라지만 도복을 입고 모자를 쓸 수 있는 것이 기뺐다. 엔초의 도복은 교시에게는 약간 짧지만 그보다도 어젯밤부터 오늘 아침까지 얼마 안 되는 사이에 일부러 은신처까지 심부름꾼을 보내 숨겨두었던 도복을 가지고 와준 엔초의 마음 씀씀이가 가슴을 울렸다.

—의복에 부끄럽지 않게 행동하겠습니다.

교시는 엔초에게 그렇게 맹세했고 엔초는 고개를 끄덕이면서 교시의 손을 잡았다. 그때 교시의 손에 확실하게 무언가를 건넸다.

생각에 잠겨 있는데 나란히 걷는 고료가 말했다.

"끌어들여서 미안하군."

"당치도 않습니다. 오히려 동행을 허락해주셔서 기쁜걸요."

웃으며 대답하면서 기묘한 인연이라고 교시는 생각했다. 바로 어제 마을 입구에서 만났다. 오해로 적대하고, 지금은 이렇게 어깨를 나란히 하고 걷는다.

고료는 웃는 교시를 향해 그러냐고만 대답하고 입을 다물었다. 어제보다도 도복을 입은 오늘의 모습이 본연의 모습처럼 보였다. 무기에 익숙하지 않은 손에 곤봉을 들고 마을을 경비하는 한편 단약을 만들기 위해 산야를 뛰어다니는 생활은 고됐을 것이다. 그것을 견디며 백성을 위해 애쓴 도사들의 헌신이 진심으로 고마웠다. 고료는 하는 일 없이 헤맸을 뿐이었다. 그동안 묵묵히 나라를 지탱하던 사람들이 있었다는 사실이 자신에게 비추어보니 부끄럽고, 동시에 기뻤다.

—이 나라는 아직 끝나지 않았다.

그런 감개를 음미하면서 묵묵히 걸음을 떼는 교시를 따라 걸었다. 사람이 살지 않는 마을을 두어 개 지나 샛길로 빠졌다. 한때 아직 부근에 마을이 많던 시절, 산에 들어가는 사람들이 쓰던 길이라 한다. 나무를 벌채하러 올라 목재를 끌어내릴 때 이용했을 것이다. 통행하는 사람도 줄어들어 가을풀에 침식당한 산길을 오르고 좁은 샛길을 빠져나가 해가 저물 무렵에 황폐한 좁은 가도로 나왔다.

"요 앞에 저희가 이용하는 마을이 있습니다. 무척 쓸쓸한 마을이지만 동료들만 있으니 마음 놓고 쉴 수 있어요."

교시는 그 이상 말하지 않았지만 고료도 이해했다. 기수를 데리고 있는 탓에 일행은 어쩔 수 없이 눈에 띈다. 특히 다이키가 데리고 있는 기수는 연왕에게 빌렸다는 추우騶虞로 웬만한 기수가 아닌 터라 눈에 띄는 것을 피할 길이 없다.

"수고를 끼치는군."

고료의 말에 교시는 아니라며 밝게 대답했다.

"원래 저희는 눈에 띄지 않게 돌아다니는 데 익숙합니다. 단약이 어디에서 운반되는지 절대로 들키지 않도록 해야 하니까요."

정기적으로 짐을 나르는 모습을 들키면 어떤 물품이 움직이고 있다는 게 알려진다. 인상에 남으면 말단부터 단약이 온 경로를 더듬다가 반드시 연관을 짓게 된다. 그래서 도사들은 염현을 벗어날 때까지는 가도를 이용하지 않는다. 철저히 몸을 숨기고 사람 눈이 없고, 사람 눈이 있더라도 부자연스럽게 비치지 않도록 남의 인상에 남지 않을 길을 골라서 찾아간다. 염현에서 멀어지면 서서히 큰길로 이동해 늘어나는 행인에 섞인다고 한다.

"정말로…… 도사들의 고생에는 절로 고개가 숙여져요."

다이키가 불쑥 말하자 교시는 황송해했다. 함께 걸으니 교시가 다이키의 존재에 몸 둘 바를 몰라 하는 게 잘 보였다. 이렇게 말하는 고료도 마찬가지다. 다이키가 함께라고 생각하면 몸이 움츠러든다. 리사이 홀로 긴장한 낌새가 없다. 당연한 듯이 곁에서 떨어지지 않고 누이처럼 말을 거는 모습을 보니 역시 장군이라며 묘한 감탄을 하게 된다.

가능한 한 다이키의 존재를 의식하지 않으려고 노력하면서 쓸쓸한 길을 끝까지 올라가 일몰 전에 작은 마을에 도착했다. 공지에는 가을 풀이 무성하고 마을 문으로 이어지는 길은 대부분 풀숲을 밟아 만든 오솔길 같은 상태였다. 마을을 둘러싼 곽벽도 일부는 허물어지고 불탄 흔적이 보이지만 사람이 사는 동네라는 건 마을 어귀 주위를 보면 알았다. 염현에는 드물지 않은, 붕괴

일보 직전에 간신히 버티고 있는 작은 마을이다.

한쪽만 문짝을 연 마을 입구 옆에는 허리가 굽은 노파가 기다리다 고료 일행이 문을 들어서자 조용히 마을 문을 닫았다. 마을에 한 걸음 들어간 곳에서 짐을 짊어진 여행자 차림의 남자 한 사람이 길가 잔해 더미에 앉아 기다렸다. 나이는 삼십 대 중반쯤일까. 교시보다 열 살 정도 많아 보이는 작은 남자가 일행의 모습을 알아보고 일어났다. 교시가 한 손을 들어 답하고 나서 고료를 돌아보았다.

"신농神農이에요. 여기서부터 길을 안내해줄 겁니다."

"신농?"

신농이란 약을 팔러 돌아다니는 행상인의 총칭이다. 각 도관에서 만든 단약은 같은 종파의 도관으로 옮겨 팔기도 하지만, 그 밖에도 신농에게 맡겨 도관에서 먼 지역까지 운반했다.

"저는 문주의 사정에 어두워요. 강주를 벗어난 적도 거의 없어서……."

교시는 강주에서 태어나 젊어서 서운관에 들어갔다. 그 뒤로 특별한 용건이 있어 외출할 때 말고는 염현을 벗어난 적이 없다. 그래서 지역 사정에도 밝고 문주 도관과도 친분이 있는 신농이 동행하도록 엔초가 준비해주었다고 한다.

"신농은 보통 입이 무겁고 신뢰할 수 있는 이가 많지만, 그중에서도 저 사람은 엔초 님도 무척 신뢰하는 자이니 안심하세요."

교시가 말하는 사이에도 남자는 가까이 다가왔다. 바로 옆까지 온 남자는 일동의 얼굴을 휙 둘러보았다. 그 시선이 다이키에게 머문다. 남자는 다이키를 빤히 응시하더니 작게, 공손하게 고개를 숙였다.

"호토鄷都라 합니다. ……잘 오셨습니다."

리사이에게는 무언가를 억누르는 듯한 목소리가 '잘 돌아오셨습니다'라고 말하는 것처럼 들렸다.

"부족하지만 동행하겠습니다. 무엇이든 분부하세요."

호토는 그렇게 말하고 일동에게 고개를 숙이고 나서 활짝 웃으며 교시의 어깨를 두드렸다.

"훌륭하네. 참으로 잘해주었어."

"제가 한 일은 아무것도 없어요. 하늘이 내려주신 거죠. 엔초 님께서 신농이 동행한다고 하셨는데 호토였군요. 마음이 든든합니다."

"얼마나 도움이 되려나. 나보다 더 눈치 있는 자가 있겠지만, 엔초 님께서 마음을 써주셨나 보군."

"마음을 썼다?"

리사이가 유심히 듣다 따져 묻자 호토는 "예" 하고 대답하고 일행을 바라보았다. 이쪽으로 오라며 마을 안쪽으로 이끄는 교시를 따르면서 말한다.

“저는 위주委州 출신입니다.”

“위주…….”

위주 후미진 곳에 있는 하령呀嶺이 교소의 출신지였다.

“호토는 위주 어디 출신인가요?”

어쩐 일로 다이키가 이야기에 끼어들었다.

“남령향南嶺鄕입니다. 교소 님께서 태어나신 마을은 북령향北嶺鄕에 있지요.”

위주 북서부에 있는 하령은 험준한 산간에 있는 비교적 큰 고을로 주변 산들을 넘는 가도의 요충지이며, 산간부 일대를 거느린 북령향의 향성이 있다. 호토가 태어난 남령향과 향의 경계에 접해 있었다.

“북령은 험준한 산만 이어지는 곳이에요.”

호토는 다이키 옆으로 나란히 걸으면서 그리운 듯이 말했다.

“산악 지대 입구인 남령은 그나마 경작지도 있고 임업도 번성했지만 북령쯤 되면 경작지도 변변히 없고 삼림도 부족하지요. 산이 그렇게나 높으면 자재에 적합한 나무는 자라지 않아요. 녹음이라고는 절벽에 뿌리 내린 소나무와 관목이 다죠.”

다이키에게 이야기하는 호토의 말을 들으면서 리사이는 홀로 납득했다. 이전에 하령을 방문했을 때를 떠올렸다. 하령 주변에는 인가도 없을 만큼 깎아지른 듯 높은 산밖에 없다. 허여스름한 낭떠러지에 점점이 나무가 자라 독특한 경관을 이루었다. 우뚝 솟은 산들 사이로 이리저리 난 길가에 인가가 드문드문 있는데 여를 형성할 만한 토지도 없다. 일반적으로 여는 여덟 집이 모여서 마을을 이루는데 여덟 가구가 모일 만한 평지가 없다. 이쪽에 한 집, 저쪽에 두 집, 인가는 길을 따라 흩어져 있고 그 주위에 낭떠러지를 개간한 좁은 다랑논이 붙어 있다.

"하지만 여름에는 아름다운 곳이지요. 여름 아침에는 안개가 낄 때가 많은데 높은 산들 사이로 안개가 흘러가는 경치는 정말로 으뜸입니다. 저녁 하늘도 좋죠. 석양이 비쳐 들면 산의 표면이 자줏빛으로 빛나고 그곳에 그림자가 또렷하게 비칩니다. 바람이 거센 혹독한 기후의 토지인데, 유명한 도관과 사원도 있어 볼만한 곳도 많아요."

리사이는 이 말에도 고개를 끄덕였다. 리사이가 찾은 것은 겨울이었지만 준엄하고도 아름다운 광경이었다. 거칠지만 늠름한 풍경이 어딘지 교소와 닮았다.

"본디 가난한 것이 당연한 땅이고, 실제로 농민의 삶은 편치 않을 테지만 중심인 하령은 상당히 큰 고을이었지요. 이 험난한 산악 지대를 빠져나가는 가도를 지나지 않으면 위주에서 서쪽으로는 갈 수 없으니까요. 남북에 이웃한 개주와 승주로 가려면 중앙부나 동쪽 해안에 큰 길이 있지만, 그 밖의 장소로 가려거든 일단 승주나 개주로 가서 우회하거나 북령을 지나는 방법뿐입니다. 특히 서부나 서주瑞州로 가려 한다면 북령을 지나는 것이 가장 빨라요. 북령의 산을 넘으면 홍기 남쪽에서 서주를 가로지르는 큰길이 나옵니다. 그런 나그네가 반드시 들르게 되는 곳이 하령입니다."

하령은 가도의 요충지로 번성했고 남령도 그 혜택을 받았다. 남쪽에서 하령으로 가려면 반드시 남령을 지나야 한다면서 호토는 웃었다.

"분명 그랬지."

리사이가 작게 말했다.

"내가 갔을 때도 여행객이 많았어. 소나 말로 큰 짐을 나르는 업자도 많았지."

"험하지 않나요?"

다이키가 리사이를 돌아보았다. 눈동자가 밝게 빛난다. 교소의 출신지가 어떤 곳인지에 흥미가 있는 것일까.

리사이는 미소 지었다.

"험한 가도죠. 하지만 생각보다 걷기 편합니다. 길은 돌로 포장되어 있고, 쉴 곳이며 짐수레를 세워둘 광장도 요소마다 설치되어 있었습니다. 가파른 언덕 옆에는 다리가 약한 여자와 아이들, 노인이며 짐수레가 오를 수 있는 완만한 우회로가 반드시 있어요."

"와……."

다이키가 중얼거렸을 때 호토가 말했다.

"그 길은 교소 님이 내셨지요."

"네?"

다이키는 호토를 쳐다보았다.

"원래는 정말로 험한 길이었답니다. 쉽게 무너지고, 미끄러지고, 험한 곳도 많아서 위험한 길이었죠. 그러니 예전에는 멀리 돌아가는 줄 알면서도 보통 북령을 피해 갔어요."

입신하여 출세한 자는 반드시 고향에 뭐든 베푸는 법이다. 대부분 이가나 의창에 금전이나 물자 원조를 한다. 그러나 교소는 그것을 선택하지 않았다. 그 대신에 험한 곳에 돌을 깔고 우회로를 만들었다.

"처음에는 욕하는 사람이 많았답니다."

호토는 웃었다.

"보리 한 되도 보내지 않는다고 욕하는 자도 있었다던가요. 어느 해는 북령 일대가 흉작으로 식량이 부족한 적이 있었던 모양인데, 도움을 요청하니 먹을거리 대신에 석공을 보냈다더군요."

호토는 말하고 나서 익살스럽게 얼굴을 찌푸렸다.

"물론 전설일 뿐입니다. 실제로는 식량도 챙겨 보내셨다고 하니까요. 하지만 고향 사람들은 이걸로 교소도 고향에 무엇이 필요한지 알았겠지 했더랍니다. 올가을이야말로 식량이나 식량을 살 금전을 보내주겠지. 그런데 역시나 가을에 보내온 것은 석공이었어요. 이건 진짜라고 합니다. 도읍에서 우수한 석공을 보내서 역시나 길을 정비하게 했답니다."

"교소 님은 고향에 정말 필요한 것을 알고 계셨어요……."

다이키의 말에 호토가 고개를 끄덕였다.

"맞습니다. 교소 님은 계절마다, 절기마다 그렇게 길을 정비하셨어요. 길이 정비되면서 지나가는 행객이 늘었지요."

"결과적으로 북령은 윤택해졌군요."

"그러합니다. 그뿐인가요. 중앙에서 온 석공은 현지에서 실제로 작업할 사람을 고용하지요. 교소 님은 금전을 베풀지는 않았지만 대신에 임금을 준 거예요. 그렇게 일한 이들은 솜씨 좋은 도읍의 석공 작업을 배우고 익힙니다. 그러면 이제 그 기술로 자신의 집이나 농지를 보수할 수가 있게 돼요. 그중에는 독립해서 석공으로 생계를 꾸리는 자도 나왔지요."

"그렇구나" 하고 중얼거린 다이키는 기뻐 보였다.

"이전에는 명색뿐인 평지에 세운 움막 같은 집에 살던 이들이 스스로 돌담을 쌓고 제대로 대지를 일구어 번듯한 집을 짓고 살게 되었습니다. 밭도 이전에는 한정된 곳에만 있어서 고생스럽게 오갔지만, 직접 돌담을 쌓고 수로를 만들어 농갓집 가까이에 경작지를 둘 수 있게 되었지요."

그렇게 북령이 부를 쌓고 행객이 늘면 그 입구에 있는 남령도 유택해진다.

"그러니 위주 북서부에는 교소 님을 따르는 자가 많았지요."

호토는 그리 웃고 나서 목소리를 낮추었다.

"물론 그 탓에 아센의 주벌을 받았습니다만."

"그런가."

리사이는 가슴이 쓰라렸다.

"이전에 교소 님의 발자취를 찾아서 하령에 간 적이 있다. 하지만 그때 이미 하령은 존재하지 않았어……."

준엄한 산으로 둘러싸인 골짜기에는 불에 타 무너진 곽벽의 흔적과 그곳에 많은 건물이 있었음을 나타내는 초석이 유적처럼 남아 시커멓게 늘어서 있었다.

호토가 고개를 끄덕였다.

"고을을 통째로 불태웠으니까요. 하지만 그 일대 백성은 지금도 교소 님께서 존명해 계시리라 믿고 있습니다. 만에 하나 불행히도 돌아가셨더라도 유해를 찾아내 장사를 치러드릴 때까지는 절대로 포기하지 않겠다며 아직도 교소 님의 행방을 찾는 자들이 있어요."

리사이는 이전 위주에 갔을 때 산속 암자에 숨은 적이 있다. 암자에 있던 노인은 포기했지만, 손녀딸은 포기하지 않았다.

"그 아가씨는 어떻게든 주상과 태보를 구하고 싶다고 했지……."

하지만 두 사람은 리사이를 감싸다 죽었다.

그 이야기를 듣고 호토가 미소 지었다.

"그들이 도운 리사이 님이 태보를 모시고 돌아오신 걸 알면 틀림없이 두 사람은 보답받았다 기뻐하겠지요."

"그러할까."

"위주의 백성이라면 반드시 그리 생각할 겁니다. 무엇을 걸어도 좋습니다. 저도 우연히 동가 부근에 있던 덕에 이렇게 살아남았지요. 하늘이 주신 인연에 감사드립니다."

"그러한가……."

리사이가 중얼거렸을 때 마침 어느 민가 앞에 다다랐다. 앞장서서 가던 교시는 그곳에서 걸음을 멈추고 대문을 두드렸다.

"이쪽이에요. 이부나 이가를 준비할 수 있으면 좋았겠지만 둘다 불타서 지붕에 큰 구멍이 뚫렸어요."

모든 본채가 그러한 것은 아니나 반쯤 불에 탄 채 방치되어 있어서 도저히 거주에는 적합하지 않다. 수리할 만한 여유는 고사하고 유지할 일손이며 여유도 없다고 한다.

"이 마을의 이재는?"

리사이가 물었다.

"없습니다. 명목상 이부도 남아 있지만 실제로는 이웃 고을에 병합되었죠. 하지만 이사만은 기능해서 여서가 돌보고 있습니다. 여서는 지금 볼일로 외출하여 인사를 할 수 없지만요."

그러고는 작은 목소리로 말했다.

"중요한 손님이라고만 설명했습니다. 실례지만 도련님이라 부르겠습니다."

교시가 설명하는 동안에 문이 열렸다. 안에서 듬직한 중년 여성이 모습을 드러냈다.

"어서 오세요."

"갑작스레 죄송합니다."

교시가 인사하고 일행을 안으로 불러들였다. 대문을 들어서자마자 사람 사는 흔적이 느껴지는 생활감 있는 뜰이 나오고, 본채가 뜰의 삼면을 둘러쌌다. 지극히 평범한 서민이 사는 주거 형태다. 작지만 청결하고 말쑥하다.

여자는 이 마을에 사는 과부였다. 남편과 자식은 주벌로 잃었다. 평소에는 가까운 고을로 일하러 나가고 이 집에 머물 사람이 있을 때만 할 일을 하기 위해 왕래한다. 물으니 쾌활하게 대답하면서 척척 움직이며 일행의 시중을 들었다. 묻는 말에 대답하는 것 말고는 쓸데없는 말도 하지 않고, 일행의 대화에 끼어들지도 않는다. 딱 한 번.

"도련님은 피곤하신 것 같은데 괜찮으신가요."

다이키에게 그렇게 물었다.

"괜찮아요. 고맙습니다."

여자가 미소 지었다.

"푹 쉬세요."

달래듯이 말한 그녀는 뒷정리를 마치고 돌아갔다.

"자신이 살아가는 것만으로도 빠듯할 텐데 자네들을 돕고 있군."

리사이가 말하자 교시는 대답했다.

"이 마을 사람은 다들 정말로 잘해주고 있습니다. 저희 때문에 꽤 많은 희생을 치렀는데도 원망하지 않고 돕고 있어요. 건강한 사람은 고을로 일하러 가고, 저희는 노인과 어린아이를 보살피죠."

남은 주민은 고작 여섯 가구, 도저히 여를 유지할 수 없어 주민 대부분은 멀지 않은 큰길가의 고을을 오가며 일한다고 한다. 그러나 실제로 이곳에는 주민과 거의 비슷한 수의 도사와 승려가 숨어 살았다.

노인과 어린아이, 몸이 불편한 사람도 마을에 남아서 이사를 돌보거나 마을 문을 열고 닫는 등의 공적인 잡일을 하는 동시에 얼마 안 되는 밭을 갈고 가축을 돌본다. 힘을 모아 목숨을 연명하면서 도사들을 지탱해왔다.

"자신들의 먹거리를 줄여 저희를 부양하고 있어요."

리사이는 고개를 끄덕였다. 그것도 교시 같은 도사가 오로지 나라를 위해, 백성을 위해 목숨을 걸고 버텼기 때문이다.

"단약은 서운관에서만 만드나요?"

같은 생각을 했는지 다이키가 물었다. 교시는 등을 꼿꼿하게 폈다.

"아닙니다. 저희만 만드는 건 아니에요. 다른 종파와 각지의 도관에서도 만들지만 각각 별개로, 아뇨, 같은 단약이기는 합니다만."

횡설수설하는 교시를 호토가 거들고 나섰다.

"이 땅에 남은 다른 종파의 도관, 사원도 만들고 각 도관도 만들지만 같은 용도의 단약이라도 도관마다 효능이 다릅니다. 그리고 서운관에만 전승되는 단약도 있어서 이것은 서운관 도사가 만들지 않으면 맥이 끊어집니다. 서운관만이 아니라 어느 곳이든 제조 방법을 조금씩 다른 곳으로 옮겨놓기는 하나, 비전도 있거니와 특수한 도구가 필요하기도 해서 어지간해서는 한 번에 전부 만들 수는 없지요."

"그것을 신농분들이 각지로 팔러 가는 건가요?"

호토가 "예" 하고 대답했다.

"도관에도 계열이란 것이 있지요. 각각의 종파 도관에서는 기본적으로 그 종파의 도관에서 만든 약만 취급합니다. 도관 인근 마을에는 각파의 도관에서 만든 약을 모아 파는 약방이 있기도 하고 고을에 가면 약포가 있는데, 그러한 가게에 약을 대는 것이 저희입니다."

약포는 도관과 사원에서 나오는 약 말고도 동관부冬官府에서 만드는 약도 취급한다. 동관부는 기본적으로 조합법을 기록한 처방전을 배포하여 기술과 설비를 가진 도관과 사원에서 그것을 조합했다. 하지만 개중에는 동관부에서밖에 조합하지 못하는 약도 있다. 그것은 의원이나 약포에 직접 도매로 판다. 이는 효능도 확실하지만 그만큼 고가다.

"다행히 현재 대국에서는 동관부의 약이 끊어지지 않았지만, 끼니 때우기도 힘든 백성이 손쉽게 살 만한 물건이 아니지요. 백성에게는 값싼 단약이 제일이에요."

신농은 단약을 전국으로 운반한다. 각지의 도관으로, 약포로, 약방으로. 그뿐만 아니라 각지에 설치된 신농참站으로도 짐을 나른다. 각지의 신농참은 재령宰領이 관리하며, 다시 하부의 신농사社로 짐을 보낸다. 그와 동시에 신농사마다 약을 행상하는 신농을 거느린다. 신농사에 소속한 신농은 제각기 짐을 짊어지고 정기적으로 마을을 돌며 약을 팔러 다닌다.

"신농에게 주인 같은 사람이 있나요?"

"특별히 수령이라 부를 만한 존재는 없습니다. 하나의 조직이 아니에요. 그렇지, 친척이나 가족 같은 사이입니다. 집마다 주인이 있고, 그 주인끼리 동족으로 이어져 있어요. 이 부근을 관리하는 신농참의 재령은 단쇼短章라는 자입니다."

"그분은 지금……?"

"떨어진 고을로 거점을 옮겼습니다. 서운관은 이제 없어진 셈이니 이 땅에 머물러 있으면 이상하지요. 신농 경유로는 짐이 나오지 않는 것으로 되어 있어요. 그러니 각지의 도관으로 짐을 나르는 것은 염현의 백성들을 의지하고 있습니다. 눈에 띄지 않는 인원수로 저 같은 사람이 파견되어 미흡하나마 도사님들을 돕고 있지요."

단쇼 밑에 있는 신농이 염현 백성의 힘을 빌려 각지로 짐을 옮긴다. 그중에서도 호토는 마주에서 문주에 걸쳐 돌았다.

"마주 주도인 위릉威稜에서 문주 주도인 백랑白琅, 그리고 강주 주도인 조구漕溝로 갑니다."

이곳 염현에서 각각의 주도에 있는 신농참으로 짐을 나른다.

호토가 왕복하는 곳은 그 세 곳이지만, 단쇼 밑에는 다른 주로 가는 자, 그리고 좀더 좁은 지역을 순회하는 신농사의 사람도 있다. 어쨌거나 대체로 신농은 나라의 구석구석을 잘 알았다.

"저희는 돌아다니는 게 밑천이니 여행길만큼은 맡겨주세요."

고맙다며 예의 바르게 고개를 숙이는 다이키를 미소로 지켜보고서 리사이가 물었다.

"그래서 내일 일정은?"

"북용北容이라는 마을까지 가려고 합니다. 북용도 이곳과 마찬가지로 서운관을 지원하는 마을이니 안심하고 머무실 수 있습니다. 다만 조금 불편한 길을 걸으셔야 합니다."

호토는 그렇게 말하며 면목 없어 했다.

"제대로 쉴 곳도 없는 뒷길이지만 참아주세요."

"어떤 길이든 교시와 호토의 안내에 따르지."

리사이가 대답했다.

"괘념치 말게. 기수가 있는 탓에 신경을 쓰게 한 모양이군. 미안하네."

"저야말로 불편을 끼쳤습니다. 하지만 북용에는 말을 준비했어요. 곧 고료 님께는 기수를 마련하겠습니다. 저희가 조달할 수 있는 기수야 대단치는 않겠지만, 지금 사방팔방으로 구하고 있으니 머지않아 동료가 앞으로 들를 고을까지 전달해줄 겁니다."

"그렇게까지 하지 않아도 되는데."

당황한 듯이 고료가 손을 들었다.

"아니요."

호토는 고개를 가로저었다.

"그 정도는 하게 해주세요. 사실은 사람 수만큼 마련하면 좋겠지만 아쉽게도 저는 하늘을 나는 기수를 타지 못합니다."

호토가 말하고 교시를 보았다. 교시 역시 고개를 끄덕였다.

"말도 간신히 걸터앉는 것이 답니다."

호토는 슬쩍 웃었다.

"고료 님께 기수가 있으면 세 분이서 눈에 띄지 않게 날아서 목적지에 먼저 가실 수 있지요. 말이 있다면 저와 교시도 크게 거치적거리지 않을 정도의 거리는 벌 수 있어요."

"하나부터 열까지 마음을 써주니 몸 둘 바를 모르겠군. 정말 진심으로 고맙네."

리사이는 고개를 숙였다. 어젯밤부터 지금까지 얼마 되지 않는 시간에 여기까지 손을 써주었나. 신경 써준 이는 단쇼일까, 아니면 엔초나 도진일까. 어쩌면 호토가 지시한 것인지도 모른다. 어쨌거나 수고와 자금을 생각하면 모든 이들의 의사일 것이다. 정말로 고마웠다.

리사이는 새삼 묵양산을 떠올린 것이 행운이라 여기지 않을 수 없었다.

003

“자네는 겁이 없군.”

침상 밑에 짐을 밀어 넣으면서 고료가 말하자, 역시나 여장을 풀고 짐을 정리하던 호토가 의아해하며 돌아보았다.

“뭐가 말입니까?”

숙소인 민가는 안채가 하나뿐인 작은 건물로 작은 방 좌우에 침실 두 개가 전부였다. 뜰을 둘러싸고 양쪽에 별채가 있지만 한쪽은 헛간이고 한쪽은 길가에 면한 전포다. 한때는 여기서 곡물을 다루는 미곡점을 운영했다고 한다. 그 때문인지 건물은 견고하고 널찍했지만, 사람이 자고 일어날 수 있는 장소는 방 두 개뿐이다. 한쪽 침실에 다이키와 리사이, 다른 침실에는 고료와 호토, 교시 세 사람이 자리 잡았다.

“한데 고료 님은 도련님과 함께 계시지 않아도 괜찮습니까. 침실도 저쪽이 조금 더 넓습니다.”

말하는 호토를 고료가 제지했다.

“이곳이 좋아.”

"이런 말은 실례일지 모르지만 리사이 님은 오른팔을 잃으셨어요. 별일이야 없겠지만 만약의 사태를 대비해 고료 님도 함께 계시는 편이……."

교시가 조심스레 말했다.

"님 자는 빼줘."

고료는 몇 번째인지 모를 쓴웃음을 지으며 손사래를 쳤다.

"낯간지럽고, 무엇보다 도사님이 그런 태도를 보이면 다른 사람이 수상하게 여기겠지."

"죄송합니다."

교시는 고개를 숙였다.

"그리고 리사이 님을 그리 쉽게 봐서는 안 되지. 당신은 팔을 잃었다고 부끄러워하시는 듯하지만, 역시나 장군이셨던 분이다. 저 정도 실력이면 충분히 뛰어난 축이야."

검술을 잘하고 못하고는 단순히 신체 능력만으로 결정되는 것이 아니다. 검을 다루는 데는 접근전에서 순간적으로 상황을 파악하는 예민한 오감, 파악한 것을 분석할 수 있는 냉정함, 간격을 좁히기 위해 위험에 한 걸음 더 발을 들일 담력이 요구되고, 그 부분은 조금도 쇠하지 않았다.

"경험한 횟수가 달라. 그분도 병졸부터 자기 노력으로 출세한 분이니까. 어쩌면 나보다 강할걸."

"그런……가요?"

"원래 나는 과戈이나 창이 특기야. 검에 자신이 있으면 암기 따위 쓰지 않지."

"창. 그러면 고료 님…… 곤봉도 다룰 줄 아시나요?"

"다루기야 하는데. 왜 그러나?"

"봉술을 가르쳐주실 수 있을까요."

기세 좋게 말했다.

"물론 저 같은 게 조금 연습한 정도로 도움이 되지는 못하겠죠. 하지만 적어도 발목은 잡고 싶지 않아요."

고료는 활짝 웃었다.

"그야 쉬운 일이지. 나든 리사이 님이든 흔쾌히 상대해줄 걸세."

"리사이 님도요?"

"이제는 무리일지도 모르지만 당연히 창 정도는 쓰셨겠지. 기수를 타는 이상 창이나 활을 쓰지 못한다면 말이 안 되지."

흥미롭게 대화를 듣던 호토가 물었다.

"그런 거군요. 그런데 그쪽 침상으로 괜찮으신가요? 아무래도 저쪽 침실에 가시는 편이……."

"그러니까 여기가 좋아. 내가 있으면 그렇게 방해되나?"

"그럴 리가요. 그런 뜻이 아닙니다."

호토가 당황해서 손을 저었다.

"방해되지 않는다면 이쪽에 있게 해줘. 아무래도 도련님께는 말을 걸기가 어려워."

"고료도 그런가요."

교시가 눈을 동그랗게 떴다.

"이야기를 나눈 적이 거의 없었으니까. 도저히까지는 아니지만 허물없이 말을 걸지는 못하겠더군."

교시는 웃었다.

"저도요. 저만 그런 게 아니라니 안심했어요."

"내가 보기에 가볍게 말을 거는 호토가 이상해. 대단하군."

호토가 어이없어했다.

"그래서 겁이 없다고 말씀하신 건가요. 당연히 황송하다 생각은 하지만 이야기를 하지 않으면 아무것도 못 하잖습니까."

"그래도 못 하겠어. 리사이 님이라면 모를까."

"그런가요."

호토는 쓴웃음을 지으며 대답하더니, "……하지만 확실히 심중을 헤아리기 어려운 분이시긴 합니다" 하고 말했다.

"그런가?"

"저는 어디까지나 서민이니 구름 위는 들여다본 적도 없고 어떤 분인지 상상해본 적도 없어요. 하지만 조금 더 부드럽고 온순한 모습을 상상했지요."

"인상이 많이 달라지셨어. 옛날에는 더 천진한 분처럼 보였는데."

고료는 그리 말하고 나서 쓴웃음을 지었다.

"하기야 내가 마지막에 뵈었을 때 도련님은 아직 어린아이셨어."

"그야 달라지셨을 만하네요."

호토가 웃어서 고료도 따라 웃었다.

예전에 다이키를 만난 적이 몇 번 있었을까. 고료는 금군 중군 소속이었으니 행사 때 곁에 서는 일은 제법 있었다. 하지만 직접 상대한 적은 거의 없다. 가까이에서 말을 주고받은 적은 딱 한 번, 장군인 에이쇼가 다이키에게 망아지를 전하러 간 기회에 동행했을 때였다. 에이쇼의 영지에는 말의 산지가 있고, 그곳은 명마로 유명하다. 다이키에게 말을 주고 싶다고 교소가 상의해와서 에이쇼가 고르고 고른 망아지를 보냈다. 망아지를 처음 다이키 앞에 선보일 때 보낸 사람인 에이쇼가 입회하고, 고료가 고삐를 끌고 망아지를 다이키에게 소개하는 영광을 얻었다.

다이키는 고료에게 고맙다고 말했다. 이어서 "얌전한가요?"라고 물었다. 에이쇼가 지시했으니 당연히 잘 훈련받고 성품이 좋은 망아지가 선발되었다. 끌고 걷는 동안에도 제멋대로 움직이거나 신경질적인 몸짓을 보이는 일은 없었다.

"아주 얌전한 말입니다."

"하지만 말은 섬세하지요?"

교소가 등극한 것은 칠 년 전, 즉위하고 새해를 맞이한 직후의 일이었을 것이다. 다이키는 아직 열한 살이었다. 앳된 눈동자를 빛내며, 하지만 어쩐지 겁을 내며 망아지를 올려다보았다.

"무척 섬세하지만 이 말은 꽤나 대범해 보이는군요. 조금도 겁을 먹지 않았어요."

"쓰다듬어도 괜찮은가요?"

"괜찮습니다. 만져보시지요."

고료의 말에 어린 재보는 망아지를 향해 손을 뻗었다. 정작 망아지는 겁도 내지 않고 오히려 호기심이 가득한 눈으로 다이키를 지켜보았다. 대범할 뿐만 아니라 외향적인 성격 같았다.

콧등의 솜털이 닿았는지 다이키가 간지러운 듯이 웃었다. 천진하기만 한 웃는 얼굴, 고료가 다이키에 대해 기억하는 가장 선명한 기억은 그것이다. 다이키가 교소의 대리인으로 연국漣國에 갔다가 막 돌아왔을 때였다.

"……무리도 아니지."

고료가 중얼거리자 호토가 묻듯이 고개를 갸웃했다.

"아니. 믿었던 가까운 어른에게 공격받아 크게 다치셨으니까."

그날의 웃는 얼굴을 떠올리면 그 무도한 짓이 가슴에 파고든다.

"그때부터 크게 고생하신 모양이니 그늘이 있어도 어쩔 수 없지."

"공격받았다……."

호토가 나직하게 말했다.

"저는 태보께서 돌아가셨다고 들었습니다. 분명 공적으로는 그렇게 되어 있지 않았던가요."

고료는 고개를 가로저었다.

"아마 태보에 관한 공식적인 언급은 없었을 걸세."

교시도 이에 동의했다.

"정식으로 나온 것은 왕의 부보뿐입니다. 태보에 관한 이야기는 일절 없었어요."

그래서 가조假朝가 열린다고 들었을 때 당연히 다이키도 승낙했다고 생각했다.

"그런데 가조치고는 행동이 수상하다. 위조僞朝가 아니냐는 이야기가 나왔을 때, 그렇다면 태보는 어떻게 계시는지 서운관에서도 화제가 되었죠. 사실은 태보 역시 돌아가신 게 아닌지 의심하는 이도 있었지만 아무래도 그런 것도 아닌 것 같고."

서운관과 동관부의 깊은 인연으로도 다이키의 소식은 알지 못했다고 한다. 확실한 점은 왕궁에서 다이키를 보았다는 얘기가 전혀 없다는 것이다. 보았다, 만났다는 자가 없다. 만났다는 소문도 들리지 않는다.

"왕궁에서 재해가 일어났다 들었습니다. 식이 있었다고요."

고료는 고개를 끄덕였다.

"그때 나는 문주에 있어서 실제로 무슨 일이 있었는지는 모르지만 그리 들었네. 그리고 그 식 이후로 태보의 풍문은 끊겼어."

"식에 휘말려 행방불명되었다는 소문은 들었습니다. 그런데 동시에 어딘가에 유폐되었다는 소문도 있었지요."

"실제로는 태보가 일으킨 식이야."

고료는 간밤에 리사이에게 그 이야기를 들었다. 늦은 밤, 다이키도 포함해 앞으로의 일을 의논할 때였다.

"주상은 문주로 떠나시고 태보는 궁성에 남았지. 태보께는 사령—자신의 몸을 지키기 위해 굴복시킨 요마가 있는데, 새빨간 거짓말을 불어넣어 주상을 위해 사령을 문주로 보내버리셨어."

기린은 일반적으로 많은 요마를 사령으로 사역하는 법이지만, 다이키에게는 단둘밖에 없었다. 이는 다이키가 봉래 출신—태과였던 탓이라고 리사이는 설명했다. 아직 어렸던 다이키는 속아 넘어가 겨우 둘뿐인 사령을 주인을 지키기 위해 파견했다. 말하자면 맨몸으로 아센의 공격을 받은 것이다.

"아센은 태보를 베었다. 반사적으로 도망치려 일으킨 것이 식이지. 명식鳴蝕이라 부르는 모양이더군. 비상사태에 기린이 일으키는 아주 작은 식."

"그럴 수가."

호토가 울분을 터뜨리며 말했다.

"다치시지는 않았습니까?"

"뿔을."

고료는 자신의 이마를 가리킨다.

"태보는 실제로는 기린이다. 기린의 모습일 때는 이마에 뿔이 하나 있지. 아센의 검이 태보의 뿔을 도려냈다."

"머리부터 치려고 했던 것 아닙니까! 열 살 정도밖에 안 되는 어린아이에게."

고료는 고개를 끄덕였다. 어린 다이키의 모습을 떠올리면 소름이 끼친다. 작은 아이를 향해 아센은 정수리부터 단칼에 내려친 것이다.

"게다가 기린에게, 우리의 기린에게 그 무슨 악랄한 짓을."

기린은 백성의 수호신이다. 항상 백성의 편이며 자비를 베푼다. 백성은 왕 또한 그 자비의 일환이라고 인식했다.

"태보는 순간적으로 명식을 일으켜 도망치셨네. 그 식에 휘말려 봉래로 흘러가버리신 거야."

"봉래로."

호토는 눈을 휘둥그렇게 뜨고 교시를 바라보았다. 교시가 그렇다는 듯이 고개를 끄덕였다.

"태보께서는 돌아오는 법을 알지 못했다고 하셨어요."

"정확하게는."

고료는 리사이의 설명을 떠올렸다.

"뿔이 잘린 탓에 기린으로서의 자신을 상실하고 마신 거야. 본디 기린은 이 세계와 저쪽 세계를 오갈 수 있지. 하지만 기린으로서의 능력과 기억을 잃은 태보는 돌아오실 수가 없었다."

호토는 당혹스러운 듯이 눈을 깜빡였다.

"잘…… 모르겠습니다."

자신도 마찬가지라며 고료는 쓴웃음을 지었다. 설명은 들었지만 설명만으로는 잘 이해되지 않는다. 애초에 고료는 기린에 대해서도 잘 몰랐다. 그저 다이키는 돌아올 수가 없었다. 아센 때문에 능력을 잃어 그것이 불가능했다고 이해했다.

호토는 한숨을 푹 쉬었다.

"하오나 봉래였던 것은 다행이군요. 그래서 악당은 태보를 추격하지 못했어요. 그리고 봉래는 무척 좋은 곳이겠지요."

전설에서는 신선이 사는 행복한 나라라 한다.

고료는 쓴웃음을 지었다.

"아무래도 실제 봉래는 신선의 땅도 행복의 나라도 아닌 듯하더군. 적어도 태보는 심각한 예췌穢瘁에 걸리셨네."

"예췌……."

"기린이 걸리는 병이라고 하더군. 피의 부정함이나 원망으로 생기지."

"어찌하여……."

호토는 놀라서 입을 벌렸고 교시 또한 마찬가지로 눈을 깜빡거렸다.

"태보는 이쪽으로 돌아올 수 없었어. 돌아오기는커녕 예췌로 조만간에 목숨이 다했겠지. 그러나 리사이 님이 경국으로 가서 역시나 태과이신 경왕께 간청해 봉래를 수색했다. 연왕을 비롯한 여러 왕들의 조력을 얻어 간신히 이쪽으로 데려올 수 있었지만, 아센이 입힌 상처는 낫지 않았어. 태보는 이제 전변하지도, 사령을 쓰지도, 왕기를 찾지도 못한다."

"그건 무척 위험하다는 뜻 아닌가요."

"그렇지."

"만에 하나 적에게 발각되면 놈은 반드시 다시 태보를 덮치려 하겠죠. 대국으로 돌아오셔도 괜찮은 겁니까."

"태보께서 그러기를 바라셨어. 대국을 구해야 한다고."

돌아왔다고 하여 할 수 있는 일은 없다. 다이키 스스로 말했듯이 다이키는 이제 대국에 기적을 베풀 수 없다. 다이키는 이제 무력한 청년일 뿐이다. 사실은 경국에 머물러야 했을 것이다. 그러나…….

"태보가 계시지 않았다면 사태는 달라지지 않았다."

리사이만 단신으로 돌아와 경국에 다이키가 있다고 외친들 사태가 달라질 리 없다. 눈앞에 다이키가 있기에 모든 것이 움직이기 시작했다. 고료는 그렇게 생각했다.

천진난만하고 눈부신 미소로부터 육 년의 공백. 돌이켜보면 그 웃는 얼굴을 본 것은 비극 바로 직전이었다. 에이쇼와 고료가 다이키에게 망아지를 소개한 이튿날, 문주에서 '소란 있음'이라는 소식이 도착했으니까.

육 년 전.

그 전해, 교소가 새로운 왕으로 오르고 주후가 바뀌면서 화적의 횡포에 대한 통제가 강화되었다. 화적은 이에 반발하여 폭력으로 반항했다. 주후는 사태를 다스리기 위해 사람을 파견하고, 화적은 무기를 들고 저항했다. 여기까지는 문주에서 흔히 있는 일이었다. 하지만 홍시 원년 말, 화적이 고백을 점거하는 단계에 이르러 단순한 충돌로는 끝나지 않을 것이 분명해졌다. 주에서는 정식으로 주사를 고백으로 보내 고을을 점거한 화적을 처리하려 했다. 그러나 해가 바뀌도록 해결하지 못하고 장기전 양상을 띠자 조정에 '문주에 소란'이라는 소식이 전해졌다.

조정은 즉시 왕사 파병을 결정했다. 금군 중군에 지령을 내렸다. 문주사와 협력하여 폭동을 일으킨 화적을 토벌하고 점거당한 고을을 해방하고 휘말린 백성을 보호하라.

004

"금군 일군一軍인가요?"

고료는 군부에서 지령을 받았을 때 당황하여 되물었던 일을 잊지 않았다.

"일군이다."

중군을 이끄는 에이쇼는 냉담하게 대답했지만 그 말투에는 비아냥조가 배어 있었다.

"하오나……."

고료와 마찬가지로 같은 사수인 리케이俐珪가 당혹감을 드러내며 말했다.

"그…… 고을을 점거한 화적은 오백 명 정도라 들었습니다만……."

목소리는 점점 작아졌다. 사수 다섯 명 가운데 가장 젊은 리케이는 에이쇼 앞에서는 아직 무조건 주눅이 드는 모양이다. 젊을

뿐만 아니라 사수가 된 지 얼마 되지 않았다. 사수이던 기료基寮가 문주사 장군으로 임명되어 빈자리를 메우기 위해 여수旅帥에서 발탁된 지 석 달이 채 안 되었다. 원래 성미가 까다로운 주공이니 주눅이 드는 것도 당연하다고 고료는 흐뭇하게 생각했다.

"적은 현성을 점거했어. 두꺼운 곽벽 안이지. 게다가 주변 지리에도 밝잖나."

고료가 말하자 에이쇼가 들으란 듯이 코웃음 치며 거칠게 말했다.

"우습지도 않군. 아무리 지리를 잘 알더라도 그래봐야 비적 떼다. 우리 군의 적이 아니야. 게다가 문주에도 주사는 있어. 얼뜨기만 모인 시골 병졸이라 해도 기료가 장군이다. 오백 명 규모의 화적에 금군 일만 이천오백 병사를 보내다니 달걀을 깨는 데 투석기를 꺼낸 것이나 다름없지."

에이쇼는 쏘아붙이듯 지껄이고 고료를 보았다.

"너도 그렇게 생각했으니 일군이냐고 물었겠지."

"네, 그렇죠."

에이쇼의 비아냥거리는 말투는 항상 그런 것으로 특별히 기분이 상해서가 아니다.

"주상의 뜻이시다."

이 또한 비아냥거리는 투였으나 에이쇼가 주공인 교소에게 부정적인 감정을 가질 리 만무하다는 것을 고료는 알았다.

"주상은 문주의 백성에게 나라의 보호가 있음을 이해시키는 게 중요하다고 생각하신다."

금군 일군의 위용으로 문주의 백성에게 더는 화적을 두려워할 필요가 없노라 알린다. 그를 위해 에이쇼의 군대를 파견했다 한다.

고료는 납득했다.

"출발은 언제 합니까?"

고료의 물음에 에이쇼는 단호하게 대답했다.

"가능한 한 빨리."

"눈이 내립니다. 춘관春官•은 앞으로도 계속 내릴 거라고 하던데요."

"서주사가 가도의 눈을 치우고 있다."

문주후를 경질할 때 머지않아 문주의 화적이 물의를 일으킬 것은 예측할 수 있었다. 따라서 길 주변에 주사를 중점적으로 배치하고 눈이 내릴 때마다 제설했다고 한다.

"역시 교소 님이로군요."

• 제사, 학교 등을 관장하는 관리.

고료에게 교소는 왕이기 이전에 여태껏 줄곧 경외의 마음으로 에이쇼와 함께 섬기던 주공이다.

"어차피 봄까지 기다릴 여유는 없다. 혹한기의 행군은 피할 길 없으니 되도록 빠른 편이 좋아. 눈이 녹으면 오히려 성가셔. 소탕전에도 영향을 끼친다."

고료를 포함하여 그 자리에 모인 사수들은 알겠다고 대답했지만 거기서부터가 큰일이었다. 이런 사태를 대비해 곧바로 출진할 수 있도록 준비를 게을리하지 않았으나 문주까지의 원정은 막대한 수고와 시간이 든다. 쉬지 않고 준비를 갖추어 이튿날에는 선발 일사가 홍기를 출발했다. 그 뒤로 일사씩 차례로 가도를 북상하여 문주로 향했다. 사흘 뒤에 가장 후발대인 고료군이 에이쇼와 함께 홍기를 출발했다. 홍기에서 문주로 향하는 가도는 하얗게 얼어붙었다. 겨우내 늘 그러했듯이 하늘은 새로운 눈에 덮이고, 그때부터 끊임없이 하얀 가루눈이 내린다. 제설하고 발로 밟아 다진 가도에 쌓인 새로운 눈은 바람이 불자 휘몰아쳐 군대의 발밑이 뿌예졌다.

눈 내리는 가도를 행진하기를 보름, 에이쇼군은 문주 임우에 도착하여 교외에 진을 쳤다. 거기에서 문제의 고백까지는 하루거리였다.

—갑작스레 마을에 밀어닥쳤어요.

고백의 이재는 그렇게 호소했다. 폭동을 일으킨 화적은 고백 근처 형문衡門의 자들이었다. 형문산은 근년 들어 개발된 옥광으로 채굴할 만한 광상은 없고 옥천뿐이다. 그 옥천에서 채취하는 돌도 이등급, 규모에 비해 풍요롭지는 않은 산이다. 관리하는 화적은 신흥 세력으로 여러모로 문제가 많았다. 그것을 단속하기 위해 주에서 감독관이 파견되었으나 형문의 화적은 이를 거부했다. 감독관 일행을 산에 들이지 않은 것이다. 폭행을 저지른 화적을 구속하고 형문의 질서를 회복하기 위해 주사구州司寇에서 현사구縣司寇로 명령이 내려지고, 사사師士가 파견되었다. 이 시점에서 아직 사태는 법을 관장하는 추관秋官의 관리하에 있었다.

"보통은 거기서 가라앉는 법입니다만."

설명을 위해 찾아온 주사구는 말했다.

추관 관리하에 있는 동안에는 폭동의 범주다. 소동이 확대되어 반란으로 간주되면 담당은 군무를 관장하는 하관夏官으로 바뀌고 주사가 나선다. 군을 상대로 싸울 수 있는 화적 따위 없다. 화적도 그 부분은 잘 알고 있어 추관 관리하에 있는 동안에 사태의 타협점을 찾는 법이었다.

"물러날 때를 잘못 계산했겠죠. 사사와 정면으로 충돌해버렸어요."

사사는 추관 지휘 아래에 있다고는 해도 실체는 군대에서 대여한 병사다. 행동의 목적은 범죄자 단속이니 다짜고짜 무력을 행사하지는 않지만, 폭력 사건으로 화적에 지는 일은 있을 수 없다. 형문의 화적도 맥없이 완패했다. 그러나 그들은 거기서 투항하지 않고 산을 내려가 고백으로 도망치더니 허술한 경비를 틈타 현성에 침입하여 현정縣正을 살해하고 성을 점거해버렸다.

"대단한 수장이로군."

에이쇼가 보일 듯 말 듯 비웃었다.

"근처에서 충돌이 있었는데도 경비를 강화하지 않고 태평하게 발 뻗고 있다 화적 따위에 성을 빼앗겼다 이거지. 하기야 그전에 자신의 목숨을 빼앗겼지만."

주사구는 자신이 비난받은 것처럼 고개를 움츠렸다.

고을은 그 핵심인 마을을 내포한다. 고백의 이재는 온후해 보이는 초로의 여자로 다리를 절었다.

"휘말린 백성에게는 성가신 이야기로군. 자네, 그 다리는 어찌 된 거지?"

"쳐들어온 화적이 의창에 손을 대려 했습니다."

의창에는 마을이 비상사태에 빠졌을 때를 대비해 생활에 필요한 물자가 비축되어 있다. 겨울에 소득을 얻을 수 없는 극한의 땅에서는 의창이 양민의 생명선이었다.

"아직 식량과 숯이 필요합니다. 애초에 비축해둔 것도 충분하다 할 수 없어요. 그놈들이 때마다 와서 모두의 재산을 위협하며 빼앗아 가는걸요. 피해를 입은 백성을 구제하기 위해 내놓을 수밖에 없어요. 그 탓에 안 그래도 줄어든 것을 더욱 빼앗겼다가는……."

주위에 있던 자들과 필사로 저항했다고 한다. 그 결과 무자비하게 폭행을 당했다.

"현정은 평소 마을을 지킬 마음 따위 없었던 것 같군. 좋다. 무능한 놈은 대갚음을 당했으니까."

화적은 마을 의창을 습격하고 주민의 집을 공격했다. 어디에서도 지켜주는 손길은 없었다. 그 무렵에 현성은 이미 화적의 본대에 함락당한 탓이다. 이재는 무사한 주민과 함께 고백에서 도망쳤다.

"목숨까지 빼앗기지 않아 다행이군. 고백은 되도록 빨리 되찾겠다 약속하지. 의창 건은 걱정할 필요 없으니 부상자를 돌보는 데 힘을 쓰게."

"감사합니다."

이재는 고개를 깊숙이 숙였다.

몇 번이나 고개를 숙이면서 진영을 떠나는 이재를 지켜보면서 고료가 물었다.

"의창 내용물까지 약속해도 됩니까."

"상관없겠지. 주상의 의향은 문주 백성의 안녕에 있으니까. 고백을 탈환하면 우선 군의 병량으로 채워라. 그만큼 주나 나라에서 가져오게 해."

"여분이 있어야 할 텐데요."

교소는 등극한 지 얼마 되지 않았다. 국토는 교왕의 방종과 그 뒤의 공위로 엉망이었다. 나라가 운영하는 의창조차 비축분이 충분하다고 하기 어려웠다.

"부족하다면 영지에서 가져오지."

에이쇼는 태연히 말했다. 에이쇼의 영지는 풍요로웠다. 원래 에이쇼뿐 아니라 교소의 부하들은 영지 경영에 뛰어나다. 그도 그럴 것이 교소군에서는 휘하의 경중을 따질 때 전쟁 실력뿐만 아니라 영지를 운영하는 능력도 물었다. 아무리 전쟁을 잘해도 영지가 엉망인 장수는 평가받지 못한다. 그렇기에 교소가 등극하자 조정은 빠르게 정돈되었다.

고료는 키득키득 웃었다.

"그럼 의창 문제는 그걸로 해결했군요. 이제 고백을 탈환한다는 약속이 남았습니다."

"그거야말로 간단하지."

에이쇼는 냉혹한 미소를 지었다.

그 말대로 진영을 갖추자 곧바로 삼사를 진군해 고백을 포위했다. 문을 닫고 고을을 닫고, 저항하는 화적을 처리하고 고을을 해방하여 갇힌 백성을 구한다. 고을 안으로 병사를 진군시켜 현성에 농성하는 화적을 소탕한다. 보름도 채 되지 않아 최소한의 피해로 전부 마치고 약속대로 고백을 해방했다. 그럼에도 에이쇼군의 임무는 끝나지 않았다. 고백을 해방하기 전에 인근 세 곳에서 화적이 폭동을 일으켰기 때문이다.

고백을 소탕하면서 한편으로 세 곳의 대응에 나선다. 진압되어갈 때쯤 다른 곳에서 불길이 치솟는다. 진압에 애를 먹는 사이에 또 다른 곳에서도 폭동이 일어나, 주사까지 총동원돼 전투에 임했지만 폭도끼리 결탁하여 전황이 확대되었다. 이는 폭동 같은 간단한 일이 아니라 처음부터 계산된 모반이 아닌가. 의심에 부응하여 왕도에서는 추가로 서주사인 소겐군을 파견하기로 했다. 그뿐만 아니라 교소가 직접 왕사에서 병사를 쪼개어 출진한다는 것이다.

"주상께서 직접?"

그 소식을 접하고 놀라서 소리친 사람은 리케이지만 고료 역시 놀라기는 마찬가지였다.

"그렇다는군."

에이쇼는 거칠게 대답하더니 청조•가 가져온 서한을 내던졌다. 비칠 만큼 얇은 종이는 커다란 눈송이처럼 하늘거리며 질퍽한 땅 위에 떨어졌다. 에이쇼가 분을 못 이겨 짓밟은 종잇조각을 고료가 주웠다. 당연한 말이지만 서한은 타인의 눈에 띄어서 좋을 것이 없다. 확실하게 처분해야 한다.

리케이는 석연치 않아 보였으나 그 이상 에이쇼에게 물을 수는 없는 모양이다. 전황이 도무지 호전되지 않는다. 에이쇼의 기분은 만성적으로 나빴다. 에이쇼에게는 주사의 도움을 받는 것조차 긍지에 금이 가는 일이다. 그런데 소겐군 도움까지 받는 처지가 되었다. 게다가 화적 토벌에 질질 끌려 다니며 휘둘리는 동안에 눈이 녹기 시작하여 전장은 낮에는 질퍽거리고 밤에는 발자국을 남긴 채 얼어붙었다. 행군하기에는 길이 대단히 나빴다. 때로는 후끈할 정도로 따뜻한 날이 있는가 하면, 이튿날에는 뼛속까지 춥고 눈이 내린다. 모든 것이 에이쇼의 신경을 날카롭게 만들었다.

"일반적으로 왕이 직접 전선에 출진하시는 일은 없다만."

고료가 이야기를 이어받았다.

"전장이 움직이고 있으니 이대로는 자칫 철위가 휘말릴 수 있

• 소식을 전하는 새.

어."

"철위라면 함양산 서쪽에 있는 고을요? 산 너머로군요. 아마 중규모 현성일 텐데요."

"고을의 규모 문제가 아니야. 주상과 우리에게 철위는 특별해."

교왕 시대 철위는 가혹한 세금 징수를 거부하며 관용 창고를 닫았다. 당시 왕의 사치로 국고를 탕진하여 세금이 무거웠다. 가난한 지방일수록 상대적으로 부담이 컸다. 거기에 악천후나 재해 등의 좋지 않은 조건이 겹치면 조세를 납부하고 나서 먹고살 식량이 남지 않는 일도 생겼다. 세를 바치고 굶어 죽거나 거부하고 벌받아 죽거나. 철위는 후자를 택했다. 납세를 거부하고, 관용 창고를 닫고, 고을을 닫고, 계속 저항하는 철위를 조정은 반란이라 판단했다. 진압을 위해 교왕은 당시 장군이던 교소를 파견했다.

"……아, 그렇군."

에이쇼가 중얼거렸다.

"고료는 벌써 있었나."

"있었죠. 사수 중에서는 문주로 이동한 기료와 저, 그리고 고헤이剛平도 있었던가."

"있었고말고."

고헤이가 소리 높였다.

"나는 막 졸장卒長이 되었을 때야."

리케이가 고개를 갸웃했다.

"현성에 틀어박힌 반민에 금군 일군. 이번 고백 때와 비슷하군요."

"과연 비슷할까. 우리는 패배했어."

고헤이의 웃음에 리케이는 눈을 동그랗게 떴다.

"패배했다고요?"

"이기지 못했다고 해야 맞겠지."

에이쇼가 입술을 일그러뜨렸다.

"지지는 않았다. 다만 이기지도 않았을 뿐이지. 특별히 철위가 강했던 것이 아니야. 교소 님께서 도의는 철위에 있다고 판단한 거야. 관용 창고를 열게 할 필요는 있지만, 철위의 백성은 반민이 아니라고 하셨지."

"교소 님은 무패의 무장인 줄 알았습니다."

에이쇼가 얼굴을 찌푸렸다.

"무패는 무슨. 그분은 툭하면 그런 괴상한 논리로 다 잡은 승리를 내던지셔."

고료도 리케이도 쓴웃음을 지었다.

"병졸 중에는 오해하는 놈도 있는 모양이다만 교왕의 장군 중에 진정한 의미로 항상 이기던 무패 장군은 아센 님뿐이다."

그 외에도 무패의 장군이 두 사람 있었는데, 한 명은 장군이 된 지 얼마 되지 않았고, 한 명은 패배가 예상되는 전투에는 절대로 가지 않으려 하는 능구렁이였다.

"흐음……."

고헤이는 차근차근 이야기를 풀었다.

"그 전투만큼은 잊을 수 없어. 상대는 반민이 아니니 공격해서는 안 된다고 했지."

"공격하지 않았던 겁니까."

리케이는 진심으로 놀란 것 같았다.

"절대로 하지 말라는 분부였다. 그 덕분에 방패를 이렇게 들고, 가래와 괭이로 덤비는 상대방을 거북이처럼 견뎠지."

"검은요?"

"무기는 가지고 출전하면 안 돼. 방패도 안쪽에 얇은 쇠붙이를 덧댔을 뿐인 나무 방패야. 명령받았을 때는 죽으라는 소리인 줄 알았어."

고료도 기억을 떠올리고 웃었다.

"그랬지. 그래서 오로지 상대가 지치기를 기다렸지."

후세에 '백면(흰 솜)의 방패'라 불리며 나무 방패 표면에 솜과 양모를 붙여 백성을 지켰다고 전해지지만, 실제로는 초반에만 솜

방패가 사용되었다. 나무 방패로 계속 공격받기만 하니까 방패가 견디지 못한다. 금세 쓸 수가 없게 되었다. 방패는 완전히 소모품으로 물자를 아끼느라 솜은 일찌감치 생략되었다. 당연하지만 이는 교소도 예상한 일이다. '백면의 방패'는 교소에게도 전투를 시작하면서 금군의 의사를 나타내기 위한 상징에 지나지 않았을 것이다. 단, 전투 당초 솜에 백성의 피가 묻으면 엄벌한다고 교소가 선언한 명령은 굳게 유지되었다. 흐려진 판단력으로 백성을 공격해 방패에 피가 묻으면 엄중한 벌이 기다렸다.

"물자가 줄어들자 판금도 점점 작아졌어."

고헤이가 웃었다.

"결국에는 사라졌지. 어쩔 수 없으니 방패라도 크게 만든 거야. 그러니 무거워서 휘두를 수도 없고 실수로 반격해버리는 일도 없지."

"그래서 결판이 났나요?"

리케이의 물음에 고료가 대답했다.

"날 리가 있나. 그러니까 지지 않았지만 이기지도 못한 거지."

"기이한 전투였지."

고헤이는 그리워하듯 중얼거렸다.

"처음에는 우리가 검을 들지 않는 걸 보고 강압적으로 덤비던 놈들이 점점 설렁설렁 공격하더군."

"실제로 지치고 넌더리가 났겠지. 끼니도 제대로 때우지 못하고 계속해서 때리다 보니 체력도 그리 버티지 못한 거야."

"덤비던 놈이 휘청거리니까 품에 음식을 넣어 가지고 가서 놈들이 후퇴할 때 건네주기도 했어."

"반대로 나는 삶은 머위를 받은 적이 있어. 댁들도 직분을 다하느라 힘들겠다고 동정받으면서 말이지."

"있었지." 고헤이가 웃었다. "치료해준 사람도 있었지. 괜찮냐고 묻더군."

리케이는 줄곧 눈을 휘둥그렇게 뜨고 있었다.

"무척 목가적인 싸움이었군요."

"목가적일 리가 없지. 결국에는 전투다. 서로 죽고 죽이는 자리야."

금군에 포위된 철위의 백성은 섬멸당할 각오였다. 군대가 자신들을 죽이러 왔다고 믿었으니 초반의 반격은 결사적이었다. 교소군에 전의가 없음을 이해해주기까지 오랜 시간이 걸렸고, 모든 백성이 그렇게 믿은 것도 아니었다.

"목숨을 잃은 사람도 있고 중상을 입은 사람도 있었지. 나도 방패를 받치던 팔이 완전히 맛이 가버렸어. 몇 년이나 똑바로 펴지 못했다니까."

그래도 백성을 공격하지 말라는 교소의 명령을 완수할 수 있었던 까닭은 교왕의 사치 탓에 희생된 백성에게 고료 같은 병졸도 의분을 느꼈기 때문이다. 이렇게나 무거운 세를 부과한다면 생활이 유지되지 않을 것이다. 조세를 거부하는 것도 무리는 아니다. 하급 병졸일수록 더 강하게 느꼈다. 그래서 교소가 "도의는 철위에 있다"라고 말해주었을 때 고료는 기뻤고 따라서 무모한 명령에 계속해서 따를 수 있었다.

"최악의 싸움이다. 떠올리고 싶지도 않아."

에이쇼는 매몰차게 말했다.

"하지만 철위 사람들은 진짜 바보는 아니었어. 최종적으로 문을 열고 징세에 응했으니까."

"문을 연 사람들은 울고 있었지."

고헤이가 말한다.

"관용 창고에서 물자를 반출하는 병졸도 덩달아 울었어."

규정의 조세를 낸다는 것은 그해 겨울에 굶주릴 각오를 한다는 뜻이었기 때문이다. 그렇기에 그들은 반민이라 불리며 섬멸당할 각오를 하고 고을을 닫았다. 뜻을 거스르고 세를 납부한 그들에게는 굶주림에 괴로워하는 자신들의 미래가 보였을 것이다. 고료도 맥없이 서 있는 철위 백성의 얼굴에서 죽음의 그림자를 보았다. 노인과 어린아이, 부상당한 자. 그래도 징세만은 완수해야 한다. 그러지 않으면 전투가 끝나지 않는다.

"그래도 이 사건으로 세가 너무 무겁다는 문제가 제기되고 이듬해부터는 얼마간 나아졌을 거야. 전투가 끝난 뒤에 우리도 개인 돈으로 지원은 했지만, 힘든 겨울이 되었으리란 건 틀림없어."

그렇게 될 줄 알았더라도 세는 징수해야 했다. 묵인하면 나라의 근간이 흔들린다. 흔들리지 않기 위해서는 철위를 공격할 수밖에 없고 백성이 저항하면 섬멸하는 수밖에 없어진다. 교소는 단연코 철위의 백성을 공격할 생각이 없었지만 전투가 길어지면 원군이 올 가능성이 크고 그러면 철위가 초토화되는 것은 피할 수 없었다.

"앞으로 굶주릴 줄 알면서 문을 열 때는 창자가 미어지는 심정이었겠지. 도의는 철위에 있다면서 계속 양보한 교소 님의 뜻을 헤아려주었어."

이기지 못한 철위와 이기지 못한 금군, 양쪽 모두에게 좋은 일은 단 하나도 없었지만 양자 사이에는 유대가 생겼다.

"그래서 일부러 주상이 출진하셨군요."

리케이가 말했다.

"그런데…… 그건 언제 적 이야기인가요?"

"글쎄……."

고헤이는 고개를 갸우뚱했다.

"꽤 오래전이지. 적어도 그때 덤볐던 놈들은 이제 대부분 살아 있지 않을 테고, 그 자식도 아마 저세상 사람이 많지 않을까."

"그렇지."

고료는 쓴웃음을 지었다.

"철위 사람에게는 옛날이야기지. 하지만 우리는 아직 살아 있고, 내가 겪은 일로 기억하니까."

철위에는 특별한 신뢰가 있다. 위기를 보고 지나칠 수는 없다. 그렇기에 철위를 화적과 전화로부터 지키기 위해 교소는 일부러 출진했다.

그리고 철위로 향하는 행군중에 홀연히 사라졌다.

005

에이쇼군은 임우에 진영을 세웠다. 삼월 초순에 소겐군과 함께 교소가 진영에 도착했다. 성과 없는 전투를 계속하는 사이에 눈은 녹기 시작했다. 평야 지대 볕이 좋은 비탈에서는 묵은눈이 사라지고 흙색이 비쳤다. 겨울이 긴 문주에도 마침내 봄이 다가왔다.

왕이 된 교소는 스스로 이끄는 군대가 없다. 이때는 금군 우군

右軍에서 이사二師를 나누어 끌고 왔다. 금군 우군이란 곧 아센군이다. 앞으로 일어날 일을 알지 못한 채 교소는 아센의 군대 이사 오천 명의 병사를 이끌고 임우에 왔다.

"전황은 어떤가?"

교소는 진영에 도착하자마자 에이쇼에게 물었다. 고료는 그 자리에 서 있다가 몸이 굳었다. 에이쇼의 막사에 교소가 찾아왔다. 예전에는 흔히 있던 일이지만 교소가 등극한 이상 두 번 다시 있을 수 없을 광경이었다. 고료도 자신의 눈앞에 교소가 있는 상황은 등극 이후 처음이었다. 바쁘기 그지없는 교소는 다이키에게 망아지를 건넸을 때 함께하지 않았다.

교소는 군대 안에서 특필할 만큼 체격이 좋지는 않았다. 눈에 띄게 이질적인 부분은 백발과 새빨간 눈동자, 그리고 단정하고 엄숙한 분위기다.

—변하셨어.

에이쇼의 설명에 묵묵히 귀를 기울이는 교소를 보고 그렇게 생각했다. 굳이 말하면 아주 조금 야위었을까. 전장을 떠난 탓인지 피부색도 하얘지고 영리한 인상이 한층 강해졌다.

"일단 안석安石의 화적이 동쪽으로 진격하는 것을 막아야 합니다."

에이쇼는 교소를 보며 지도를 가리켰다. 임우의 북서쪽, 문

주 주도인 백랑과 철위 사이에 있는 안석의 화적이 백랑 방면에서 공세를 펼치는 주사에게서 도망쳐 동쪽의 철위 방면으로 향했다.

"철위 남쪽 상산象山 일대에도 수상한 움직임이 있어 풍택豊澤에 화적이 집결하고 있다는 정보도 있군요."

"돌아가는 상황이 수상하군. 에이쇼가 애를 먹은 것도 무리가 아닌가."

"매우 마뜩잖아요."

에이쇼는 토라진 것처럼 말했다. 교소는 그 모습을 보고 웃었다.

"부아가 치민 에이쇼가 문주를 불태우지 않은 것을 다행으로 여기지."

그렇게 말하고 나서 고료 쪽을 돌아보았다.

"너희에게도 생각지 못한 고생을 시켰다."

말하면서 둘러보던 시선이 고료에게 멈추었다.

"고료, 오랜만이로군. 무사했나."

고료는 펄쩍 뛰었다.

"예, 덕분입니다."

"고헤이도 무사했구나."

교소는 고헤이를 향해 고개를 끄덕이고 사수들에게 말을 건넸다.

"리케이도 무사해 보여 다행이다. 사수가 되어 첫 원정이 이래서 마음고생이 무척 심하겠지."

당사자인 리케이는 목소리도 나오지 않는 모양이었다. 아마도 리케이는 교소와 대면하기는 처음일 것이다. 그런데도 자신을 알아주었다는 기쁨으로 얼굴을 붉혔다. 그러나 놀랄 일이 아니다. 교소가 부하를 기억하는 능력은 경이로웠다. 실제로 만난 적 있는 자라면 설령 졸병이라 할지라도 잊지 않는다. 상대한 적이 없더라도 아는 자와 가까운 병사는 틀림없이 기억한다.

"리케이만이 아니라 저희는 책무를 다하고 있을 뿐이니 치하할 필요 없습니다. 그보다 앞으로 어쩌실 겁니까."

에이쇼가 조바심을 내며 끼어들었다.

"지휘관은 자네잖나."

"웃기지 않은 말장난은 듣고 싶지 않군요. 금군은 왕의 사병입니다."

교소는 얼핏 미소 지었다.

"그렇다면 어쩔 작정이었느냐고 묻지."

"안석으로 행군해 동진을 막고 주사와 동서에서 협공하고 싶은 마음은 간절하지만, 안이하게 다가가면 배후에 상산을 두는 꼴이 됩니다. 아무래도 뒤에서 화적과 연계한 모양인데, 그렇다면 상산을 배후에 두는 것은 어리석은 계책이라 봅니다."

"그렇지."

"이쪽 길은."

교소와 함께 온 소겐이 도면을 가리켰다. 소겐은 서주사 좌군을 통솔한다.

"안석 쪽 가도로 통하는 모양이던데."

"안석 서쪽으로 통하지. 대놓고 놈들을 동쪽으로 밀어내는 꼴이고, 애초에 안석 서쪽은 주사가 지키고 있어. 합류하는 의미가 없다."

"안석 동쪽으로 빠져나갈 방법은."

"몇 가지 있지만 대군이 이동할 만한 길은 없어. 하나같이 아직 눈이 깊이 쌓여 있고 복병이 있을 염려도 있다. 병사를 작게 나누는 건 추천할 수 없군."

현장 상황으로 에이쇼와 고료를 포함한 사수들이 이른 결론은 풍택으로 진군해, 그곳에서 멈추는 것이었다. 풍택에서 철위까지는 이틀 거리, 안석의 화적이 철위에 들이닥치면 달려갈 수 있다. 문제는 상산의 화적에게 수상한 움직임이 있어 부주의하게 다가갔다가 자칫 자극하여 난을 부르는 것인데, 반대로 군이 들어와 불온한 움직임이 일단 잠잠해질 가능성도 있다. 근래의 의심대로 화적끼리 뒤에서 결탁했다면 풍택을 진압한 것은 곧바로 안석의 화적에게도 전해질 것이다. 안석의 화적은 철위를 향해 움직이기 어려워지고, 만약 안석에 군대를 끌어들여 배후에서 상산의 화적이 협공할 계략이라면 그 수법은 통용하지 않을 것이라 전해진다.

에이쇼의 설명에 교소는 수긍했다. 이튿날, 군은 풍택을 향해 움직이기 시작했다. 에이쇼군이 선두를 맡아 리케이가 이끄는 선견부대를 시작으로 임우를 출발한다. 산기슭을 따라 낸 가도를 통해 풍택으로 향했다. 교소군이 그 뒤를 잇고 소겐군이 후미를 맡았다. 이변은 사흗날 일어났다.

구름이 낮게 드리운 이상하게 따뜻한 날이었다. 선두로 가던 리케이군이 화적의 급습을 받았다. 협소한 골짜기에 접어들었을 때 주위 산등성이에 숨어 있던 화적이 전조도 없이 공격해 왔다. 화적의 숫자는 많지 않고 어려운 포진도 아니었지만, 지리 조건이 나빠 악전이 예상되었다. 보고를 받은 에이쇼가 후속인 교소에게 전령을 보냈다. 그리고 그때 교소가 보이지 않는다는 사실이 드러났다.

주위에 있던 병졸에게 교소의 행방을 묻자 행군이 시작되고 얼마 지나지 않아 뒤따라오는 소겐과 합류한다면서 호위를 거느리고 행군의 대열을 벗어나 그 자리에 머물렀다고 한다. 병사들은 그 말을 듣고 교소를 남긴 채 먼저 갔다. 그런데 그 뒤를 이어온 소겐군의 병졸은 누구 한 사람 교소를 보지 못했다. 교소를 호위하던 정예 이십오 기騎의 모습도 교소와 함께 사라졌다.

교소군의 병졸을 추궁했지만 그들도 교소가 언제 사라졌는지 알지 못했다. 가도 옆에 발을 멈춘 교소를 앞질러 갔을 텐데 병졸의 증언은 제각기 달라 언제 어떻게 모습을 감추었는지 분명치가 않았다. 더는 전투를 벌일 때가 아니었다.

곧바로 화적을 리케이군에 맡기고 부근 일대에서 교소를 수색했다. 해가 저물 무렵에는 그해 첫 비가 내려 어두운 불빛 속에서 공연히 시야마저 나빠졌다. 강우량은 많지 않지만 그치지 않는 비가 눈 위에 남은 흔적을 녹인다. 조건은 매우 좋지 않았다. 밤을 새워 수색이 이루어졌지만 교소의 모습은 물론이고 행방에 관한 단서조차 찾지 못했다. 교소와 함께 사라진 이십오 기의 정예 부대도 발견되지 않았다. 다만 교소의 기수인 게이토計都가 이튿날 홀로 돌아왔다.

"전황은?"

심야에 자신의 막사로 돌아온 에이쇼의 물음에 고헤이가 대답했다.

"리케이는 이곳에. 그럭저럭 안전한 장소까지 후퇴했다고 합니다. 일련의 소동에 편승한 반동 아닐까요. 대단한 적은 아니었던 것 같고 뒤처리는 여수에게 맡겨도 괜찮겠죠. 시간문제입니다.”

에이쇼는 그러냐며 다시 불러들인 리케이에게 눈짓하고 고개를 끄덕였다.

“그래서? 기수의 상태는?”

“다친 곳은 없는 것 같습니다. 예민한 상태지만 안장도 짐도 무사한 것을 보아 기수를 탄 상태로 무슨 일이 있었던 건 아닌 듯하군요.”

에이쇼는 코웃음을 쳤다.

“당연하지. 타고 있다가 습격을 당했다면 게이토가 얌전히 진영으로 돌아와 마구간으로 돌아갈까.”

“그렇게 성질이 사나운가요?”

리케이가 물었다.

“그렇게 보이지는 않던데요.”

“사나운 게 아니라 주인을 닮아서 비뚤어졌어.”

“에이쇼 님.”

“사실이다.”

에이쇼는 교상에 앉아서 손을 흔들었다.

“게이토는 주상께서 잡아서 길들였어.”

“그런 일이 가능합니까?”

“그분에게는 가능하지. 아무리 그렇다 해도 기상•처럼은 아니지만. 덕분에 주상 말고는 다루기 쉽지 않아. 아무 사람이나 공격하지는 않지만."

"영리한 생물인 까닭이네."

소겐이 말했다.

"상대를 보는 거겠지. 주상이 아닌 인간의 말을 들을 마음이 애초에 없어."

에이쇼는 흥 하고 코웃음 쳤다.

"그 녀석은 돌아온 게 아니라 교소 님을 찾는 거야. 일단 짐작 가는 곳인 진영으로 돌아왔지만 모습이 보이지 않아서 초조해하고 있어. 교소 님은 틀림없이 어딘가에서 기수를 내렸다. 아센군 놈들의 증언으로도 본인 의지로 어딘가로 가신 것은 확실한데."

"그것 말인데."

소겐이 목소리를 낮추었다.

"모두에게 자네 곁으로 모이라고 한 데에는 이유가 있네."

"우리끼리 할 이야기가 있다는 게 그건가."

소겐은 고개를 끄덕이고 말했다.

"사실은 실종 전날 밤에 주상께서 나를 찾아와 은밀히 수하를

• 기수를 취급하는 특수한 상인.

빌려 가셨다."

에이쇼뿐만 아니라 그 자리에 있던 모두가 어리둥절한 표정을 지었다.

"직접 나를 찾아오셔서 내밀하게 병졸을 빌리고 싶다고 하시더군. 이유를 여쭈었으나 대답하시지 않았어. 아무것도 묻지 말고 솜씨 좋은 자를 한 명 막사로 불러달라 하셨네. 그자를 지휘관으로 삼고 정예를 열다섯 명쯤 빌려달라 하셨어."

지휘관이 소겐의 천막으로 오자 소겐마저 자리를 비키게 하고 어떤 지시를 내렸다. 교소의 지시가 어떤 것이었는지는 소겐도 모른다.

"지휘관이 정예 열다섯 명을 선발하여 급거 삼오三伍로 편성한 모양이야. 전원이 기수를 거느렸어."

소겐 휘하의 그들은 그날 밤중에 언제인지 모르게 모습을 감추었다고 한다.

"그 뒤로 돌아오지 않아."

일부러 군사를 빌린 이상 교소가 내밀히 무언가를 하려 했다는 건 확실하다. 그 때문에 행군 도중에 호위와 함께 스스로 대열을 벗어난 것이 아닌가. 그 뒤로 어디에 무얼 하러 갔는지, 교소가 발을 멈추고 나서 얼마 지나지 않아 자취를 감춘 것은 확실한 것 같았다. 목적지에서 무슨 사고가 있었는지, 아니면 화적에게 습격받았는지. 그들은 그렇게 추측하고 대규모 수색을 펼쳤다. 그 와중에 홍기에서 경악할 만한 소식을 전해 왔다.

백규궁白圭宮에서 식이 일어나 많은 국관이 죽고 다쳤다 한다.

"어찌하여 천상에서 식이 일어나나! 있을 턱이 없지 않나!"

에이쇼는 닥치는 대로 울분을 터뜨렸다. 소겐은 걱정하며 물었다.

"태보와 육관六官에게 별일은 없는가."

"그것이…… 태보의 모습이 보이지 않는다 하옵니다."

그럴 수가, 다들 저마다 외치고는 목소리를 잃었다.

"자세한 사정을 알아야겠다. 급히 누군가를."

소겐이 말하자마자 에이쇼가 내뱉는다.

"벌써 이쪽으로 오고 있어. 자세한 상황을 알 때까지 우리가 할 수 있는 일은 없어."

그보다도 긴급을 요하는 건 교소다. 소식을 전한 뒤 모든 병사를 동원해 수색했지만 교소도, 교소를 경호하던 정예 병사의 모습도 발견하지 못했다.

왕사는 완전히 동요했다. 상황을 설명하기 위해 소겐이 홍기로 급히 돌아갔다. 교소의 수색에 수고와 시간을 할애해 정작 화적과의 전황은 고착 상태였다. 그리고 홍기에서 절망적인 소식이 들렸다. 백치가 말성을 울었다.

다시 말해 교소는 어딘가에서 승하하였다.

고료는 당시의 충격을 지금도 잊을 수 없다. 교왕의 착취에 황폐해진 국토, 드디어 새로운 왕을 얻어 새 시대로 나아가려던 그때, 불과 반년 만에 왕이 쓰러졌다. 왕궁에서 다이키가 사라졌다는 소식도 절망에 박차를 가했다. 이 나라는 어찌되는 건가, 암담한 심정이었다. 백성의 비탄도 이만저만이 아니었다. 새로운 왕의 시대에 큰 희망을 품었던 만큼 붕어 소식에 문주 백성은 크게 의기소침했다. 적어도 유해를 찾아 장사를 치러드리고 싶다며 병졸과 백성이 모두 나와 교소를 수색했지만 끝내 발견하지 못했다. 화적에 의한 습격으로 여겼던 터라 화적은 단숨에 원수가 되었다. 홍기에서 가신군이 투입되어 철저한 소탕이 이루어졌다. 그러고 나서야 겨우 문주의 소란은 일단락되었다.

그러나 현장의 혼란은 여전히 심각하고, 그 무렵 승주에서도 모반이 일어나는 등 동시에 복수의 사태가 진행되었다. 중앙에서는 세세한 지시가 날아와 군은 일사, 이사로 나뉘어 행동하는 일이 늘었다. 그 혼란 가운데 진영에 새 한 마리가 날아왔다.

리사이가 보낸 소식이었다.

—아센, 모반.

006

느닷없이 문 두드리는 소리가 들려 고료는 정신이 들었다.

교시와 호토가 재촉하는 대로 떠들다 보니 몰입한 나머지 밤을 홀딱 새웠다. 호토가 일어나 문을 열었다. 리사이가 서 있었다.

"어쩐 일이십니까."

"아니, 불빛이 보이고 이야기 소리가 들리기에. 태보께서 잠들지 못하시는 것 같아 따뜻한 마실거리라도 드릴까 하고."

"그거라면 제가."

"괜찮다. 내가 준비하겠다. 잠들지 않을 거라면 그대들도 마시겠나."

감사하며 고개를 끄덕이고 객실로 나가니 다이키가 우두커니 기다리고 있었다.

"혹시 저희가 시끄러웠나요."

"그런 건 아니야. 마음이 가라앉지 않으신 거겠지. 그대들도 그런가?"

교시는 간밤에 눈을 붙일 틈이 거의 없었지만 하루 여행을 마친 지금도 기분이 고양되어 잠이 올 것 같지 않았다.

"문주에서 무슨 일이 있었는지 고료에게 듣던 참입니다."

리사이는 그러냐며 고개를 끄덕인다. 어젯밤 교시가 서둘러

길 떠날 채비를 하는 동안 리사이와 고료는 다이키와 함께 동틀 녘까지 이야기를 나눈 모양이다. 리사이와 다이키는 이미 아는 이야기일 것이다. 결국 호토가 서둘러 화로에 불을 피웠다. 물을 끓이고 부엌에 서서 찻쟁반 한 벌을 찾아서 가져왔다.

"백치가 말성을 울었다는 얘기가 사실이 아니었군요."

차를 끓이면서 호토가 묻자 리사이는 그렇다고 대답했다.

"승주로 향하던 내 진영에 이성씨, 백치를 돌보는 관리가 도망쳐 왔지. 이 이성씨는 아센이 백치 말성을 날조하는 순간을 목격했다."

"그것 역시 위왕, 아센의 계략인가요."

호토는 한숨을 쉬었다.

"실제로 아센은 어떤 인물입니까? 유능한 장군이라는 소문을 들었는데요. 교왕이 붕어한 뒤에 다음 왕이 아니냐는 말까지 있었다고 기억합니다. 사건이 밝혀지기 전까지 의심받지 않았나요?"

리사이와 고료, 그리고 다이키가 시선을 교환했다.

"의심할 자는 없었을 거야."

고료가 대답했다.

"적어도 우리는 리사이 님께서 소식을 보내기 전까지 한 치도 의심치 않았어."

"나도 마찬가지다."

리사이가 말했다.

"이성씨를 만날 때까지는 조금도 의심치 않았다. 승주에 가기 전, 벗이 아센에 대한 의혹을 이야기했지만 믿지 못했지. 아센은 원래 교소 님과 쌍벽을 이루던 장수다. 군무뿐만 아니라 정치 능력도 있고, 인정과 도리를 잘 알아 휘하의 신망도 두텁지. 교소 님도 항상 한 수 위에 두었고 휘하인 우리 또한 마찬가지였다."

고료 역시 고개를 끄덕였다.

"우리 사이에서도 아센의 인망은 두터웠네. 도저히 대역을 저지를 만한 인물로 보이지는 않았고, 솔직히 지금도 모반을 일으킨 것이 믿기지 않아."

"문주와 관련은 있었나요?"

교시의 질문에 고료가 대답했다.

"모르겠어. 표면적으로 관련은 없었을 거야. 때문에 문주와 아센을 결부하는 자는 없었지. 애초에 문주에서 화적의 난이 발발한 당시 아센은 대국에 없었으니까. 태보와 동행해 나라를 떠나 있었다."

다이키가 고개를 끄덕였다.

"연국에 염왕廉王을 찾아뵈었습니다. 그때 아센이 동행했어요."

리사이는 수긍했다.

"문주에 파병이 결정되기 직전에 겨우 귀국한 참이었지. 그래서 문주 정벌이 결정되었을 때도 아센군의 파견은 전혀 검토되지 않았어. 주상 자신이 금군을 파견하여 왕이 문주의 안녕을 제일로 생각한다는 것을 문주의 백성에게 알리기를 바랐기 때문이기도 하지만, 동시에 귀국한 지 얼마 되지 않은 아센을 토벌군 후보에서 제외하고 생각하는 것이 자연스러워서였기도 하지. 병사는 나라에 남아 있었지만 장기간 여행을 마친 아센에게 출진 준비를 시켜도 제때에 마칠 수 없고, 무리하게 시간에 맞추도록 재촉하는 건 지나치다고 누구나 당연하게 생각했으니까."

"그때까지 주상과 아센의 사이가 좋지 않다는 소문도 돌지 않았지."

고료가 말했다.

"오히려 표면상으로는 아주 잘 지낸다고 생각했다. 그러니까 리사이 님께서 소식을 전하기 전까지는 누구 한 사람 아센을 의심하지 않았지. 하지만 아센의 모반인 걸 안 이상 주상을 덮친 범인은 주상과 함께 사라진 아센 휘하의 호위들이 틀림없어. 어떤 방법을 써서 주상을 꾀어내어 습격했다. 그러나 주상은 돌아가시지 않았다. 그렇다면 끌려갔다고 생각할 수밖에 없는데, 과연 그게 가능하겠느냐고 에이쇼 님과 이야기를 나눈 일이 있지."

교소가 자취를 감추고 행군은 멈추었다. 이어서 대규모 수색이 이루어졌다. 처음에는 화적의 습격이 아닌가 의심했던 만큼 수상한 인물, 수상한 짐도 철저히 수색했다. 군 내부조차 예외가 아니었다. 땅을 고르고 짐을 옮기는 허드렛일을 하기 위해 현지에서 일시적으로 고용된 인부도 있다. 그 안에 화적이 섞여 있지 않으리라는 법은 없다. 교소가 몸에 지닌 것, 또는 흉악한 짓을 암시할 만한 무기를 지닌 자가 없는지까지 수색했다.

"그런데도 그 같은 물건은 하나도 발견하지 못했다."

결국 무슨 일이 일어났는지 무엇 하나 알지 못한다고 고료는 말했다.

"사실 무슨 일이 일어났는지, 그 점을 면밀하게 조사할 필요가 있었겠지만……."

그러나 문주에 파견된 군은 그 뒤 극도로 혼란스러웠다. 교소를 수색하는 한편, 소겐은 사태를 보고하기 위해 측근을 이끌고 하늘을 날아 홍기로 돌아갔다. 동시에 통솔할 장수를 잃은 아센군은 사수인 힌켄品堅이 이끌고 홍기로 돌아가고, 그 대신에 화적 토벌을 위해 홍기에서 가신군을 파견하기로 했다. 가신군이 투입되어 오월, 문주의 난은 일단 평정했으나 그와 거의 동시에 승주 변경에 난이 있다는 소식이 들어왔다. 승주의 지리에 밝은 리사이군이 파견되었다. 이를 지원하기 위해 소겐은 군의 절반을 이끌고 문주에서 승주로 가도록 지시받았다. 지시한 것은 이미 조정을 좌지우지하던 아센이었다. 보름 뒤 마침 리사이가 승주로 들어선 무렵, 그리고 소겐이 문주를 출발한 무렵에 화적 소탕전도 일단락되었으니 가신군에 귀환 명령이 떨어졌다. 단, 문주 안정을 위해 절반을 문주에 남기라는 명령이었다.

"복잡하네요……."

당황한 듯이 호토가 중얼거렸다. 그렇지, 하고 고료는 쓴웃음을 지었다.

"실제로는 더욱 어지러웠어. 토벌이니 보고니 지원이니, 군을 작게 나누어 우왕좌왕하게 만들었으니까. 그때마다 그럴싸한 이유를 붙여서 납득은 했지만 위화감은 있었다. 하지만 불만을 말할 정도는 아니었던 거지."

모든 것이 소 잃고 외양간 고치기라는 비판은 있었지만 의심하는 목소리는 없었다. 그러나 유월 들어 리사이가 청조를 날렸다.

"어느새 홍기에 주상의 휘하는 간초 님밖에 안 남았지. 그중 이사가 다른 주로 파견되어 홍기에 남은 것은 삼사뿐이었어."

청조가 도착한 직후에는 홍기에서 '리사이 모반'이라는 소식이 날아왔다. 승주로 향하던 소겐에게는 리사이를 치라는 명령이 내려왔다. 동시에 문주에 머물던 에이쇼에게도 마찬가지로 리사이를 치라는 하명이 있었으나 이미 그들은 아센이야말로 흑막임을 알고 있었다. 이때 가신은 귀환 명령을 받고 문주를 막 출발했을 때였다.

"리사이군 토벌에 참가하면 통과고, 그러지 않으면 역적이라는 거겠지."

아센은 오히려 에이쇼군이 반발하여 역적이 되기를 노렸을 것이다. 이 무렵 '리사이에게 협력한 하관장'이라는 소문이 대놓고 퍼졌다. 하관장 하보쿠芭墨는 리사이 모반에 이의를 제기했다. 이는 리사이를 감싸기 위해서가 아니라, 오히려 고참 휘하인 하보쿠가 신참인 리사이를 부추긴 것이 아니냐는 소문이 흘렀다. 당연히 교소 아래 장수들은 '하보쿠 흑막설'을 믿지 않을 것이다. 반발은 불가피했다. 실제로 도성 방비라는 충분하지 않은 명목으로 아홉 주 가운데 서주를 제외한 다른 주에서 주사의 일부가 이동했다. 반항하여 교소 휘하가 들고 일어나기를 홍기에서 기다린 것이리라.

"결국 우리 에이쇼군과 소겐 님, 가신 님의 남은 휘하는 문주에서 뿔뿔이 흩어졌다. 휘장을 버리고 문주를 벗어났지……."

소겐 자신도 이끌던 병졸과 함께 승주에서 자취를 감추었다. 도성 방비를 위해 도로 불러들인 가신군도 홍기에 도착해 하루이틀 사이에 자취를 감추었다 한다.

"모두 무사하실까요."

다이키의 물음에 고료는 대답하지 못했다.

"그중 누군가 처형당했다는 풍문은 듣지 못했습니다. 그렇다면 어딘가에 잠복하고 있겠지만, 안타깝게도 모두 무사하다 생각하기는 어렵습니다."

실제로 승주에서 뿔뿔이 흩어진 리사이군도 대부분이 죽임당했다고 들었다.

"에이쇼가 지금 어디에 있는지 고료도 모르나요?"

"유감스럽게도."

그들은 문주에서 뿔뿔이 갈라졌지만 아무런 질서도 없이 흩어진 것이 아니다. 에이쇼와 연락할 방법은 확보했고 부하들, 고료의 휘하라고도 할 수 있는 여수들과의 연락망도 만들었다. 그러나 사수들과 에이쇼를 잇는 중심 역할을 맡은 리케이와 연락이 끊겼다. 출신지에 탄탄한 지반이 있어 가장 안전하게 잠행할 수 있으리라 생각한 리케이였으나 아무래도 예측하지 못한 사태가 일어난 것 같았다. 에이쇼와 다른 사수들의 행방은 리케이만이 알았다. 리케이의 신변에 무슨 일이 일어났는지는 알 수 없다.

"다만 에이쇼 님이 잡혔다거나 처형당했다는 소문은 없으니 적어도 리케이가 가진 정보가 아센에게 새어 나갈 만한 사태는 아니었을 겁니다."

그것을 다행이라고 해야 할지 말아야 할지조차 고료는 알 수 없었다.

"제 휘하의 여수는 세 사람이 죽었습니다. 한 사람씩 지하로 숨어들라고 지시했지만 참지 못했던 모양이에요. 세 사람은 아센에게 반기를 들려다가 주벌을 받았습니다. 더는 위험해서 마련했던 연락망에는 접촉할 수 없습니다. 나머지 여수 두 사람도 그럴 겁니다."

"다른 이들은? 간초는 그 뒤에 어떻게 됐지?"

교소에게는 장군이던 시절에 중용하던 휘하가 네 사람 있었다. 간초, 소겐, 가신, 그리고 고료가 섬긴 에이쇼. 모두 교소군에서 사수를 맡았고 훗날 왕사의 장군이 되었다. 또 한 사람, 교소군에는 산토杉登라는 사수가 있었는데 이자는 교소 휘하라기보다는 간초 휘하로, 교소가 등극한 뒤에는 간초군의 사수를 맡았다.

"처형당했다는 이야기는 없지만 그 이후로 간초 님을 뵈었다는 이야기를 듣지 못했습니다. 간초군은 홍기에 머물러 있는 모양이지만 현재 장군은 다른 인물인 듯합니다. 경질당한 것은 분명한 것 같군요."

간초의 부하는 산토도 포함해 기본적으로 아센군에 편입된 모양이다. 이를 받아들이지 못하고 처형된 자, 군에서 도망친 자도 상당수 있으나 대다수는 아센군에 편입되어 도읍의 방위를 맡은 듯하다.

"그렇군요……."

다이키가 중얼거리자 호토가 이야기를 덧붙였다.

"왕사 육군 중에 아센군과 금군 좌군을 제외하면 사군이 뿔뿔이 흩어지고 끝내 그후의 소식은 듣지 못했어요. 적어도 장군은 어느 분도 붙잡히지 않았지요. 다만……."

호토는 살짝 웃으며 리사이를 보았다.

"리사이 님은 암살당하신 게 아니냐는 소문이 있었습니다. 무사해서 다행입니다."

리사이도 이 얘기에는 쓴웃음을 지을 수밖에 없는 모양이었다.

"고료, 자네들이 한발 먼저 도망친 것은 영단이었다고 해야겠지. 아센은 교소 님 휘하가 틀림없이 눈에 거슬렸을 거야. 그뿐 아니라 홍기에 두면 까닥 자신이 배후에서 당할 수 있고. 지방에 두더라도 반항 세력의 핵심이 되어 위협이 될 우려가 있다. 고분고분 따른다 하더라도 간초처럼 잘해야 경질, 때에 따라서는 나처럼 죄를 날조당해 처형당할 것이 뻔해."

"그렇겠지요. 육관장은요? 지금 어떻게 되었는지 아시나요."

다이키의 말에 고료는 입을 열었다.

"총재冢宰는 돌아가시고 천관장天官長은 행방을 알 수 없다고 들었습니다. 그 뒤에 어떻게 되었는지는 아쉽지만 알지 못합니다. 하보쿠 님은 왕궁을 탈출했으나 위주에서 처형당했다 들었습니다. 동관장 로산琅燦 님은 왕궁에 남아 계실 텐데 동관장의 자리에서 해임되고, 간초 님과 마찬가지로 모습을 드러내지 않습니다. 간초 님, 로산 님은 주상의 가족이라 불리던 분들이니 어쩌면 인질로 어딘가에 붙잡혀 계신지도 모릅니다."

다이키는 그러냐며 작게 목소리를 낮추었다. 간초와 로산은 다이키와도 가까웠던 만큼 마음이 아플 것이다.

"다른 소식은 유감스럽게도 알 수 없습니다. 적어도 현재의 왕조 안에는 없는 듯합니다. 다만 춘관장인 조운張運만은 왕궁에 있습니다. 지금은 총재죠."

다이키는 놀라서 고개를 들고 눈살을 찡그렸다.

"조운 님은 교소 님 휘하가……."

"아닙니다."

리사이가 대답했다.

"선왕인 교왕 때의 관리예요. 특별히 중용된 것은 아니지만 성실하게 일한 점을 높이 사 교소 님께서 발탁하신 겁니다."

"아센 편에 붙어도 이상하지 않은가……."

고료가 혼자 중얼거렸다.

"어쩌면 명목뿐인 총재인지도 모른다. 어쨌거나 왕궁 내부의 일은 알 수 없어."

고료는 고개를 끄덕였다.

"남은 분은 세이라이 님인가요. 분명 홍기에 계셨지요."

다이키는 고료를 똑바로 바라보았다.

"무사한가요?"

세이라이는 서주 영윤令尹이자 동시에 다이키의 부상傅相(교사)이었다. 다이키에게는 가장 가까운 신하다.

"무사하다 할 수 있을지……. 세이라이 님은 아센이 옥좌에 오르기 전에 혼란을 틈타 국고의 내용물을 은닉했다 합니다. 그 때문에 아센에게 붙잡혀 아주 심한 고초를 겪었다고 들었습니다."

어쩌면 지금쯤 처형당했을지도 모른다. 고료는 그 말을 삼켰다. 다이키의 낯빛을 보면 도저히 입이 떨어지지 않았다.

"그런가요……."

다이키의 표정에 안도의 기색은 없었다. 고료가 하지 않은 말을 알아챈 것이리라.

"참담하군요."

호토가 작게 말했다. 교소 휘하 장군과 관료. 대부분이 자취를 감추었다. 아센은 인정사정없이 교소의 왕조를 짓밟았다.

한데 이토록 노골적이면 아센이야말로 왕위를 훔쳤다는 것을 백성들도 알아챘다. 당초 교소의 부재를 메우는 형태로 옥좌에 오른 아센은 지지와 신망이 있었다. 그러나 의혹은 점차로 퍼져 나갔다. 먼저 서운관이 의심의 목소리를 높이다 몰락하자 아센의 찬탈은 명백해졌다. 당연히 규탄의 목소리가 나오고 반발하는 세력이 나타났지만 모두 성공하지 못했다.

교시는 경위를 떠올리고 몸을 떨었다. 지금도 그날 밤의 공포와 분노가 잊히지 않는다. 분노에 한층 더 박차를 가한 것은 그런 짓까지 하여 왕위를 훔쳤으면서 아센이 아무것도 하지 않는다는 사실이다.

"어찌하여 아센은 백성을 방치하는 걸까요."

교시는 저도 모르게 말을 흘렸다.

"그토록 주도면밀하게 옥좌를 훔쳤으면서 어찌하여 정사를 보지 않는 겁니까."

리사이와 고료가 곤혹스러운 듯이 얼굴을 마주 보았다.

즉위 초기만 해도 아센은 무언가를 하려는 것처럼 보였다. 교소가 즉위는 했으나 그때까지 대국은 교왕의 전횡과 그 뒤 이어진 십여 년의 공위로 가난했다. 원래 대국은 기후의 혜택이 적은 땅이다. 특히 북방에서는 여름 동안에 저장한 것으로 겨울을 나는 수밖에 없다. 나라의 지원이 밀리면 백성은 곧바로 굶주린다. 교소는 적극적으로 땅에 은혜를 베풀려 했고 나라를 다시 세우려 했다. 아센도 그것을 이어받은 것처럼 보였지만 그렇게 나라가 나라답게 기능한 것은 일 년도 채 되지 않는다. 적극적으로 백성을 학대한 것은 아니다. 하지만 아무것도 베풀지 않았다. 지방은 각각의 관아의 생각대로 통치되고, 나라가 이를 지휘, 지도하는 흔적은 전혀 없었다. 완전한 방치다.

"사실은 주상 장군(주 아센)은 이미 옥좌에 없는 것 아니냐는 소문도 들었습니다만."

호토의 말에 다들 곤혹스러운 표정을 지었을 뿐이다.

"나도 같은 소문을 들었네."

고료가 말했다.

"아센은 벌써 죽고 지금 옥좌에는 아무도 없다고."

"그럴 수가 있을까요?"

호토의 물음에 리사이가 고개를 가로저었다.

"통솔하는 누군가의 존재 없이 조정이 기능할 수 없겠지."

"기능하지 못하니 나라가 아무것도 하지 못하는 것 아닙니까?"

"그렇게 존속하기란 불가능할 거야. 핵심 존재를 없애면 다음에 일어나는 것은 관리들의 세력 다툼이다. 자기의 권세를 키우려는 자들이 치열한 항쟁을 일으키지. 조정은 와해하고 더욱 무질서 상태가 돼."

리사이는 생각하듯이 말하고는 다시 한번 고개를 가로저었다.

"아니…… 지금의 상태로 조정이 와해했다고는 보이지 않는군. 정사의 질서만큼은 유지하고 있으니까. 최소한의 보안이 유지되고 조세 징수도 이루어진다. 반항은 일절 용납하지 않아. 나라라는 형태를 유지하려는 힘은 움직이고 있다. 하지만……."

백성의 구제는 없다.

창밖에서는 벌레가 가냘프게 울었다. 밤마다 쌀쌀함이 더한다. 벌레 소리도 곧 들리지 않을 것이다. 서리가 내리고 눈이 내리고 본격적인 겨울이 온다. 대국의 백성에게는 생사를 가를 겨울이 온다.

교시는 동가의 사람들을 떠올렸다. 겨울마다 사람이 죽어나간다. 겨울을 대비해 비축해도 해마다 비축분이 봄까지 버틸지는 빠듯했다. 교시가 홀로 길을 나서고 엔시와 리쓰 모자가 더해졌다. 모두가 굶지 않고 올겨울을 넘길 수 있으면 좋으련만…….

이튿날 아침 일행은 시중을 든 여자의 배웅을 받으며 세상을 등진 마을 같은 작은 마을을 나섰다. 호토는 되도록 눈에 띄지 않게끔 세심하게 주의를 기울여 길을 골랐다. 한산한 길을 걷고 또 걸어서 그날 저녁에는 쓸쓸한 고을에 도착했다. 고을로 들어가기 전에 다이키는 걸음을 멈추고 뒤돌아서 하늘을 올려다보았다.

그런 다이키에게 리사이가 말을 걸었다.

"왜 그러십니까."

"고을의 문은 저녁에는 닫지요?"

"그러합니다. 닫으면 기본적으로는 아침까지 열지 않습니다."

"저녁이라는 것은 시간이 정해져 있나요? 아니면 일몰을 말하나요?"

"일몰이에요. 책력에 적힌 일출과 일몰 시각을 따릅니다."

다이키는 그러냐고 대답하고서 시선을 리사이에서 다시 저무는 하늘로 돌렸다. 청명한 가을 하늘이 자줏빛으로 물들어 가을다운 흥취를 자아낸다.

"무슨……?"

"앞으로 하루에 갈 수 있는 거리도 줄어들겠네요……."

중얼거리듯 말한 다이키의 목소리를 가을바람이 채 간다. 도착한 마을은 북용, 한산하고 작은 마을에서는 호토의 예고대로 말이 기다렸다.

4장

001

일행은 하룻밤 묵고 북용을 벗어나 엄숙히 여정을 이어갔다. 그리고 이틀 뒤에는 고료를 위해 교狡라는 기수가 마련되었다. 거대한 개를 닮았지만 온몸에 표범 같은 무늬가 있고 소처럼 구부러진 짧은 뿔이 있다. 고료는 도착한 숙소에서 교를 건네받고 놀랐다.

"이렇게 좋은 기수를……."

군의 공행사에서도 자주 볼 수 있다. 부유한 사람들이 허영을 위해 소유하는 기수가 아니라 무인이 실용을 위해 소유하는 기수다. 게다가 이 교는 길이 잘 들었다. 한동안은 서로 맞추기 위한 시간이 필요하겠으나, 시간이 지나면 좋은 기수가 되어줄 것이다. 이만한 기수면 값이 얼마나 했을까.

"고맙기보다 미안하군."

고료와 함께 리사이가 고마움을 표시했다.

"무슨 말씀이십니까."

호토는 그렇게 말했으나 이미 대국으로 들어오는 물자가 멈춘 것은 고료도 안다. 황해에서 기수를 운반하는 자도 예외가 아니다. 대국의 운기가 기울어 요마가 나오기 시작하면서 요수 또한 출몰하자, 그것을 붙잡아 기수로 길러내는 자도 있는 모양이나 이는 미미한 숫자일 것이다. 사들일 기수가 바닥나서 전포를 접는 기상이 많다고 한다. 교처럼 좋은 기수를 구하기 위해 이만저만 고생이 아니었을 것이다.

"용케 이런 기수를 이리 짧은 시간에 찾아냈군."

"저희는 주정朱旌(유랑 극단)과 친분이 있으니까요."

계속 감탄하는 리사이에게 호토는 그렇게 응답했다.

"주정이나 기상이나 크게 묶으면 황주黄朱라 하여 동족이나 마찬가지예요. 그리고 똑같이 여러 나라를 유랑하는 신농과 주정은 여러모로 가깝습니다. 하기야 동관부나 도관 사원과 인연이 깊고 사회에 뿌리를 내린 저희는 '양지'인데 비해, 나라에 소속되지 않은 주정은 '음지'에 해당하지만요. 그래도 함께 여러 나라를 돌아다니는 사이랍니다. 서로 정보를 교환하기도 하고 돕기도 하지요."

"아무리 그래도 요즘 세상에 이런 것을. 어제의 시양視養도 그렇고."

어제 도착한 고을에는 시양이 도착해 있었다. 시양이란 기수, 요컨대 요수에게 주는 먹이다. 기본적으로 기수는 잡식성으로 여물이나 잡곡으로도 기를 수 있고, 종에 따라서는 보석으로도 기를 수 있지만 생고기를 끊으면 체력에 영향을 끼친다. 하지만 한창 행군중에는 구하지 못하는 일도 많다. 그 대신에 시양을 쓴다. 특수한 요물의 고기를 복잡한 방법으로 건조한 것이라 하는데 가볍고 부피가 크지 않아서 군에서는 중히 여겼다. 다만 시양은 동관부에서만 만들게끔 되어 있어 시장에 나돌 만한 성질의 물건이 아니다. 전혀 없지는 않으나 구하기는 몹시 어렵다. 다이키의 기수에게 생고기를 줄 수는 없다면서 그런 귀한 물건을 일부러 가져와주었다.

"시양은 기상에게 얻었어요. 일반적으로는 동관부에서만 입수할 수 있지만, 사실은 기상도 소유한 기수를 기르기 위해 시양을 만듭니다. 애초에 황주의 기술이 동관부에 전해진 것이라더군요. 기상은 시양을 팔지 않지만 친분을 이용했지요."

비린 것을 꺼리는 다이키를 염려해 도라를 위해 일부러 가져오게 한 것이다.

"신농은 대단하군."

리사이의 말에 호토는 "그런가요"라며 태연히 웃었다. 하지만 고료도 실제로 함께 다녀보고 신농의 기동력과 엄청난 정보량에 놀랐다.

—이런 사람들이라고 생각하지 못했어.

고료에게도 신농은 어릴 적부터 친근한 사람들이다. 그저 고료가 아는 신농은 철마다 마을에 들러 약을 파는 행상 중 하나일 뿐이었다. 아이들에게는 신기한 이야기와 시시한 장난감을 주는 사람, 어른들에게는 계절을 알리는 존재인 동시에 건강 상담을 해주는 사람이라는 인식이 다였다.

"너무나 인식이 부족했어요."

자리 잡은 여관에서 식사를 하며 그리 말하자 리사이가 고개를 끄덕였다.

"나도 그래."

리사이와 다이키가 빌린 방이었다. 기본적으로 호토가 마련하는 숙소는 서운관의 지원자 집이나 여관으로 한정된다. 여관은 대부분 아담한 중하급부터 하상급이었지만 사전에 신농이 준비해주어 남의 눈을 신경 쓰지 않고 쉴 수 있고, 식사며 신변의 일은 물론 기수를 돌보는 일에도 빈틈이 없었다.

"동시에 깨달았어."

"깨달아요?"

고료가 되묻자 리사이가 말을 이었다.

"교소 님은 주정을 중용하셨다. 주정도 신농 같은 거지? 그래서였군."

"아, 그런가. 그건 저도 알겠어요."

"그렇지? 그러고 보니 가신도 그랬어. 가신은 주정이나 신농과도 친했어."

"그랬습니까. 어쩐지 가신 님은 정보 수집이 탁월했어요."

"신기하게 정보에 통달하고, 엉뚱한 책략을 내놓았지."

그렇게 말하고 리사이가 웃자 호토도 웃는다.

"주정과 신농이 옆에 있다면 소문만은 차고 넘칠 만큼 들어오니까요."

리사이는 맞장구를 치고 나서 물었다.

"그렇지. 주정은 교소 님의 행방에 대해서 뭐든 떠도는 이야기를 말하지 않던가."

호토의 표정에 그늘이 졌다.

"아쉽게도 문주에 도착하시고 나서의 소식은 듣지 못했습니다. 이토록 감쪽같이 소식이 없는 것도 이상하다며 신농이고 주정이고 얘기하고 있어요."

"휘하의 소식은?"

“쫓기는 듯한 무장을 어디서 보았다더라는 소문이라면 몇 번인가 들은 적이 있는데, 그게 어떤 인물인지는 모릅니다. 심지어 사실인지조차 분명치 않아요. 다들 어지간히 잘 숨어 계신 거겠지요.”

“숨어 있는 건지, 누군가 숨겨주고 있는 건지.”

리사이의 말에 호토는 의아한 표정을 지었다.

“에이쇼든 소겐이든 소문조차 없을 만큼 철저하게 모습을 드러내지 않는 것은 본인들의 역량만으로 어찌할 수 있는 게 아니란 소리야. 고료처럼 단독으로 떠돈다면 모를까 어딘가에 거점을 두고 숨어 지낸다면 주위의 협력은 불가결하겠지. 인정 있는 백성이 잘 숨겨준 것이지. 동가처럼.”

고료가 이 이야기에 끼어들었다.

“그렇지만 사람을 모으면 반드시 소문이 난다. 완전히 흩어져서 잠복한 건가…….”

호토는 석연치 않아 보였다.

“사군이었지요? 그만큼 많은 인원이라면 흩어졌다 한들 시정에 넘쳐나면 철저하게 숨을 수 있을까요. 장군님들께서는 언젠가 아센을 토벌하고 싶은 마음도 있지 않으신가요? 그렇다면 어느 정도의 조직은 유지해야만…….”

“그건 그렇지만.”

"유지를 위해서는 자금도 필요합니다. 자금은 어디에서 조달하나요?"

리사이는 생각에 잠겼다.

"영지에는 어느 정도 자산이 있지만……. 적어도 내 자산은 나라에 압류당했어."

"리사이 님은 지금 대역 죄인이니까요."

고료가 말한다.

"범죄자라는 틀을 씌워서 재빠르게 압류할 수 있었겠죠. 제 영지도 탈주죄로 몰수당했지만 그전에 자산만은 빼낼 수 있었습니다."

"각오하고 흩어진 병사는 자산을 빼돌릴 여유가 있었나……."

"아슬아슬했고, 전부는 도저히 불가능했지만요. 그리고 국탕國帑이 있습니다. 아무래도 세이라이와 결탁해서 가신이 남몰래 반출한 모양이더군요."

고료의 말에 다이키가 이상하다는 듯이 고개를 갸우뚱했다.

"국탕이라면 국고에 있는 나라의 재산 말이군요? 그걸 가신 혼자서 몰래 빼돌릴 수가 있나요?"

질문을 받고 고료가 대답했다.

"그럼요. 당연히 가능합니다. 국탕의 태반은 곡물이고, 그 밖에도 광물과 특산물 등의 물자가 대부분이온데, 이것들은 국고

안에 들어 있는 것이 아닙니다. 일부는 지방 창고 안에 비축되어 있으나 대부분은 시장 업자의 손에 넘기죠. 업자는 물자를 맡고 증서를 발행하여 나라의 요청이 있을 때 물자를 금전 형태로 나라에 돌려줍니다. 쉽게 말해 한 나라에서 국탕이란 출납을 기록한 장부와 증서입니다."

"아, 그래서……."

"증서가 없으면 나라는 업자에게 지불을 요구할 수 없지요. 강권을 발동하여 내놓으라고 협박하려 해도 중요한 장부가 없으면 어디에 얼마나 재물을 맡겼는지 알 수 없어요. 이것을 빼돌려서 숨기면 아센은 재정을 빚이나 강제 징수, 수탈한 물자나 새로 들어온 세수로 조달하는 수밖에 없습니다."

호토가 고개를 끄덕였다.

"아센은 어쩔 수 없이 엄청난 빚을 진 것 같더군요. 원래 교왕 시대부터 내려온 빚이 부피가 컸으니 곤궁한 것은 확실한 듯해요. 그 탓에 주상을 편드는 관료는 처형하든 추방하든 하고서, 그 공석을 거의 메우지 않았어요. 무거운 세를 부과하고 징수에 협력하지 않는 지방은 나라의 원조를 끊어버렸지요."

원래 대국은 겨울을 관의 원조에 의지해 버틴다. 지방은 순식간에 궁핍해졌다.

"그 탓이겠지. 남주와 마주, 개주의 주후는 빠르게 두 손을 들고 아센 진영에 항복했어요. 위주, 승주 주후는 처형당하고 아센의 부하 중에서 새로운 주후가 파견되었습니다."

"수주는 병들었다고 들었다만."

"저도 그리 들었습니다. 마찬가지로 문주, 강주의 주후도 병들었습니다. 대국의 아홉 주, 이 중에 아센에게 반항하는 자는 없습니다."

"역시 그러한가."

리사이는 중얼거렸다. 고료도 남몰래 한숨을 쉬었다. 의지할 세력은 어디에도 없다. 알고 있었지만 역시 사실이라는 것을 새삼 확인하니 울적했다.

"각 주의 관리도 공공연하게 부정적인 태도를 보이는 자는 처형당하든 경질당했습니다. 그것을 우려해 재빨리 관위를 버리고 도망쳐 시정에 뒤섞여 자취를 감춘 자도 적지 않습니다."

그래도 분별 있는 관리 모두가 도망친 것도 아니거니와 처형당한 것도 아니다. 나라 구석구석에는 아센 밑에 굴복하며 어떻게든 백성을 구하고자 버틴 자도 있었다. 대국의 백성은 그들의 자비에 매달려 살아간다.

"하지만 그것도 매년 쇠하고 메말라갑니다. 하늘의 운기도 기울었어요. 요마도 나오지요. 염현도 작년 겨울에 백성 수가 꽤나 줄었습니다……."

호토의 말에 침통한 침묵이 내렸다.

002

교시는 침실로 물러나고 나서도 우울한 마음을 떨칠 수가 없었다. 교시와 동료들은 있는 힘껏 대국을 떠받쳐왔고 자신들 말고도 똑같은 사람들이 있을 것이다. 하지만 시정에 있는 교시가 할 수 있는 일은 한정되어 있다. 근본적으로는 국정을 개혁하지 않으면 백성이 구제받을 길은 없다.

침실의 공기는 쌀쌀했다. 불이 필요한 시기가 되었다. 이대로 하는 일 없이 겨울을 맞이하는 걸까. 올겨울에 얼마나 많은 백성이 살아남을 수 있을까.

"아센은 아주 강대한가요?"

교시는 창밖의 어둠을 바라보면서 누구에게랄 것 없이 물어보았다. 이에 대한 대답은 없고 돌아보니 호토는 고개를 갸웃하고, 고료는 무뚝뚝하게 침묵을 지켰다.

"어떻게 안 될 정도로 강대한가요."

다시 묻자 고료가 망연히 고개를 끄덕였다.

"아센은 현재 아홉 주를 지배하고 있으니까. 실질적으로 아센이 왕이다. 왕의 권력은 절대적이라고 해야 하지."

"권력도 병력도 있으니까요……."

호토가 한숨 섞인 목소리로 중얼거렸다.

"그렇지."

"병력도 큽니까? 왕사의 병졸 대부분이 흩어지고 나서도요?"

"당연하지." 고료가 대답했다. "평소라면 홍기에는 왕사가 육군 있다. 모두 흑비黑備다."

"흑비?"

교시가 고개를 갸우뚱하자,

"군으로서 최고의 방비지. 일군 오사 일만 이천오백 병을 흑비라고 한다. 금군 삼군에 서주사 삼군, 모두 흑비가 기본이나 이는 평시에나 가능하지. 아무리 아센이라도 이만한 병력은 모으지 못했을 거야. 실질적으로 얼마나 있는지는 모르지만……."

고료가 말했을 때 호토가 참견했다.

"흑비 이군과 황비黃備 사군이라 들었습니다."

고료는 "호오" 하고 감탄한 듯이 소리를 높였다.

"역시 신농이야. 뭐든 아는군."

"당치도 않아요."

호토는 당황하며 얼굴 앞에서 손사래를 쳤다.

"내실까지는 모릅니다. 공개적인 숫자가 그렇다는 것뿐이죠."

교시는 감탄하면서 물었다.

"황비는요?"

"통상적으로 삼사 칠천오백의 방비를 이른다. 그때마다 지휘하는 자에 따라 구성은 달라지기도 하지만 칠천오백 명은 변하지 않아. 이는 일반적으로 평상시 나라에서 치안을 유지하기 위해 필요한 숫자라고 하지. 다시 말해 분쟁도 재해도 없이 평온한 시대라면 일군은 칠천오백 명이 있으면 충분하다는 뜻이다. 그래서 기린의 색을 붙여 황비라 하는 모양이야."

실태는 때와 장소에 따라 가지각색이지만 대체로 이것을 규범으로 나라는 움직인다.

"일만 이천오백 명이 이군, 칠천오백 명이 사군……."

교시는 머릿속으로 셈했다. 모두 합해 오만 오천 명.

"엄청난 숫자네요."

"어떻게 평가할지는 어려운 문제지. 원래는 칠만 오천 명의 조직이니까 오만 오천은 적다 할 수 있어. 다만 군이란 인간이 무기를 들고 모인다고 성립하는 게 아니야. 병졸이란 전투의 전문직이다. 예전에는 육군이 있었다. 그러나 그 육군 가운데 사군이 흩어졌다. 다시 말해 오만 명의 병졸이 사라졌다. 설령 삼만 명의 백성을 긁어모아 무기를 들린다 해도 그들은 병졸이 아니고 군대라 할 수 없지. 그 점을 생각하면 황비라 해도 용케 사군을 갖추었군. 그런 의미로는 대단한 숫자라 할 수 있어."

교시는 그런 것인가 하고 생각했다.

"흩어지지 않고 남은 아센의 일군과 간초의 일군은 홍기에 온존해 있지. 그 뒤 주벌에 의한 전투로 숫자가 줄었다 하더라도 줄어든 만큼은 보강되었을 테니 흑비 이군의 정체는 이것이겠지. 유감이지만 흩어진 우리 사군에서도 아센 밑으로 들어간 자가 있었을 테고, 황비 사군의 몇 할쯤은 이거라 상상할 수 있겠군."

고료는 말하고서 눈살을 찡그렸다.

"그래서야 절대적으로 부족할 텐데 대체 어디에서……."

"다른 주겠지요."

호토가 다시 이야기에 끼어들었다.

"주상의 출신지인 위주, 리사이 님과 관계가 깊은 승주, 이 두 주에는 평소대로 삼군이 있지만 다른 곳은 실질적으로 이군밖에 없습니다. 아센이 왕사에 편입했다 들었어요."

"그랬군."

대국 아홉 주, 이 중 서주는 재보의 영지이고 서주사는 왕사 안에 포함된다. 나머지 여덟 주 가운데 위주, 승주를 제외한 여섯 주에서 일군씩 모은 것인가.

"육군이 늘었다는 애기인가요? 하오나 아센의 군에서 새로이 늘어난 것은 사군이라고."

교시가 그렇게 말하자 고료는 고개를 끄덕였다.

"그 육군이 사군에 상당한다는 얘기겠군. 모은 육군 가운데에는 아센에게 부역하기를 탐탁지 않게 여겨 탈주한 부대도 있을 테고, 그 뒤의 토벌과 재난으로 인원이 줄어들기도 했겠지. 특히 남쪽에서 요마의 발호跋扈는 심각한데, 그전에 대국은 교왕 치세 말기부터 가난했어. 왕사는 흑비 육군을 갖추었다지만, 다른 주에서는 도저히 최대 규모의 군은 유지할 수 없었지. 평소나 주머니 사정이 좋지 않을 때는 황비 삼군이 주사의 기본이지만 실제로 그에 미치지 못한 주도 많았다고 들었다."

교시는 '그렇구나' 하고 이해하면서 생각에 잠겼다. 남쪽에는 많은 요마가 들끓었다. 요마 때문에 사라진 고을이 여럿 있다는 소문도 들었다. 그렇다면 남쪽의 수주, 개주야말로 삼군이 필요하지 않은가. 그곳을 이군으로 줄여서라도 홍기의 병력, 위주, 승주의 병력은 줄일 수 없다.

이것이 위왕이라는 간사한 존재가 짊어진 숙명이었다.

동시에 위왕에게 지배받는 나라의 백성이 어쩔 수 없이 짊어진 고난이기도 하다.

홍기를 지키는 오만 오천 명의 병력.

"그러면…… 아센을 쓰러뜨리려면 최소한 오만 오천 명의 병력이 필요한 거네요……."

염현의 백성이 지켜낸 도사들은 불과 백 명 남짓. 살아남은 양민을 합해도 이천 명이 되지 않을 것이다. 적은 줄은 알았지만 대국을 구하기에는 미미한 숫자라 할 수밖에 없다.

고료는 놀란 듯이, 동시에 흥미롭다는 듯이 교시를 보았다.

"아센을 쓰러뜨려?"

교시 역시 놀라서 고료를 쳐다보았다.

"쓰러뜨리지 않으실 건가요?"

고료가 쓴웃음 같은 미소를 지어서 교시는 영문도 모르고 부끄러웠다. 아무래도 자신이 생각이 짧은 말을 한 모양이다.

"죄송합니다. 그게……."

"아니."

고료는 고개를 내저었다.

"자네를 우습게 여긴 게 아니야. 지극히 정론인데 허를 찔린 스스로가 우스웠을 뿐이지."

고료는 말하고서 진지한 얼굴로 잠시 무슨 생각을 하는 것 같았다. 이내 무거운 말투로 입을 열었다.

"물론 아센은 쓰러뜨려야 하지."

교시는 작게 고개를 끄덕였다.

"하지만 쉬운 일이 아니고, 하루아침에 가능한 일도 아니야.

먼저 홍기를 지키는 건 오만 오천의 병력, 게다가 홍기는 견고한 곽벽과 성벽, 능운산이라는 견고한 방호물로 보호받고 있다. 성을 공격하려면 통상 상대방의 세 배의 병력이 필요해."

교시의 입이 벌어졌다.

"세 배."

"그렇다는 건 십육만 오천의 병력이 필요하다는 뜻이지. 아까도 말했다시피 병력이란 무기를 든 인간 숫자가 아니야. 자네를 병력에 넣으려면 제 몫을 하는 병사가 되게끔 훈련시켜야 하지."

"……네."

교시는 오랫동안 동가를 지키기 위해 곤봉을 쥐고 싸웠지만, 자신이 일반적으로 병사라 불릴 만한 기량은 없다는 걸 알고 있었다. 실제로 리사이와 고료 두 사람에게 동가 주민들은 전혀 상대가 되지 않았다.

"십육만 명 모두에게 훈련이 필요하지 않더라도 모두의 손발이 맞게 되기까지는 시간이 필요해. 요컨대 그만한 인원을 훈련부터 전투가 끝나는 기간까지 먹여야 해. 무기를 갖추고 식량을 모으는 것만으로도 막대한 자금이 필요하다."

교시는 맞는 말이라고 생각하며 다시금 부끄러웠다. 생각이 짧은 말을 했다고 하려 했을 때 고료가 이야기를 이어나갔다.

"하지만 실제로 완전히 불가능한 일은 아니야."

"불가능하지 않다. 가능합니까? 그만한 사람과 돈을 모을 수가 있나요?"

"가능하지. 주상만 계신다면야."

교시는 놀라서 숨을 삼켰다.

"주상이 들고일어나 아센을 위왕이라 규탄한다. 우리에게는 태보도 계신다. 어느 쪽이 정당한 왕인지 누구의 눈에도 자명하지. 그렇다면 사람도 돈도 반드시 모일 거야. 십육만 오천 명의 병력은 절대로 불가능한 숫자가 아니야."

"……예."

"하지만 아센이 그것을 눈감아줄까요."

교시 옆에서 호토가 "아아" 하고 신음했다. 고료는 고개를 끄덕였다.

"들고일어난다는 건 소재를 밝히고 공개적으로 목소리를 높이는 일이다. 주상이 전면에 나서는 순간, 병사를 모을 여유 따위 주지 않고 아센은 공격해 올 거야. 다시 말해 주상이 거병할 때는 아센을 맞아 싸울 만한 태세가 갖추어져 있어야 해."

"그게 어느 정도의 규모인가요."

"상황에 따라 다르지. 홍기에서는 홍기와 왕궁을 지키기 위해서만 최소 이군이 필요하다고 한다. 왕사에는 기동력이 좋은 공행사도 많아. 병사의 숙련도도 높고, 사기도 높지. 그래도 흑비

이군은 절대로 필요하다. 주상이 나서면 아센은 주상의 거처에 병사를 보낼 테지만, 이때 홍기를 텅 비울 수는 없지. 흑비 이군은 반드시 남길 필요가 있어. 그러면 주상을 공격하기 위해 이용할 수 있는 건 황비 사군이라는 소리다. 여기에 반드시 이기기 위해서는 같은 숫자로는 부족해. 가능하면 두 배쯤 되면 좋지."

"육만……."

"단, 거기에 성이 있다면 필요한 숫자는 더욱 줄어들지. 상대는 황비 사군이니까 견고한 성만 있다면 일만의 병사로 어떻게든 아센을 격퇴할 수 있겠지. 이상을 말하면 주후성이지만 어느 정도 이상의 규모라면 군성이나 향성도 좋다. 그러나 주상이 성을 함락하고 일만의 병사를 모을 때까지 아센이 잠자코 봐주고 있을까?"

앗, 하고 교시가 소리쳤다. 고료는 침통한 표정으로 고개를 끄덕였다.

"실제로 병사와 물자를 모으려면 지금도 충분해. 태보가 계시니까. 태보가 동가에서 입장을 표명하고 아센을 규탄하고 주상을 구하라고 명령한다면 병사와 물자는 얼마든지 모이겠지. 하지만 목소리를 낸 순간 아센이 덤벼들 거야. 게다가 여태까지 그랬던 것처럼 동가는 물론이고 염현 대부분이 그 짐승의 독수에 걸리게 된다. 반의를 품은 세력이 있다는 것을 아센에게 들켜서는 안 돼. 성을 손에 넣고 아센을 맞아 쓰러뜨릴 만한 세력이 생길 때까지는 절대로 아센에게 존재를 들켜서는 안 되는데, 아센의 눈에 띄지 않을 정도의 세력이 과연 성을 함락할 수 있을 것 같은가?"

"무립니다……."

교시의 목소리는 떨렸다. 염현 정도의 규모라도 언제 아센의 눈을 끌지 전전긍긍했다. 도사의 숫자는 겨우 백 명 남짓, 나머지는 그곳에 있는 게 당연한 양민이다. 그래도 방심해도 될 규모가 아니었다.

"염현에서도 안전하다고는 할 수 없었어요. 그리고 염현 정도의 세력으로 함락 가능한 성 따위 한 곳도 없겠죠."

고료는 고개를 끄덕였다.

"그 말씀인즉 불가능합니까?"

교시가 물었다. 숫자가 모이면 아센의 토벌을 받는다. 아센의 눈을 속일 세력으로는 아센에게 아무것도 할 수 없다. 요컨대 아센은 쓰러뜨릴 수 없다는 말인가. 대국의 고난은 끝나지 않는다고?

"적은 인원이 많은 인원을 쓰러뜨리는 이야기가 있지. 불과 일만의 병력으로 오만의 병력이 집결한 성을 함락시킨다 같은 것. 대부분은 지어낸 이야기지만 역사에 근거한 것도 있지. 하지만 아주 드문 일이니까 이야기로 성립하는 거야. 실제로는 거의 있을 수 없지."

"성을 함락하려면 세 배의 병력이 필요합니까?"

"필요하지. 장비가 좋으면 조금은 가세할 수 있지만 역전할 정도는 아니야. 전장이란 지극히 무기적無機的으로 되어 있어. 기병의 병력은 평지에서는 보병의 몇 배, 공행사라면 보병의 몇 배, 배후에 성이 있으면 부대의 병력은 실제 수의 몇 배로 간주한다는 자세한 계산식이 있지. 그 결과 병력이 더 나은 쪽이 이긴다."

교시는 고개를 떨구었다.

"계산식대로 되지 않는 경우도 있지만 그럴 때는 대개 양쪽 병력을 잘못 파악했거나 변수 예측이 부족했기 때문이야."

"변수요?"

"이를테면 날씨, 제삼자의 존재, 병졸의 기분 문제……. 산더미처럼 있지. 하지만 어느 것이고 병력의 차이를 근본부터 뒤집을 만큼은 아니야. 숫자가 많은 쪽이 이긴다. 숫자가 같다면 강한 무기를 가진 쪽이 이긴다."

호토가 한숨을 쉬었다.

"그런 거로군요. 곧잘 기백으로 이긴다고 하잖아요."

"그런 일은 없어."

고료가 웃었다.

"군대끼리의 전투에 기백은 별로 관계없어. 일대일 현장이라면 기백으로 상대가 움츠러드는 일은 있겠지만. 상대가 도망치면 싸우지 않고 끝나지. 하지만 마음을 굳게 먹고 필사적으로 응하면 불리한 상황도 돌파할 수 있다는 건 거짓말이야. 무턱대고 팔다리를 휘두른다고 해도 멀리서 쏜 화살에 맞으면 죽는다. 화살이 하나라면 휘두른 팔다리에 맞아 빗나가는 요행도 있겠지만, 두세 개가 날아오면 필시 맞게 되고 최소한이라도 반드시 두 개는 날아와."

"정신론에는 의미가 없나요."

"동요하지 않는 쪽이 유리하다. 상대방도 상황도 잘 보이니까. 그리고 무기에는 공격이 가능한 거리라는 게 있지. 상대방 무기의 사정거리가 더 길 때 그 안으로 발을 들이려면 담력이 필요하니, 그런 의미에서 강한 정신은 있어야 하지."

고료는 냉정하게 덧붙였다.

"기본은 상대방의 공격을 받지 않는 것이다."

"그야 그렇지요."

"아무리 마음을 굳게 먹더라도 맞으면 진다. 상대의 곤봉에 맞는다. 그러면 아픔으로 집중력이 떨어지지."

"그렇겠죠."

"……그런 단순한 문제가 아니야. 일단 맞으면 반드시 튕겨나

가. 자세는 무너지고 선 위치도 달라지지. 집중하면 생각보다 아픔은 느끼지 않는 일이 많지만, 그래도 팔을 다치면 팔을 움직이는 속도나 위력이 줄어든다. 팔이 저려서 무기를 떨어뜨리기도 해. 게다가 팔을 다쳤을 때 몸 전체가 이 부상에 대응하려 한다. 다시 말해 온몸에 영향이 나타나는 거야. 부상당한 건 팔인데 정작 팔은 아픔을 느끼지 않고 다리가 꼬이는 때도 있어."

고료는 "실제로" 하고 쓴웃음을 지었다.

"이상하게 다리가 무거워서 살펴보니 어깨에 화살이 박혀 있기도 하지."

"예에……."

호토는 눈을 끔뻑거렸다.

"실화인가요."

"어쩐지 평소와 같은 거리에서 검 끝이 닿지 않는다 했는데 설마 다친 줄은 몰랐어."

"맞은 충격을 느끼지 못한 건가요?"

"뭔가 맞았다는 건 알았지. 뒤에서 몸을 앞으로 떠밀렸거든. 난투중이었으니 주먹으로 맞았겠거니 했어. 그랬더니 화살이더군."

"그거 날벼락이었군요."

그 말을 듣고 고료는 쓴웃음을 지었다.

"날벼락이고말고. 뽑아보니 아군의 화살이었으니."

"너무하네요."

웃는 호토와 고료를 교시는 힘없이 서서 바라보았다. 이상하게 무거운 팔다리, 머리에서는 다른 생각을 했다. 전장의 무기적인 역학.

숫자가 절대적이라면 그들은 이길 수 없다.

대국을 구할 수 없다는 뜻이 아닌가.

"개개의 싸움에서 기백이 있는 편이 유리하다면 그들이 모인 군대의 전투에서도 기백이 있는 편이 유리한 게 되지 않나요?"

호토가 물었다.

"그것을 사기라고 하지. 사기가 높은 군대가 사기가 낮은 군대보다 유리하다. 그러한 차이는 당연히 있지만 병력의 차이를 뒤집을 정도는 아니지."

고료는 그리 대답하고 나서 말을 이었다.

"적은 숫자로는 많은 숫자에 절대로 이길 수 없다. 연극에서는 십 수 명을 상대로 한 사람의 검객이 날뛰는 장면이 있지만 실제 전투에서는 그런 일은 일어나지 않아."

"하지만……."

교시가 소리를 높였다.

"저희 동가 사람은……."

"기다려줬으니까."

고료는 웃었다.

"분명히 그것도 많은 숫자에 적은 수로 맞선 상황이었지만 동가 사람들은 싸우는 데 익숙하지 않아. 두 사람이 싸우고 있으면 괜히 봉변을 당하지 않을까, 자신이 휘두른 막대기가 아군에게 맞지 않을까 걱정돼서 다가가지 못하지."

"아아…… 그런가."

"숫자상으로 상대를 능가하는 게 절대적인 기본이다. 연극과는 달리 앞의 적을 상대하는 동안에 주위의 적은 기다려주지 않아. 한 사람과 싸우는 사이에 반드시 옆이나 등 뒤에서 파고들어오지. 실력이 늘면 그것도 어떻게든 피할 수 있게 되지만 숫자가 많은 편이 유리하다는 법칙은 달라지지 않는다."

"익숙해지면 방법이 생기나요."

호토가 물었다.

"그때는 경험이지. 경험치를 쌓으면 눈이 익숙해지기는 해. 간격도 읽을 수 있고 상대방의 움직임도 예측하기 쉽지. 그러니까 전투의 전문직인 병졸이 성립하지. 훈련까지 포함해 병졸은 쌓아온 경험치가 달라."

교시는 홀로 고개를 끄덕였다. 요컨대 병졸이 필요하다는 것이다. 아센을 쓰러뜨리려면 그에 걸맞은 숫자의 기량을 가진 병사가 필요하다. 하지만 왕사는 뿔뿔이 흩어졌다. 이들을 모으려면 교소든 다이키든 나서서 입장을 공표할 필요가 있지만, 이것만큼은 절대로 불가능하다. 달리 병사는…….

교시는 이리저리 생각하다 문득 떠올렸다.

"주후의 협력만 있다면……."

고료는 고개를 끄덕였다.

"그게 타당한 방책이겠지. 주후의 협력만 얻는다면 성과 병력은 자동적으로 손에 들어와. 태보가 계신 이상 그것도 불가능하지 않아. 태보가 협력을 구하면 분별 있는 주후는 이에 응하겠지. 보통 위왕이 서고 다른 주가 이에 고분고분 따른다 해도 진짜로 모든 주후가 위왕의 편을 드는 일은 드물 거야. 불의에 대한 분노도 있고 반발도 있겠지. 본의를 굽히고 위왕을 따르는 세력은 당연히 존재한다. 태보가 계시니 설득할 수 있겠지. 하지만 이 나라에는 기묘한 병이 있어."

"병든 주후에게 협력은 기대할 수 없겠군요."

호토가 응수했다.

"게다가 주후 중에 태보께 협력하는 분이 나온다 하더라도 그 주후가 병드는 일도……."

"그럼 방책은 없다는 소리가."

교시가 언성을 높였다.

"대국을 구할 방법은 없다는 소리가 아닙니까."

고료는 동의하지 않았지만,

"……먼 이야기지."

교시는 도복의 무릎을 쥐었다. 너무나 멀어서 그곳에 이르는 길조차 보이지 않는다. 그렇다면 아무런 희망도 없는 것과 어찌 다를까. 곧 겨울이 닥치건만.

"먼 것은 확실하지만 나는 포기하지 않는다."

고료의 단호한 말에 교시는 고료를 바라보았다.

"태보도 리사이 님도 포기하시지 않았다. 주상을 찾는다. 그것이 대국을 구하는 길로 이어진다고 믿는다."

"아무리 멀더라도."

호토가 밝은 목소리로 교시에게 말했다.

"앞으로 나아가면 나아간 만큼 가까워지네. 보게, 태보와 리사이 님께서 진취적으로 임하고 계신다. 무언가 기대할 것이 있으신지도 모르지."

지극히 태평한 말투에 교시는 안도의 한숨을 쉬었다. 그렇다. 절망하며 매달려도 좋은 일은 하나도 없다. 가장 먼저 필요한 것은 희망을 잃지 않는 것이다. 자신에게 그리 이르며 교시는 고개를 끄덕였다.

003

고료가 기수를 얻고 나서 리사이와 다이키 세 사람은 호토와 교시를 두고 길을 선행했다. 가도를 멀리 바라보며 산야를 날아서 목적지 하나 앞 마을 주변에서 말로 오는 호토를 기다렸다.

멈추어 서면 아무래도 시간을 허비하는 기분이 든다. 고료는 공연히 초조했다. 하지만 가장 초조한 사람은 뜻밖에도 대범해 보이던 다이키였다.

"호토와 교시를 기수에 태우고 갈 수는 없을까요."

고료는 쓴웃음을 지었다. 고료가 기수를 얻고부터 같은 말을 매일같이 묻는다. 평소에는 조금 더 에둘러 묻는데 오늘은 꽤나 솔직했다.

"호토와 교시는 기수를 타지 못합니다."

"도라와 히엔이라면 태워줄 거예요."

"기수에게 부담이 갑니다."

"쉬엄쉬엄 가면요? 그래도 말을 기다리기보다 빠르지 않을까요?"

"그야 그렇습니다만……."

"그러면 가도를 벗어나 단숨에 거리를 벌 수 있습니다."

고료는 이 말에 소극적으로 고개를 저었다.

"송구하지만 가도를 벗어날 수는 없습니다. 가도를 벗어나면 숙소를 쓰지 못하니까요."

"그러면 질러갈 수는 없나요? 산을 우회하기보다 단숨에 날아서 산을 넘는 게 빠르지 않을까요."

고료는 터무니없는 소리라고 하고 싶었지만, 그대로 말하기는 주저되었다. 고료의 난처함을 알아차렸는지 리사이가 말했다.

"그런 엉뚱한 말씀은 하시는 게 아닙니다. 고료가 난처해하고 있어요."

"엉뚱한 소리인가요?"

"도련님은 단숨에 날아서 산을 넘으라 말씀하셨죠. 하오나 어느 방향으로 날면 되는지 어떻게 알까요?"

"지도는요?"

리사이가 씁쓸히 웃었다.

"도련님이 태어나신 봉래에는 아주 정확하고 정밀한 지도가 있다고 하더군요. 하오나 이쪽에는 그런 지도가 존재하지 않습니다."

민간에 유포하는 지도는 대개 위치 관계도 거리도 조잡했다. 가도를 따라 어떤 고을이 있고 거기까지 며칠이 걸릴지 파악하는 기준은 되지만 그뿐이다. 관아가 지적을 관리하는 지도는 상당히 정밀한 측량에 근거해 만들지만 여기에는 농지와 주거지만 적혀 있고, 관아마다 작성, 관리되는데다 사람이 살지 않는 산야에 관한 기재는 없는 것과 마찬가지다. 군에서는 전투 때 지형을 적어 넣은 정밀한 지도를 만들기도 하나, 장소가 매우 한정되어 있고 절박하게 필요하지 않으면 갱신하지 않았다.

"설령 정확한 지도가 있다 하더라도 자신이 그 지도상 어디에 있는지 어떻게 알까요?"

마을에 있으면 적어도 해당 마을에 있다는 것만은 알 수 있다. 하지만 마을을 벗어나면 자신이 어디에 있는지 알 방법이 없다. 아무리 정확한 지도가 있다 해도 자신의 현재 위치를 모르면 활용할 방도가 없다.

"눈으로 확인하면 어떤가요? 하늘에서 보면 멀리까지 내다볼 수 있지 않나요?"

"평지라면 상당히 멀리까지 내다볼 수 있지요. 그러나 산이나 숲이 있으면 그 그늘에 가려집니다."

군에서는 태양과 별을 기준으로 측량하는 방법을 쓰기도 하지만, 이는 정밀한 지도가 존재하거나 지도 자체를 만들면서 나아가는 것이 대전제이다.

"목적지인 고을에 가려면 지나치는 마을을 세면서 가도를 따라가는 수밖에 없습니다. 가도 자체는 쓰지 않더라도 보이는 범위 안에 없으면 길을 잃고 맙니다."

리사이는 조용해진 다이키를 향해 미소 지었다.

"길을 벗어나는 편이 빠를 것이란 생각은 빠지기 쉬운 실수입니다. 곧장 북쪽으로 나아가면 된다 해도 땅에 기복이 있고 수목 같은 장애물이 있으니, 곧장 나아갈 수 없어요. 내가 있는 위치가 목적지를 연결하는 직선상에서 한번 벗어나면 그곳에서 아무리 북쪽으로 나아가도 목적지에는 도착할 수 없습니다."

실제로는 방향 감각을 유지하는 것 자체가 어렵다. 지남침(나침반)이라도 있다면 모를까, 그렇지 않으면 사람은 방향을 간단히 잃는다. 방향을 알더라도 수목이 있으면 피해 가야 한다. 절벽이 있으면 돌아가야 한다. 강이 있으면 건널 수 있는 곳을 찾아야 한다. 단순히 비탈을 오르락내리락하는 것만으로도 사람은 아무래도 발 디디기 좋은 곳을 더듬어 가게 되니까, 일직선으로 나아갈 수 없다. 조금씩 구불구불 나아가기를 되풀이하는 사이에 간단히 방향을 실수한다.

"기수로 날아가면 한눈에 알 수 있으리라 생각하는 것도 역시 빠지기 쉬운 실수지요. 수목이나 높낮이 차이에 진로를 방해받을 일은 없지만, 산이 있으니 산 너머는 내다볼 수 없고 높은 봉우리는 돌아가야 해요. 특히 복잡한 지형의 산에서는 우회하기를 되풀이하는 사이에 자신의 위치를 알 수 없게 됩니다. 그리고 정확한 자신의 위치를 모르면 방향을 알아도 목적지에는 도착할 수 없지요."

그렇다고 산을 내려다볼 만큼 고도를 올리면 지상에 무엇이 있는지 확인할 수 없어진다. 주위에 숲이 가까이 있는 마을은 숲에 녹아들어 사라져버린다.

"운해 위라면 지남침 등을 의지해 나아갈 수 있고, 실제로 저희도 그렇게 해서 경국에서 돌아왔어요. 하오나 그것이 가능했던 것은 기수가 육지를 식별할 수 있기 때문이에요. 방향만 잡아주면 기수는 멋대로 육지를 찾습니다. 운해 위에 있는 육지는 능운산으로 한정되어 있으니 날아온 거리와 방향, 운해 너머로 보이는 지형으로 그곳이 어느 산인지는 추측이 가지요."

"그럼 어딘가의 능운산에서 운해로 나가 단숨에 문주까지 가면……."

리사이는 고개를 가로저었다.

"문주 동부에는 요산이라는 능운산이 있지만 요산에는 지상으로 내려오는 길이 없습니다. 게다가 운해 위에는 마을이 없지요. 육지 자체가 적어요. 교시와 호토를 태우고 운해를 건너려면 자주 기수를 쉬게 해야 하나, 쉴 장소가 없습니다. 쉬지 않고 두 사람을 태운 채 문주까지 단숨에 날아갈 만한 능력은 히엔에게 없습니다."

리사이는 그렇게 말하고 나서 위로하듯이,

"태보는 본성이 기린이시니 몸이 가벼우시지요. 그러니 여차할 때 저와 함께 히엔을 타신다면 꼭 불가능하지만은 않겠죠. 도라는 영민하니 호토와 교시를 태워줄 겁니다. 하지만 그것은 비상시 수단이에요. 저희는 단순히 문주로 가는 것만이 아니고, 길을 걸으며 정보를 모아야 합니다."

다이키는 "네" 하고 부끄러운 듯이 고개를 숙였다.

다이키는 드디어 앞길을 서두르기를 포기한 것 같았지만 이번에는 두 사람을 기다리는 동안 마을에 들어가고 싶어 했다. 이날 일행은 산야에 기수를 숨기고 다가가보았으나 마을 문은 열려 있어도 마을로 들어갈 수는 없었다.

"그만큼 살림살이가 괴로운 거군요……."

다이키는 서글픈 듯이 그렇게 말했다.

"그리 액면 그대로 받아들일 건 없어요."

리사이가 위로했다.

"설령 여유가 있더라도 주위 마을이 문을 닫아걸면, 한 곳만 열 수는 없는 겁니다. 갈 곳을 잃은 사람들이 그곳으로 몰려들 테니까요."

다이키는 고개를 끄덕였지만 그건 그것대로 백성이 가여운 듯했다.

"이제 염현을 나왔으니 이 부근 백성은 동가 주변 마을만큼 가난하지는 않을 거예요. 다만 슬슬 아침저녁으로 추워지지 않았습니까. 어디든 겨울을 앞두고 마음에 여유가 없어진 거겠지요."

다이키는 이 말에도 고개를 끄덕이면서 조금 전 쫓겨난 마을 입구를 돌아보았다. 문은 열려 있지만 주민이 지키고 있어 안으로는 들어갈 수 없다. 보이지 않는 벽으로 닫힌 마을 문 바로 안쪽에서는 깡마른 어린아이 둘이 돌바닥에 주저앉아 백묵으로 그림을 그렸다. 곁에는 아이들보다 더 야윈 노인 한 명이 웅크려 앉아 웃옷의 옷깃을 여미고, 노는 아이들을 지켜봤다. 상태가 안 좋기라도 한지 눈이 이상하게 누렇고 얼굴도 흙빛이었다.

다이키는 잠시 그 모습을 지켜보다가 리사이를 돌아보았다.

"그들이 어려운 건 틀림없어 보여요. 하다못해 약이나 몸에 좋은 음식을 사다 줄 수는 없을까요?"

리사이는 고개를 가로저었다.

"안 됩니다. 견디기 힘드시겠지만 자중하세요. 베풀면 기억에 남습니다."

"하지만……."

"설마 저희 정체까지 알아차리지는 못하겠지요. 그러나 베풀면 부유한 자들이라 생각하는 것에 그치지 않고 호인으로 여기겠지요. 개중에는 그것을 만만하게 보는 자도 있어요."

다이키는 난처한 듯이 입을 다물었다.

"여유 있는 여행자들은 작은 마을에서 숙소를 구해서는 안 된다고 합니다. 작은 마을은 가난한 나머지 여행자를 습격하는 일이 있기 때문이지요."

다이키는 말없이 리사이를 바라보았다.

"이런 이야기를 들으면 한층 더 괴로우시겠지요. 하지만 파고들 틈만 보이지 않는다면 아무리 가난해도 굳이 죄를 저지르려고 생각하지 않아요. 공연히 죄를 짓게 하지 않도록 지금은 참아 주세요."

"……네."

다이키가 의기소침한 듯이 대답했을 때 고료가 이야기에 끼어들었다.

"되도록 눈에 띄지 않는 게 제일입니다. 자칫 기억에 남으면 무슨 일이 생길 때 기억하는 그들에게도 위험이 미칠 테니까요."

"알겠습니다."

다이키는 그제야 받아들였다. 그것을 확인하고 리사이는 다이키를 따라 뒤를 돌아봤다. 무심히 그림을 그리는 아이들은 동정을 부르기에 충분할 정도로 어깨가 가냘팠다. 곁에 웅크린 노인의 안색이며 마을 입구를 지키는 주민들을 보더라도 이 마을이 먹고살기에 어려움이 있다는 건 분명해 보였다.

—수확이 있을 이 계절에 이미 이토록 곤궁한데 올겨울을 무사히 넘길 수 있을까.

아이들의 앞날을 상상하면 암담한 심정이었다. 기린인 다이키가 가슴 아파하는 것은 지극히 당연했다.

우울한 듯이 풀이 죽은 다이키를 데리고 기수 곁으로 돌아가 호토와 교시가 따라잡기를 기다렸다. 얼마 지나지 않아 따라붙은 호토는 그 자리의 분위기를 파악했는지 이렇게 물었다.

"기다리셨지요. 무슨 일이 있었나요?"

리사이가 사정을 설명하자 쓴웃음을 짓는다.

"확실히 눈에 띄지 않는 게 제일이지만 그렇게까지 조심할 것도 없죠. 우선 여러분의 차림새를 보면 여유가 있다는 것쯤 한눈에 알 수 있어요."

그렇게 말하더니,

"잠시 기다려주신다면 제가 혼자 달려갔다 오지요. 단약을 판다는 명목으로 방문해 약을 두고 오겠습니다."

"괜찮은가?"

고료가 물었다.

"신농에게는 구역이 있지 않나."

"칭찬받을 일은 아니지만 부족한 약을 보충하는 정도로 문제는 없겠죠. 이곳을 담당하는 신농에게는 단쇼 님이 알리실 겁니다.”

대범하게 말하고서 홀로 말을 끌고 사라지더니 조금 뒤 달려서 돌아왔다.

“괜찮았나요?”

맨 먼저 다이키가 물은 것은 리사이가 겁을 준 탓에 호토의 신변을 걱정했기 때문일까. 당사자인 호토는 쾌활하게 웃었다.

“당연하죠. 아이들은 집으로 돌아간 것 같지만 영감님은 앓아 계셨습니다. 확실히 몸이 안 좋았던 모양이에요. 약을 권하니 돈이 없다고 해서 대금은 됐다고 하고 약을 두고 왔어요. 그 밖에도 부족하다고 하는 물품을 문지기에게 맡겨뒀어요. 다들 무척 기뻐했습니다.”

다이키는 다행이라고 작게 말했다.

“올해 수확은 여름의 장마로 열매가 맺기 전에 썩어버렸다는군요. 그래도 이 일대를 다스리는 향장鄕長은 마음씨가 좋은 분인지 겨울까지는 최소한의 물자를 보내겠다고 했습니다.”

“그 이야기를 듣고 안심했어요. 호토, 고맙습니다.”

“아닙니다.”

호토는 웃는다.

“저는 그러기 위해 이 짐을 짊어진 거니까요.”

그리 밝게 말하고서 앞장서서 가도를 나아가면서 짊어진 함을 가리켰다.

"하지만 베풀어서는 장사가 안 되잖아요."

"장사를 하지 않는 날이 있어도 괜찮겠지요. 제게도 쉬는 날이 필요하니까요."

호토의 우쭐하는 말투에 다이키는 조금 웃었다.

"신농분들은 다들 그러신가요?"

"글쎄요. 사람 나름이겠지요."

호토는 웃으며 대답하고 나서 다시 온화한 미소를 지었다.

이튿날, 일행이 도착한 마을에서는 여관에 머물 수가 없었다. 마침내 동가 사람들의 손길이 미치는 범위를 벗어났다.

"기수도 쉴 만한 숙소면 어떤 시선이 있을지 몰라요. 여기서부터는 교시에게 의지해 도관에서 잠자리를 구하는 게 좋겠군요."

호토의 말을 따라 교시가 이 고을의 도관을 방문했다. 엔초가 들려준 서한도 도움이 되어 리사이 일행은 도관 안으로 들어갈 수 있었으나 도사들의 대응은 냉랭했다. 말로는 하지 않지만 기수를 데리고 다닐 만큼 유복한데 어찌하여 여관에 가지 않느냐고 나무라는 기색이 엿보였다.

"죄송합니다."

교시는 부끄러워하는 눈치였지만, 이는 교시의 책임이 아니고, 하물며 도관의 책임도 아니다. 이 고을에서 가장 크다는 도관은 한눈에도 가난했다. 나라의 보조는 사라지고, 도관을 유지해온 백성에게는 도사들을 떠받들 여유가 없다.

호토가 격려하듯이 밝은 목소리로 말했다.

"내일은 정장碵杖까지 갈 겁니다."

정장은 이 근방에 있는 가장 큰 고을이다. 강주에서 문주로 가는 큰길과 마찬가지로 강주에서 서주로 가는 큰길의 교차점에 있다.

"정장을 나서면 길은 쭉 오르막길이고, 끝까지 올라가면 문주예요."

호토는 그리 말하고 웃었다.

"우리는 착실하게 나아가고 있는 겁니다."

004

정장에서는 고을 외곽의 커다란 도관에 숙소를 얻었다. 정장은 크게 곤궁하지 않은지 도관은 위엄을 지닌 풍취를 유지했고 방장은 정중하고 호의적이었다.

충분한 환대를 받고 안도하며 눈을 뜬 이튿날 아침, 리사이는 침실에서 몸을 치장했다. 이전과 다르지 않은 속도로 치장을 마친 자신을 향해 살짝 웃었다. 경국에 있던 무렵에는 뭘 하는 데도 애를 먹었다. 하지만 익숙해지는 법이다.

고료가 상대해주어 검을 다루는 데도 익숙해졌다. 검술은 몸에 배어 있으니 왼손으로 이용하는 감각을 익히면 생각보다 빠르게 실력이 는다.

—앞으로 나아간다.

작은 만족감을 느끼면서 마주한 침실 문을 두드렸다.

"기침하셨습니까."

말을 걸었지만 대답이 없다. 여행에 고단하셨으리라 생각하며 문을 열었다. 많이 피곤해 보이면 오늘은 쉬는 편이 나을까 걱정하면서.

그런데 문을 여니 침상은 텅 비었다. 이부자리가 깔끔하게 정리되어 있고 침상 주위도 깨끗하다. 벌써 일어나셨나. 허둥지둥 가운뎃방으로 돌아가 회랑으로 나갔다. 마침 남의를 입은 젊은 도사가 지나가기에 일행을 보지 못했느냐고 물었다.

통통하고 선량해 보이는 도사는 쾌활하게 대답했다.

"일행분이라면 새벽에 출발하셨습니다."

"뭐?"

리사이가 소리쳤다. 도사의 말이 무슨 뜻인지 모르겠다.

"출발했다……? 그게 무슨 말이지."

도사는 어리둥절해하며 눈을 휘둥그레 떴다.

"그러니까 출발하셨습니다. 동틀 녘의 개문과 동시에 고을을 나간다고 하셔서 그렇게 안내해드렸습니다."

"그럴 리가 없네."

아연실색한 리사이에게 찜찜함을 느꼈는지 도사가 말을 이었다.

"동트기 전에 저희를 부르셔서 한발 먼저 출발한다고 말씀하셨습니다. 그래서 기수를 준비해드리고 전송을 해드렸습니다만……."

"말도 안 돼!"

리사이가 거칠게 말하자 도사는 표정이 굳어서 몸을 웅크렸다.

다이키가 혼자 행동하다니 그럴 리 없다. 만약 정말로 도관을 떠났다면 그것은 다이키의 의지일 리 없다. 리사이는 무의식중에 검에 손을 댔다.

"일행은 어디로 갔지."

"그러니까……."

도사의 표정은 이제 두려움으로 바뀌었다. 리사이가 발을 내디뎠을 때 "리사이 님" 하는 목소리가 들렸다. 눈길을 돌리니 낯빛이 달라진 교시가 회랑을 달려오는 참이었다.

"리사이 님, 기다리십시오."

교시는 젊은 도사와 리사이 사이에 끼어들어 등으로 리사이를 막듯이 도사 쪽으로 몸을 돌렸다.

"죄송합니다. 저희 쪽에 작은 착오가 있었습니다. 당신에게 책임은 없습니다. 부디 마음 상하지 마십시오."

"교시."

리사이를 눈짓으로 저지하고 교시는 도사에게 다시 한번 사죄한 뒤 가라고 재촉했다. 서둘러 도망치는 도사를 지켜보고서 리사이를 방으로 밀어 넣었다.

"어떻게 된 일이냐."

교시는 손을 뒤로 돌려 가운뎃방 문을 꽉 닫았다.

"태보는 떠나셨습니다."

"어떻게 된 일이냐 묻지 않는가!"

"동트기 전에 저를 깨워서 따로 행동하겠다 하셨습니다."

"말도 안 되는 소리."

행방을 찾아야 한다고 생각해 움직이는 리사이를 교시가 만류했다.

"태보의 말씀입니다. 좇아오는 것은 허락지 않는다 하셨습니다."

"어째서!"

어째서 그런 무모한 짓을. 리사이는 놀랐고 혼란스러웠다. 이제부터 교소를 찾으러 간다. 나날이 목적지에 가까워지고 있는데 어찌하여 갑자기 이렇게 제멋대로 움직이신단 말인가.

"위험해. 찾아야겠다."

리사이의 말에 교시는 등을 문에 대고 고개를 가로저었다.

"틀림없이 리사이 님께서 무슨 일이 있어도 찾겠다고 할 거라 말씀하셨습니다. 그러니 반드시 막아달라고 저에게 당부하고 가셨습니다."

"교시."

"자신을 찾느라 시간을 헛되이 쓰지 말라 하셨습니다. 곧장 문주로 가서 교소 님을 찾으라고요."

동트기 전, 그것도 동이 트려면 제법 시간이 남은 무렵에 누군가 교시를 들깨웠다. 눈을 뜨자 다이키가 머리맡에 서 있었다. 이미 여장을 갖추었다.

미안하지만 동이 트자마자 마을을 떠나고 싶다, 도관에 그같이 말하고 문을 열어주었으면 한다고 했다.

교시도 놀랐다. 그런 위험한 짓을 하게 둘 리가 없다. 리사이도 그런 위험은 허용치 않을 것이다. 교시는 만류하면서 다이키가 고집을 세우고 말을 들을 낌새가 없는 것을 확인하고는 하다못해 리사이와 의논하게 해달라고 부탁했다. 하지만 그것도 단호하게 거절당했다.

—리사이에게는 알리지 마세요. 리사이는 틀림없이 막을 테니까.

—당연한 일입니다.

다이키는 살짝 웃었다.

—리사이에게 저는 언제까지고 열 살 어린애예요.

—그런 뜻이 아니고. 아뇨, 그렇다 해도 역시 혼자 떠나신다니 도저히 묵인할 수 없어요.

—걱정하지 마세요. 자신의 상황은 이해합니다. 저의 존재를 동가 분들이 얼마나 기뻐하셨는지도 몸에 사무치도록 기억합니다. 절대로 호락호락 붙잡히거나 살해당할 일은 없습니다. 그것이 여러분께 얼마나 참담한 일인지는 잘 아니까요.

—하오나…….

교시는 말을 꺼냈지만 더이상 무엇을 어떻게 말하면 좋을지 알 수 없었다.

—부탁이에요, 교시. 저는 꼭 해야 할 일이 있어요. 분명히 제 몸 하나 만족스럽게 지킬 방도도 없지만, 다행히 저에게는 기수가 있어요. 무슨 일이 있더라도 반드시 도라가 도망치게 해줄 테니까.

다이키는 그렇게 말하고 "무척 영리하답니다" 하고 미소 지었다.

—태보, 하오나…….

교시는 우물쭈물했다.

—어디로 무엇을 하러 가시는지만이라도 가르쳐주실 수 없습니까.

—지금은 말할 수 없습니다. 아뇨, 정확하게는 어디로 가면 되는지 어떻게 하면 되는지 저도 확실히는 알지 못합니다.

—어찌 그런…….

—그럼 이렇게 말하면 이해해주실까요. 하늘이 명하셨습니다.

교시는 숨을 삼켰다.

—하늘이 가라고 명하였습니다. 저는 가야 합니다.

그것이 무슨 소리인지, 정말로 말 그대로의 의미인지, 묻고 싶은 것은 잔뜩 있었지만, 본성이 기린인 눈앞의 인물이 하늘을 거론하자 교시는 더이상 어떤 말도 할 수 없었다.

—알겠습니다.

그래서 고개를 끄덕였다.

—하지만 도저히 혼자 보낼 수는 없어요. 부디 저를…….

교시는 말하다 말고 생각을 고쳤다.

—아뇨, 하다못해 고료를 데리고 가세요. 고료라면 태보를 지킬 수 있겠죠. 그것을 받아들여주신다면 리사이 님께는 알리지

않고 도관을 나갈 수 있도록 준비하겠습니다.

다이키는 잠시 생각에 잠긴 듯 고개를 갸웃하더니 이내 끄덕였다. 교시는 곧바로 침실을 나가 옆 침실로 뛰어들어갔다. 흔들어 깨우기도 전에 몸을 일으킨 고료에게 재빨리 사정을 설명했다. 고료 역시 놀라서 황급히 벌떡 일어나 다이키를 설득하려 했으나 하늘을 거론하자 더는 할 말이 없었다.

—함께하겠습니다. 잠시 기다려주십시오.

결심한 듯이 말하고 곧바로 채비를 했다. 그동안에 교시가 도관 사람에게 지시하여 기수를 데리고 오고 대문을 열게 했다.

교시가 그리 설명하자 리사이는 힘이 빠진 듯이 의자에 주저앉았다.

"고료는 함께인 거지?"

"네. 만약 무슨 일이 있다면 도관이나 신농을 통해 연락하겠다고 말씀하셨습니다. 무슨 일이 없더라도 때를 보아 연락할 테니 걱정하지 말라셨어요."

"걱정하지 말라……."

리사이는 중얼거리고서 쓴웃음을 지었다.

"무리한 말씀을 하시는군."

교시는 말없이 고개를 끄덕였다. 걱정하지 않을 방도 따위 있을 턱이 없다.

"그래도 고료가 함께라면 든든하군. 잘 생각해주었다."

"아뇨. 솔직히 막을 수 있었다면 좋았겠지만……."

리사이는 나직하게 웃었다.

"이렇다 마음먹은 태보를 말릴 수 있는 건 없어. ……그렇군, 확실히 다이키는 이제 열 살 난 아이가 아니야……."

리사이는 그렇게 말하고서 쓴웃음을 짓듯이 교시를 바라보았다.

"태보를 처음 뵌 것이 열 살 때였지. 그 뒤에 아센에게 쫓겨 봉래로 흘러갔다가 간신히 돌아오셨다. 태보는 이제 어린애가 아니야. 머리로는 안다만."

경국에서도 똑같이 설득당해 다이키를 대국으로 데려왔다. 리사이도 말리지 못했다. 교시가 말리지 못한 것도 당연한 일이다.

"평정을 잃어 미안했다."

"아닙니다."

교시는 그제야 안도한 듯이 한숨을 내쉬었다. 출발 준비를 하겠다는 말을 남기고 방을 나간다. 리사이가 홀로 수심에 잠긴 사이에 이것저것 준비했는지, 잠시 뒤 돌아왔을 때는 다 아는 모양새의 호토와 함께 세 사람의 아침 식사를 가져왔다.

"놀라게 해서 미안하군."

리사이가 호토에게 말했다.

"고료가 함께이니 괜찮겠지요. 우리는 명받은 대로 시간을 헛되이 쓰지 말고 문주로 갑시다."

호토는 침착한 말투로 그렇게 대답했다.

005

리사이 일행은 정장을 나서서 예정대로 가도를 따라 곧장 북상했다.

이제 신변의 안전을 생각해야 할 다이키는 없다. 그렇지만 리사이는 기수를 데리고 있어 눈에 띄는데다 애초에 교소 시해의 범인으로 수배되어 있으니 주위의 시선을 신경 써야 했고, 활개를 치며 큰길을 다닐 수는 없었다. 여전히 숙소를 나오면 교시와 호토와 나뉘어 야산을 눈에 띄지 않게 날아서 앞서간다.

홀로 하는 여행이 불안하지는 않았지만 날이 갈수록 울적함이 깊어갔다. 교시나 호토와 있으면 앞으로의 목적에 마음이 쏠려 쓸데없는 생각은 하지 않아도 된다. 하지만 목적지에 가까운 산야에서 홀로 길이 붐비는 해 질 녘을 기다리고 있노라면 우울한 생각을 떨칠 수 없었다.

가장 큰 근심은 다이키가 어디로 갔는지였다. 지금쯤 어디에서 무엇을 하고 있을지, 무사히 길을 떠났을까. 다이키가 경국을 떠날 때 경왕에게 받은 정권旌券(여권)을 두고 간 것이 불안에 박차를 가했다. 리사이가 맡고 있던 정권을 다이키는 가지고 가지 않았다. 여차할 때는 몸을 지킬 물건. 그것이 없어도 정말로 괜찮을까.

고료가 함께이니 괜찮을 터다.

고료도 리사이와 마찬가지로 밑바닥부터 올라온 병사다. 암기를 잘 쓰기로 유명했고, 지금은 도검도 있다. 강도나 재해, 요마의 습격도 고료가 있다면 큰 위기가 되지는 않을 것이다.

스스로를 타일러도 불안은 남았다. 게다가 다이키는 지리에 어둡다. 대국에 대해 거의 모른다고 해도 무방하다. 태과로 태어난 다이키에게는 이쪽 세상의 상식도 없다. 그 탓에 곤경에 처하지는 않았을까. 리사이가 곁에 있으면 그 부분 사정은 충분히 이해하고 있으니 도울 수 있지만 고료는 과연 거기까지 생각이 미칠까.

그런 걱정까지 하는 자신을 리사이는 어리석다고 여겼다.

알고 있다. 이는 걱정하기 위한 걱정이다. 결국에는 눈을 떼기가 두려운 것이다. 귀중한 옥을 길 위에 방치하지 못하듯이 눈길이 미치지 않는 곳에 보내서는 안 될 것 같았다. 쥐고 있지 않으면 불안하고, 그 불안을 정당화하기 위해 손을 놓으면 일어날지도 모를 불상사를 찾아서 열거한다.

이러니까 다이키는 리사이에게 상의할 수 없었다.

그것을 알면서도 여전히 말해주었으면 좋았을 거라 생각한다.

말없이 모습을 감추기 전에 어떤 이유, 무슨 목적으로 따로 행동하는지 설명해주었다면. 그러나 그랬더라도 자신은 결코 납득하지 않았으리라는 사실을 스스로도 알았다. 아무리 설득해도 절대로 다이키를 보내지 않을 것이다. 그래서 다이키는 아무 말도 없이 자취를 감추었다.

다이키를 믿고 손을 놓아야 한다. 다이키와 고료라면 괜찮다고 믿어야 한다.

이미 리사이는 다이키가 어디에 있는지 알 길도 없고, 쫓을 방도도 없으므로 걱정할수록 낭비다. 이러는 동안에도 생각해야 할 일이 산더미처럼 있다.

그렇게 생각하면서도 사고는 다이키의 주위를 떠나지 않는다.

—하늘이 명했다니 어떤 의미일까.

다이키는 기린이다. 존재는 하늘에 직결해 있다. 그 내실을 리사이 따위가 헤아리기란 불가능하지만 기린은 분명히 하늘과 통한다고 생각하는 순간이 있다.

하다못해 그것만이라도 설명하고 가주었더라면.

리사이는 무언가에 배신당한 듯한 심경이었다. 다이키에게 배신당했다는 의미가 아니다. 구태여 말하자면 자신의 기대에 배신당했다고 해야 할까.

교소를 찾을 단서는 작다고는 해도 수중에 있다. 단서를 들고 돌아온 다이키를 손에 넣었을 때 막연하게 느낀 희망 같은 것. 그것에 배신당한 기분이었다. 이것으로 대국을 구할 수 있다고 믿었지만 현실은 그리 녹록하지 않았다. 제국의 왕이 협력한대도 대국의 구제는 어렵다. 어려운 줄 알면서 대국으로 돌아와서 맨 처음 동가 사람들을 만나 드디어 무언가 꿈틀거리기 시작했다 생각했으나, 실제로 움직이기 시작한 지금에 와서 어딘가에 발이 걸린 느낌이 들었다.

도관 대부분이 리사이에게 그다지 협력적이지 않은 것도 영향을 끼쳤는지 모른다. 염현을 벗어난 이후 숙소는 도관에 의지했는데, 어느 도관이고 결코 리사이 일행을 환영하지 않았다. 막대하는 일은 없지만 따뜻한 위로도 없거니와 격려도 지원도 없다. 적극적으로 무언가를 협력하려는 자도 없었다. 물론 도관은 리사이 일행의 신원도 목적도 모른다. 엔초의 '부탁한다'라는 말만으로는 협력할 방도가 없으리라. 하물며 어느 도관이고 자신들이 살아가는 것만으로 벅찼다. 리사이 일행은 부담만 끼치는 거절할 수 없는 손님일 뿐이다.

—알고는 있었지만.

하루 일정을 소화할 때마다 피로가 쌓였다. 지나는 곳곳, 고을들이 황폐해진 모습이 눈에 들어온다. 지친 얼굴을 한 황민, 내부로 들어오는 길을 막은 마을, 무너진 채 수리된 흔적이 없는 농갓집과 공지에 무수히 늘어선 무덤, 아침저녁으로 추워지면서 해도 짧아지자 어찌할 도리 없이 마음이 울적해졌다.

이미 리사이는 강주를 쉬지 않고 걸어 문주와의 경계에 도착했다. 눈앞에 있는 비교적 큰 고을, 그 뒤에 우뚝 솟은 산을 다 오르면 문주다. 리사이는 확실히 목적지에 가까워지고 있다. 그런데도 희망에 가까워지는 느낌은 들지 않는다.

막연히 장애물에 걸린 감각이다. 그 가장 큰 요소가 다이키의 부재다.

다이키는 무슨 생각으로 어디로 갔는가.

006

—사라진 목숨은 어디로 갈까.

땅거미가 지는데 그는 그런 생각을 하며 몸을 숙였다.

그의 눈앞에는 백은의 나무가 얌전히 가지를 펼쳤다. 사방이 건물로 둘러싸인 작은 안뜰 한가운데에 서 있는 백은의 나무. 남자는 땅을 향해 늘어진 가지 아래에 무릎을 꿇었다. 그의 무릎 앞에는 파손된 얇은 파편이 흩어졌다.

오늘 낮까지 이 파편 안에는 생명이 깃들어 있었다. 백은의 나무, 이목이 내려준 새로운 생명이었다. 그보다 일 년 전 젊은 부부가 이 나무의 가지에 끈을 묶었다. 다름 아닌 자신이 그것을 허락했다.

남자는 이 마을의 여서다. 여서는 보통 마을의 최장로가 오르는 법이지만 그는 장로는커녕 아직 서른 살도 되지 않았다. 선대 여서가 죽고 그가 뒤를 이었다. 그가 원래 고아로 줄곧 이가에서 일해왔기 때문이었다.

여서는 이사를 돌보고 이사에서 모시는 이목을 관리한다. 동시에 이가의 주인이 된다. 그는 젊었지만 마을 안에서 이사와 이가의 일을 가장 잘 이해했다. 줄곧 죽은 여서를 도와왔기 때문이다. 그런 그가 처음으로 자식을 빌 수 있게 허가한 것이 죽마고우인 부부였다.

그가 사는 마을은 가난하다. 두메산골에 방치된 쓸쓸한 마을이다. 게다가 이 근처에는 근년 들어 악랄한 화적이 자리 잡았다. 화적은 종종 거처인 광산에서 내려와 주변 마을에 밀어닥쳐 물자와 돈과 사람을 요구했다. 거부하면 매서운 보복이 따른다. 선대 여서도 그렇게 살해당했다. 관아에 몇 번이고 도움을 요청했으나 어디에서도 구제의 손길을 뻗지 않았다. 관아와 화적이 뒤에서 결탁했다는 소문이 그럴싸하게 퍼졌다.

그런 마을을 단념하고 젊은이는 떠난다. 자신들은 도망치지 않겠다고 버티며 새로운 삶을 시작한 부부는 열심히 기도를 올려 마침내 이목에서 아이를 얻었다.

백은의 가지에 열린 금빛 과실. 그 안에는 새로운 생명이 깃들어 있었다.

—그것은 어디에서 온 것인가.

그는 생각하면서 하얀 모래 위에 흩어진 파편을 주웠다.

금으로 만든 듯한 작은 열매는 시간이 흐르며 커다랗게 부풀었다. 금속으로 만든 것처럼 보였던 껍데기는 부풀면서 늘어나서 점차 얇아진다. 깃든 생명은 마을의 희망이다. 그 증거처럼 얇아진 껍데기 안에는 은은한 빛이 깃들었다.

—부인이 화적에게 살해당한 것은 그 무렵이다.

열매는 양손으로 감쌀 만한 크기로 자랐다. 그 안에 깃든 아이는 태어나기 전에 모친을 잃었다. 자라는 난과만을 버팀목으로 슬픔을 견디던 부친은 열매가 품에 안을 정도로 크고, 얇게 늘어난 껍데기가 약한 유리처럼 보일 정도로 자랐을 때 마찬가지로 화적에게 살해당했다. 얼마 후면 땄을 열매는 부모를 잃고 낙과했다. 하얀 모래에 떨어져 깨진 껍데기 안에는 담홍빛 물과 검게

쪼그라든 생물의 잔해라고밖에 부를 수 없는 것이 들어 있었다.

바로 요전까지 분명하게 빛과 함께 깃들었던 생명. 부부의 꿈이자 남편의 버팀목이고, 마을의 희망이었다. 모두가 탄생을 고대했다. 그러한데.

—그 빛은 어디로 사라졌는가.

"아비도 어미도 지켜주지 못해서 미안하다……."

그는 사죄하면서 부서진 파편을 줍는다. 안의 유체는 부친의 묘에 묻었다. 이제 파편을 줍고 적갈색으로 물든 모래를 갈아야 한다.

"정말로 미안하다……."

주워 올린 얇은 금빛 조각에 그의 눈물이 떨어졌다.

어둠 속에 작게 모닥불이 타오른다. 이미 땔감은 숯불만 남아, 불은 곧 꺼질 것 같았다.

"성 남쪽에서 싸우고 성채 북쪽에서 죽었네……."

모닥불 곁에 사람이 있었다. 남자는 끌어안은 무릎에 턱을 괴고 사그라들 듯한 모닥불을 보면서 작은 목소리로 흥얼거리듯 노래했다.

"벌판에서 죽어 나뒹구니 이제 까마귀에게 먹히는 일만 남았네."

—나를 위해 까마귀에게 말해다오
파먹기 전에 한차례 예의를 갖추어 울어달라고
벌판에 널린 채 무덤조차 없지 않은가
썩은 고기가 어찌 네 입에서 도망칠 수 있으랴?

"기분 나쁜 노래네요."

남자 가까이서 목소리가 들렸다. 그가 돌아보자 땔감을 안고 돌아온 청년이 황당하다는 듯이 서 있었다.

"유행가인가요. 자주 부르던데 어째 찜찜해요."

남자는 오래된 노래라고 대답했다.

"술자리에서 부르는 노래지."

"흐음."

청년은 땔감을 불에 지폈다. 쇠퇴한 거리, 밤이슬을 막아줄 것은 머리 위에 가지를 뻗은 커다란 삼나무밖에 없다.

"추워졌군요. 최근에는 어느 마을에든 묵을 수 없으니 앞으로 갈 길이 걱정이네요."

"짐 운반을 그만두지 그래?"

그가 웃음기 섞인 목소리로 말하자 옆에 앉은 청년이 대답했다.

"말도 안 돼요. 그런 짓은 용서받지 못할 거예요."

"재령이 용서해주지 않나."

그는 말하면서 시선으로 볼일을 보러 간 재령이 사라진 방향을 가리켰다.

“그런 문제가 아니에요.”

청년은 분개하며 말했다.

“이런 짐이라도 기다리는 사람이 있어요.”

그렇게 말하고 옆에 둔 함을 가볍게 두드렸다.

“짐은 기다리지만 방은 빌려주지 않는다.”

“어쩔 수 없죠. 저희를 묵게 하면 다른 사람도 거절하기 어려워지니까요. 그러니 저희도 억지를 부리기 어려워요. 어디든 괴롭기는 마찬가지니까.”

“사람이 좋군.”

“다들 알아요. 그렇게 여행하기 힘들어지면 곧 짐을 나르는 사람의 발걸음도 멀어지는 걸 알아도 그럴 수밖에 없는 겁니다. 그만큼 힘든 거겠죠.”

그는 양 무릎을 깊이 끌어안았다.

“대국은 어디고 비참하지만…… 문주는 더욱 비참하구나.”

“아마 여기보다 심각한 곳도 있을걸요. 불평만 하는 건 소용없어요.”

휘잉 하고 소리를 내며 차디찬 바람이 불었다.

“슬슬 서리가 내릴까요.”

“그러겠지.”

그러면 곧 눈이 내리기 시작해 이윽고 묵은눈이 되어 북쪽 토지를 뒤덮는다. 올겨울에 대체 얼마나 많은 백성을 잃고 얼마나 많은 마을이 쓰러질까.

올려다본 하늘에는 달도 없고 별빛도 보이지 않았다. 구름이 끼었는지도 모른다.

남자는 어깨에 걸친 웃옷을 여몄다.

"아침에 정정하게 나가 싸우고, 날 저물어 밤에는 돌아오지 않네……."

5
장

001

—리사이는 받아들였을까.

고료는 기수를 끌고 걸으면서 날이 저무는 서쪽 하늘을 올려다보았다. 다이키가 리사이와 헤어져 정장을 빠져나온 지 사흘, 그날 가도를 비추는 석양은 깊어진 가을을 투영해 쓸쓸한 빛깔이었다.

갑작스러운 다이키의 행동에 리사이는 크게 놀랐을 것이다. 교시가 설득하겠다고 책임을 졌지만 리사이가 그리 간단히 받아들이리라고도 생각지 않았다. 단호하게 다이키를 찾겠다고 강경하게 주장해도 이상하지 않다.

고료 자신은 리사이의 처지라면 무슨 일이 있어도 찾으려 할 것이다. 그리 독백하면서 고료는 옆에서 마찬가지로 하늘을 올려다보는 그림자를 흘끔 보았다. 기수를 끌고 걸으면서 저무는 하늘을 우러러봤다. 주위에는 고을로 향하는 사람들이 흐름을 이루었다. 폐문 시각이 다 되었다.

고료와 다이키는 정장을 떠나 갈림길에서 동쪽으로 나아갔다. 가도를 따라 눈에 띄지 않는 산야를 나아가, 일몰 전에 적당한 마을로 들어간다. 이날도 혼잡한 사람들을 틈타 마을로 들어갔지만 출입문을 지날 때 '무모한 짓을 한다'는 듯한 등골이 얼어붙는 느낌이 났다. 정장을 떠난 이후 마을로 들어설 때마다 반드시 느끼는 기분이다. 길의 종착점은 홍기, 우려스럽게도 고료와 다이키는 곧장 가도를 따라 홍기와 가까워졌다.

다이키가 어느 길로 갈지 결정했다. 정장을 출발할 때 서주로 향하는 길을 묻기에 고료는 이 길을 가리켰다. 그 뒤로 다이키는 가도에서 벗어나려 하지 않았다.

출입문에는 병사가 있다. 검문당할 걱정을 피할 길이 없었다. 마을로 들어가지 않고 야영하면 되지만 산야에는 들짐승도 있거니와 요마가 나오기도 한다. 설마 이렇게 나라의 중앙부에서 맞닥뜨리지는 않겠으나 만에 하나의 가능성은 생각해야 했다. 동시에 야영하면 물과 식량, 필요한 것을 구하기 위해 고료가 마을로 왕복해야 한다. 그사이 산야에 절대 다이키를 홀로 남겨둘 수는 없었다. 어떤 위험이 있을지 모른다. 그보다도 그렇게 곁을 떠나면 다이키가 홀로 자취를 감추지 않을지 불안했다.

그러니 어쩔 수 없이 마을로 들어가야 했다. 다행인지 불행인지 다이키는 어릴 적에 나라를 떠나 있었다. 성장한 얼굴을 아는 이는 없다. 강철 같은 검푸른색을 띤 다이키의 머리카락 색은 특징적이지만 사람들은 기린이라 하면 대부분 금발을 떠올린다. 머리로는 다이키가 흑기인 것을 알지만 기린은 금색 머리라는 믿음에서는 쉬이 빠져나오지 못하는 법이다. 원래 기린이라는 말 자체가 금이나 노란색의 상징과 굳게 연관되어 있다. 고료 자신은 리사이가 곁에 있어서 다이키를 알아보았지만 그러지 않았다면 깨닫지 못했을 것이다.

기수를 거느린 이상 어쩔 수 없이 여관에 묵어야 했다. 오히려 여관에 들어가지 않는 편을 수상하게 여긴다. 중앙에 가까워진 탓에 오가는 사람이 늘고, 동시에 기수를 거느린 여행자 또한 늘어난 것이 다행이라고 여기는 수밖에 없었다.

여태까지와 똑같이 여관을 찾아 방을 잡았다. 마구간에 기수를 맡기고 다이키를 방으로 들이고서야 고료는 식사를 시키러 거리로 나왔다. 여관을 나오기 전에 마구간에 들러 절대로 일행에게 기수를 내주지 말라고 명령하는 것도 잊지 않았다.

폐문 직전의 혼잡함을 틈타 고료는 간신히 한숨 돌린다. 노점을 들여다보고 다이키도 먹을 만한 것을—기린은 비린 음식을 입에 대지 못한다—물색한다. 이렇게 잠시 혼자만의 시간을 얻는 것이 고료의 휴식 시간이었지만 이날만은 마음이 가볍지 않았다. 어디로 가는지 듣지 못한 채 가도를 따라왔다. 기다려야 하는 말은 없다. 고료와 다이키는 기수의 발에 몸을 맡겨 단숨에 가도를 나아갔다.

앞으로 어디로 향할 것인가. 고료는 몇 번이고 따지려 했으나 그러지 못했다. 상대가 다이키라고 생각하면 말을 거는 것조차 꺼려진다. 정장을 떠나며 바로 "어느 쪽으로 가십니까" 하고 묻기는 했지만 "동쪽이에요"라는 짧은 대답을 얻고서 더는 물을 수가 없었다. 하지만 오늘 밤에는 어떻게든 행선지를 캐물어야 한다. 이대로 가도를 따라 나아가면 내일은 홍기에 도착하고 만다.

무거운 기분을 안고 여관으로 돌아갔다. 방으로 들어가자 다이키는 얌전히 방 창문으로 마을의 모습을 내려다보았다. 기수 수준에 맞춘 고급 여관의 방 설비는 그에 걸맞았지만 방 자체가 좁았다. 방 양쪽에 침소를 둔 창문조차 없는 작은 침실이 나란히 있다. 일부러 좁은 방을 골랐다. 좁으면 고료가 방에 있는 한 아무도 침실에 있는 다이키에게 접근하지 못하고, 다이키 또한 침실을 빠져나가지 못한다.

—꼭 적 같군.

고료는 속으로 씁쓸하게 웃었다. 방심할 수 없는 포로라도 호송하는 심정이다. 하필이면 기린을 그처럼 다루는 것에 얄궂다는 생각이 들었다.

대화도 없이 긴장하며 기회를 엿본다. 식사를 마치고 한숨 돌리고 나니 그 이상 시간을 끌 수 없었다.

"외람되오나……."

고료는 간신히 입을 뗐다.

"우리는 어디로 가는 건가요. 목적지를 알려주실 수 없겠습니까."

또다시 창가에 서서 마을을 보던 다이키가 돌아보았다. 생각에 잠긴 듯 고료를 바라보다 얼마쯤 지나 "이대로 갈 겁니다"라고만 대답했다. 여태까지 고료는 이쯤에서 입을 다물었다. 하지만 오늘 밤은 그럴 수는 없다.

"이대로 가면 홍기에 도착합니다. 설마 홍기에 갈 생각이십니까."

질문을 받고 다이키는 얼굴을 돌려 다시 창 아래 담장 바깥의 북적이는 사람들로 시선을 향했다.

"부탁이니 어디로 무엇을 하러 가는지만이라도 알려주세요."

역시나 대답은 없었다. 그저 사람들을 내려다본 채 말한다.

"두꺼운 웃옷을 입은 사람이 늘었네요."

고료는 한숨을 푹 쉬었다. 낙담하며 창가에 다가가 사람들을 내려다본다. 새삼 확인할 것도 없이 행객의 옷은 점차로 두꺼워지고 있다. 당연하다. 입동이 얼마 남지 않았다. 갑갑한 심정으로 그 모습을 지켜보는데 옆에서 낮고 조용한 목소리가 들렸다.

"백규궁으로 가겠습니다."

고료는 낯빛이 달라져서 다이키 쪽으로 고개를 돌렸다.

"설마…… 말도 안 됩니다."

하지만 다이키는 더없이 냉정했다. 침착한 동작으로 창문을 닫고 조용히 고료를 응시했다.

"고료가 만류할 것은 알았습니다. 그래서 오늘까지 말하지 않았어요."

"당연히 만류하죠. 너무 위험합니다. 간과할 수 없습니다."

"위험한 것 같으면 고료 혼자 돌아가 리사이를 쫓으세요."

"그렇게는 못 합니다!"

고료가 거세게 말하자 다이키는 난처한 듯이 미소 지었다.

"그러면 어쩔 건가요? 저를 붙잡아둘 거예요?"

"강제로라도 리사이 님 곁으로 데려가겠습니다."

"포승줄로 묶어서요? 줄을 채워두지 않으면 저는 도망칠 겁니다. 고료의 기수로는 진심으로 도망치는 도라를 쫓을 수 없어요."

고료는 말문이 막혔다. 틀림없이 사실이다. 교의 다리는 추우의 속도에 훨씬 미치지 못한다. 그렇다면 다이키를 줄로 묶어 고료에게 붙들어 매어두는 수밖에 없는데, 그런 짓을 과연 자신이 할 수 있을까.

"백규궁으로 가겠습니다."

다이키가 다시 말했다.

"이대로 함께 갈지, 아니면 리사이를 따라갈지 하나를 선택하세요."

고료는 한숨을 푹 쉬고 나서 말했다.

"하나만 묻겠습니다. 태보께서는 정장을 떠나기 전에 하늘이 명령했다고 말씀하셨습니다. 그것이 진실입니까."

다이키는 대답하지 않았다.

"아니면 저와 교시를 설득하기 위한 방편이었습니까."

고료가 묻자 다이키는 잠시 망설이는 낌새를 보이더니 이내 말없이 고개를 끄덕였다.

"무슨 짓을 하신 겁니까. 무모하십니다!"

"그렇죠."

다이키는 쓴웃음을 짓듯이 중얼거렸다.

"무모한 짓이겠죠."

그리 말하면서 탁자로 돌아와 의자에 앉았다. 탁자 위에 놓아

둔 호두를 하나 손에 집는다. 껍질 감촉을 시험하듯이 만지작거렸다.

"고료, 저는 봉래에서 태어났습니다."

"압니다."

"봉래에서 자란 제가 열 살이 되었을 때 봉산蓬山에서 맞으러 왔죠. 그곳에서 교소 님을 왕으로 고르고, 대국에 왔어요. 그리고 이듬해 봄에는 다시금 봉래로 돌아가버렸어요……."

"물론 그것도 알고 있사옵니다."

노여움이 섞인 고료의 말에 슬쩍 웃는다.

"실제로 대국에서 지낸 시간은 반년 정도입니다. 그러니까 대국의 겨울도 딱 한 번 겪었습니다."

다이키는 "놀랐어요"라며 작게 말했다.

"대국과 봉래는 기후가 전혀 달라요. 대국의 겨울이 너무 추워서 깜짝 놀랐죠. 한번은 교소 님이 금문禁門에서 홍기를 보여주신 적이 있어요. 온통 새하얘서 겁이 날 정도로 예뻤어요. 저는 그 광경을 잊을 수 없습니다."

그렇게 말하고 나서 호두로 시선을 떨어뜨렸다.

"때 묻지 않고 아름답지만 동시에 무자비하고 무섭다. 교소 님은 그리 말씀하셨습니다. 그 무서운 겨울이 곧 옵니다."

고료는 놀라서 숨을 삼켰다.

“바람이 차가워졌어요. 길을 떠나는 사람들 웃옷이 두꺼워졌습니다. 눈이 내리기까지 이제 얼마 남지 않았어요. 이윽고 모든 것이 눈으로 뒤덮여버려요. 그러면 이 나무 열매 하나가 백성의 생사를 가르겠지요.”

다이키는 그렇게 말하고 손안의 호두를 가리켰다.

“아센은 백성을 방치합니다. 마을 관아는 기능하지 않고 지원도 거의 없어요. 동가 분들은 올겨울을 무사히 보낼 수 있을까요. 길마다 지나친 주민들은 어찌될까요. 식량은 충분히 있을까요. 만약 먹을 것이 떨어지면 그 마을에 사는 사람들은 어떻게 될까요.”

“태보…….”

“고료, 산야가 완전히 눈에 갇히기 전에 백성을 구제할 최소한의 준비가 필요합니다.”

고료는 그제야 무언가에 쫓기는 것처럼 초조해 보이던 다이키의 심정을 이해했다.

“그것을 하기 위해서 백규궁으로 가시겠다고요?”

“왕은 옥좌에 계시지 않습니다. 아센에게는 백성을 구제할 마음이 없어요. 그렇다면 저라도 그 일을 해야 합니다. 저는 그 때문에 존재하는 것이 아닌가요?”

“심정은 이해합니다.”

고료는 주먹을 쥐었다.

"아플 만큼 이해합니다. 하오나……."

"그뿐만이 아닙니다."

다이키가 고료의 말을 가로막았다.

"왕궁에는 아직 갇혀 있는 사람들도 있어요. 세이라이와 간초, 로산……."

고료는 예, 하고 동의했다.

"내버려둘 수는 없어요. 누군가 백규궁으로 가서 안부를 확인하고, 가능하다면 구해낼 필요가 있어요."

"말씀은 지당하지만, 그 일을 어찌 이루시겠습니까. 태보가 백규궁에 가셨다가 다짜고짜 붙잡혀 이번에야말로 목숨만 잃는다면요?"

"그럴 수도 있죠. 하지만 저에게 한 가지 안이 있습니다."

고료는 놀라서 눈을 깜빡였다. 백규궁에 접근해 목숨을 잃지 않아도 된다. 그런 방법이 있다는 소리일까.

"어떤 안입니까."

다이키는 고개를 내저었다.

"얼마나 효과가 있을지 확약할 수 없으니 지금은 말하지 못합니다. 효과가 없다면 그 자리에서 다른 방법을 생각해야 하니까요. 일일이 고료에게 의논할 여유가 있다면 좋겠지만, 아마 그러기는 어려울 거예요. 그렇다면 고료는 아무것도 모르는 편이 좋겠죠. 자칫 미리 안다면 제가 갑자기 방침을 바꾸었을 때 따라오지 못하고 맙니다."

"하오나……."

"고료의 걱정은 지당합니다. 하지만 고료가 상상하는 만큼 엉뚱한 일은 아니에요. 이래 봬도 이쪽으로 돌아온 뒤로 줄곧 생각하고 또 생각한 방책이에요."

다이키는 온화하게 말했다.

"제가 살해당할 일은 없을 거예요. 그것만큼은 믿어도 좋아요. 그러나 곁에 있으면 고료는 무척 놀라겠죠. 양해하기 어려운 일도 있을 줄 알아요. 그러니 만약 함께 가겠다면 일단 모든 것을 제게 맡기고 묵묵히 상황에 따라주었으면 해요."

"그런 생억지 같은 말씀을……."

"그래야 저와 고료가 안전하다고 해도 안 될까요?"

그렇게 정면에서 물으니 반론을 꺼낼 수가 없었다.

"절대로 태보의 존체에 위험은 없는 겁니까?"

"오늘까지 고난을 견딘 백성을 절망하게 할 만한 짓은 절대로 하지 않아요."

고료는 이해하지 못하면서도 고개를 끄덕였다. 끄덕이는 수밖에 없었다.

이튿날 고료와 다이키는 곧장 홍기로 향했다. 요새 홍기에 들어가려면 신분 검사를 받아야 하겠지만, 동가의 이재 도진이 가명을 적은 정권을 발행해준 덕에 문제는 없을 것이다. 진짜 문제는 그 뒤다. 산야를 낮게 날면서 연한 먹빛에 가까워진 홍기의 산을 올려다보고 고료는 다이키에게 물었다.

"어떻게 백규궁에 들어가죠."

"정면으로 들어가야죠."

해가 저물 무렵 고료와 다이키는 홍기에 도착했다.

하얗고 단단한 음영을 드리운 능운산, 돌기둥을 몇 겹으로 세운 것처럼 보이기도 하는 그 거대한 산은 조금 흐린 하늘을 배경으로 높이 솟아 있었다. 산꼭대기에는 백규궁이 있는데 엷고 길게 드리운 구름 탓에 또렷하게 보이지는 않았다.

하지만 아름다울 것이다.

절벽에는 수목의 짙은 녹색이 점점이 들러붙어 있다. 하얀 바위 표면과의 대비가 멋들어졌다. 그 산기슭, 고을은 복잡한 기복을 그리면서 하얗게 펼쳐진다. 기와지붕 대부분은 남보랏빛 유약으로 마무리한 기와로 곳곳에 보이는 장식의 붉은빛이 선명했다.

고료에게는 육 년 만의 홍기다. 문주 정벌을 위해 떠난 이후로 홍기에는 돌아오지 않았다. 사수쯤 되면 다른 군의 병사에게도 얼굴이 알려진 경우가 많다. 발각되면 그 자리에서 탈주죄로 체포된다. 굳이 위험에 가까이 갈 필요가 없다 생각했으니 근처까지 오는 일은 있어도 홍기에는 접근하지 않았다. 가도에서 가까이 보이는 홍기는 육 년 전과 조금도 다르지 않은 것 같았다.

고료는 경종처럼 울리는 자신의 심장 소리를 억누르면서 애써 걸음걸이를 유지하며 남쪽에 열린 거대한 문으로 다가갔다. 고을 남쪽에 열린 오문午門•, 문길이 다섯으로 중앙에 있는 문은 왕과 재보밖에 통행하지 못한다. 좌우에 있는 문 중 하나에서 동가에서 받은 정권을 보이고 홍기에 들어간다. 그렇게 생각한 고료였지만, 다이키는 망설임 없이 중앙의 문으로 향했다.

당황하여 작은 목소리로 말을 걸었지만 다이키는 가볍게 고개만 끄덕이고 대답하지 않았다. 곧장 문을 지키는 문지기 앞으로 나아갔다. 문지기가 수상쩍게 여기며 창을 들어 가는 길을 막는다.

"누구냐. 홍기에 들어가려거든 옆문으로 가."

수상하게 여긴 문지기의 말에 개의치 않고,

"열어주세요. 육 년 전 사고로 홍기를 떠나 겨우 돌아왔습니다."

• 고을로 들어가는 열두 개의 문 중 하나.

더욱 미심쩍어하는 문지기에게 말했다.

"아센 님께 전해주시지요. 다이키라 합니다."

고료는 경악했으나 간신히 목소리를 억누르고 표정을 바꾸지 않고 버텼다. 그러나 이어서 다이키의 입에서 흘러나온 것은 목소리도 나오지 않을 정도로 고료를 놀라게 할 말이었다.

"천명으로 예고도 없이 찾아왔습니다. 대국의 새로운 왕을 뵙고 싶습니다."

002

아센이 대국의 새로운 왕. 고료만 경악한 것이 아니었다. 문지기와 문지기가 불러 달려온 하관下官도 크게 낭패했다. 고료는 다이키와 함께 구속되지 않을지 경계했으나 정중히 신분과 찾아온 뜻을 재확인한 뒤 오문의 궐문에 있는 협실에 유치되었다.

—이것이 태보가 말씀하신 '안'입니까.

고료는 묻고 싶어서 견딜 수 없었지만 협실의 문 안팎에는 병사가 서 있다. 남의 이목이 있는 장소에서 물을 일이 아니었다.

—아무리 그래도 무모하다.

평정을 가장하고 서 있었지만 등줄기에 식은땀이 흐른다. 이런 거짓말이 통할 리가 없다. 애초에 교소가 아직 살아 있다. 왕이 살아 있는 가운데 천명이 바뀌는 일이 있을 수 없는 이상 다이키의 '신왕 아센'이 거짓임을 누구든 간단히 진위를 가릴 수 있다.

아센에게는 바라지도 않은 요행일 것이다. 일찍이 죽이려다 실패한 기린이 스스로 뛰어들어왔다. 기린을 죽이면 왕도 자동적으로 사라진다. 아센은 함양산에서 교소를 시해하려다 실패했으나 이번에야말로 기린과 함께 없앨 수가 있다.

당장에라도 병졸이 흉인凶刃을 쳐들고 들어올 것이다.

그 순간을 생각하면 역시 손이 떨렸다.

폭풍의 예감에 숨을 죽이고 있는데 다가오는 복수의 발소리가 들렸다. 고료는 작정하고 대비했으나, 모습을 보인 것은 조금 전 하관이었다. 협실에 들어온 그는 무릎걸음으로 맥이 빠질 정도로 정중하게 "오래 기다리셨습니다" 하고 머리를 조아렸다. 병졸을 여럿 거느렸지만 그들도 마찬가지로 무릎을 꿇어 인사를 올릴 뿐 다이키에게 위해를 가할 낌새는 없다.

"이리로 뫼시겠습니다."

적으로 여기지는 않는지 특별히 소지품도 뒤지지 않았다. 고료의 짐과 검도 빼앗으려는 낌새가 없고 기수까지 돌려주었다.

—적어도 초장은 무사히 넘긴 것인가?

고료는 그제야 마음속으로 은밀히 안도의 한숨을 내쉬었다.

앞장선 하관은 고을을 관통하는 큰길로 궐문을 나가더니 다이키와 고료에게 기수에 타도록 재촉하고 자신은 다이키 옆에 따른다. 주위를 병졸이 둘러쌌지만 단순히 귀인을 경호하는 것처럼 보일 뿐이었다.

과연 냉정하게 생각해보면 천계天啓를 보증하는 것은 기린의 말뿐이다. 천계는 하늘이 기린에게 내린 기적, 타인이 진위를 판정할 방도 따위 없고, 그저 공손히 받아들이는 수밖에는 없다. 처음부터 교소가 왕이라는 천계에 대해서도 고료는 줄곧 기린이 그리 말했으니 그럴 거라고 수용해왔다. 의심을 품는 일 따위 생각할 수도 없었다. 아마도 모든 사람이 그렇지 않을까. 그렇다면 다이키의 이 계략은 나쁘지 않다.

아센이 새로운 왕이 되면 아센은 다이키를 해칠 필요가 없다. 해치기는커녕 왕의 신분을 보장해줄 다이키를 최우선으로 지켜야 한다. 다시 말해 다이키 신변의 안전은 확약받은 것이나 다름없었다. 다이키는 재보로서 또는 서주후로서의 권력에 의거해 백성의 구제에 나설 수 있다. 그렇게 생각하면 분명히 유효한 묘책이다.

문제는 어디까지 이런 거짓말이 통할까 하는 점이다.

이 거짓말에는 아무런 입증 자료도 준비할 수 없다. 백치는 일성을 울지 않고, 어떠한 상서로운 징조도 일어나지 않는다. 적어도 아센은 교소가 죽지 않았다는 사실을 알 것이다. 그렇다면 새로운 왕이 설 도리가 없는 것도 알고 있을 터. 설령 처음에는 속더라도 어느 시점에서 반드시 의심을 살 것이다. 어찌하여 백치가 죽지 않는가, 일성을 울지 않는가, 의심을 품으면 그것만으로 모든 것은 단숨에 와해한다. 이런 기만은 얼마 가지 않아 파탄하리란 생각밖에 들지 않았다.

다소의 안도와 그보다는 몇 배 커다란 불안감, 두 가지 사이에서 흔들리면서 큰길을 따라 북쪽으로 향한다. 많은 이의 눈 때문에 다이키와 이야기도 나누지 못하고, 고료는 그저 홍기의 풍경을 바라보는 수밖에 없었다.

곽벽 안으로 들어가도 고을은 무엇 하나 달라지지 않은 듯이 보였다. 예전처럼 화려하고 아름다운 길거리. 큰길에는 작은 전포가 늘어섰고, 많은 사람이 활기 넘치게 오간다. 염현에서 본 것 같은 찢어지게 가난한 사람들도 보이지 않았다. 이렇게 걷고 있을 때만은 고료가 문주로 떠나기 이전과 전혀 바뀌지 않은 것 같았다.

예전에 걸었던 길, 단골이던 전포. 그리고 백규궁.

궁성 입구에 있는 고문皋門에도 작은 변화도 없다. 고문을 지나 국부를 통과해 고문庫門에서 치문雉門으로 하나씩 문을 지나 궁성 위로 올라간다. 응문応門을 빠져나가자 운해 바로 아래가 나왔다. 여기에는 관부와 관저가 늘어섰다. 기본적으로 사졸은 왕궁 안에 살지 않지만 왕사 육군의 장군과 각각 다섯 명씩 있는 사수만은 예외다. 장군은 운해 위에, 사수는 치조治朝•에 저택을 지을 수 있다. 고료 자신은 번거로워서 치조에 살지 않았으나 일단 작으나마 저택만은 하사받았다. 그곳에 돌아가는 일은 드물어도 벗과 동료의 저택은 여러 번 방문한 적이 있다. 그러니 치조의 경치가 몹시 그리웠다.

—그들은 지금쯤 어디에서 어쩌고 있을지.

모두가 무사하리라고는 고료도 생각지 않는다. 육 년 사이에 잃은 사람도 있겠지. 그 생각을 하면 애달프다.

치조 북쪽에는 절벽을 파낸 듯이 거대한 노문路門이 서 있다. 그곳에서 기수를 내려 문 내부로 이끌려 들어가 안쪽 방으로 인도되었다. 문을 연 하관이 들어가도록 재촉한 곳은 작은 전실이었다. 안에서 기다려달라며 물러나려 하는 하관을 보면서 고료는 앞장서서 문을 열었다. 그리고 내부를 보자마자 숨을 삼켰다.

"이게 어찌된 일이냐."

문 안쪽은 창문 하나 없고 세간살이라고는 멋없는 탁자 하나

• 하급 관리들이 지내는 곳. 운해 아래, 산 중턱에 있다.

와 의자 두 개뿐인 감옥 같은 움막이었다.

돌아보니 하관은 이미 전실을 나가려 하고 있었다.

"이래서야 포로가 아닌가!"

격한 어조로 물었지만 하관은 겁먹은 눈으로 고료를 바라보더니 도망치듯이 나갔다. 문이 닫혔다. 자물쇠를 내리는 소리는 나지 않았지만 바깥에서 병졸 여러 명이 대기하는 기척이 난다. 아무리 생각해도 구금이라 해도 될 상황이었다.

"이건 대체……."

돌아본 다이키 또한 의아스러운 듯했다.

오싹한 기분에 위가 쪼그라들었다. 역시 의심을 샀나.

아센과 아센을 추대하는 놈들에게 '신왕 아센'은 이 이상 없는 낭보일 것이다. 그 낭보를 가져온 다이키에게 이런 처우는 말이 안 된다. 흔쾌히 연조燕朝로 안내되어 환대받으면 모를까 포로 같은 취급을 받을 리가 없었다. 다이키의 거짓말은 통하지 않았다.

노문까지 데려와놓고 갑자기 베어버릴 작정은 아닐 것이다. 하지만 지금 당장 병졸이 뛰어들어와서 혹독한 문초가 있을지도 모른다. 어떻게든 다이키만은 도망치게 해야 하는데, 창 하나 없는 이 움막에서는 도저히 활로가 없다.

―병졸이 쳐들어왔을 때가 유일한 기회다.

문이 열린 순간에 병졸을 처리하고 도망친다. 하지만 움막 입구에는 전실도 있어 이중으로 되어 있다. 전실 문을 닫고 안에 병졸이 대기하고 있다면 움막에서 나갈 수도 없다. 어떻게든 빠져나간다 해도 궐문으로 도망친들 그 뒤로 어찌하면 좋은가. 궐문에서 내린 기수는 압류당했을 것이다. 고료는 절망적인 기분이었다.

"태보, 반드시 제 등 뒤에 계십시오."

작은 목소리로 말하자 상대는 난처한 듯이 미소 지었다.

"조급해하지 마세요. 위해를 가한다고 단정할 수 없어요."

"하오나."

"경계하는 게 당연해요. 갑자기 나타난 애송이가 다이키라고 말하면 곧바로 신용할 수 있나요?"

"그건……."

고료는 말하려다 입을 다물었다. 듣고 보니 지당했다.

반사적으로 '그런 일은 있을 수 없다'고 생각한 건 적어도 기린이 그렇게 밝혔으니 의문의 여지 따위 없으리란 생각이 있었기 때문이다. 기린인가 아닌가는 보면 그 자리에서 안다. 금발이기 때문이다.

이것이 교왕 시대부터 살아온 고료의 상식이다. 금빛 머리카락은 기린의 갈기에서 유래한 색, 기린만이 지닌 특유의 증표다. 기린임을 숨기는 데 고생하는 일은 있어도 증명하는 데 곤란할 일은 없다. 애초에 증명할 필요 따위 없다.

그러나 다이키는 흑기다. 짧게 자른 다이키의 머리카락은 검은색, 조금 특이한 색감이기는 하지만 기린의 금빛과는 확연히 달랐다. 분명 다이키라고 주장해도 그 자리에서 신용하기는 어려울 것이다.

"신원을 따지는 정도는 당연한 일이에요. 다이키라고 주장했으니 함부로 대하지도 못하고, 왕궁의 이런 깊은 곳까지 데려온 게 아닌가요? 제가 누구인지 아는 자를 만나면 금방 명백해질 일이에요. 침착하세요."

다이키는 그리 말하고 얌전히 의자에 앉는다. 진짜로 위험을 느끼지 않는지 각별히 동요하는 모습도 없었다.

"태보는 이리될 줄 예상하셨습니까?"

"이리되다니요?"

"이렇게 갇히게 될 줄요."

다이키는 가볍게 고개를 갸웃했다.

"구속당할 거라 생각은 했습니다. 어찌되었든 아센에게 저는 적이니까요. 고료와 떼어놓을 테고, 그에 관해서는 단호하게 저항해야겠다는 생각은 했는데요."

다이키는 그리 말하고 작게 웃었다.

"실제로 어떻게 저항해야 할지는 솔직히 정하지 못했어요. 떨어지지 않아서 다행이에요."

고료는 그렇다고 수긍하는 수밖에 없었다.

"포승줄로 묶지도 않았고 고료의 무기도 빼앗지 않았어요. 이렇게 함께 있게 해주었을 정도니 해칠 마음은 없다고 봐요."

합당한 말에 고개를 끄덕이고 나서야 긴장을 풀었다. 맞는 말이다. 그렇다, 상식적으로 생각해서 아센이 다이키의 '신왕 아센'을 거짓말이라 판단하더라도 그것만으로 그 자리에서 다이키를 어떻게 하지는 않을 것이다. 신문 정도는 할 테고 종자는 고료 단 한 사람, 일을 복잡하게 하지 않더라도 어딘가에 가둬두면 그걸로 해결된다. 지금처럼.

003

어쨌거나 긴장에서는 해방되었지만 방치된 채 일각, 이각 시간이 흐르는 사이에 당혹감은 깊어졌다. 어찌하여 이토록 오랜 시간 고료와 다이키는 방치되는 걸까?

"대체 어찌된 일일까요."

고료는 어쩔 줄 몰라 하며 중얼거렸다. 이미 문틈으로 새어 드는 햇빛은 보이지 않았다. 아무리 다이키라도 이 상황은 당혹스러운지 의아한 표정을 지었다.

참다 못한 고료가 바깥의 병사에게 물으려고 문으로 향했을 때 갑작스레 문이 열렸다.

"오오."

눈앞에 있던 고료에게 놀라서 몸을 물린 초로의 관리는 허둥지둥 자세를 고쳤다.

"죄송합니다. 놀랐습니다."

"미안하군. 오랫동안 아무도 오지 않기에 누군가에게 물으려고……."

초로의 몸집이 작은 남자는 정중하게 인사했다.

"기다리시게 하여 송구하옵니다. 저는 천관 사인寺人인 헤이추平仲라 합니다."

사인은 왕과 재보를 곁에서 모시며 사사로운 일을 보좌한다. 왕을 옆에서 모시는 금군에 적을 둔 고료와도 인연이 없지 않은 직책인데 헤이추라는 남자는 낯이 익지 않았다. 생각하면 당연한 일이다. 지금 사인이 섬기는 사람은 교소가 아니라 아센이다. 아센과 가까운 관료라면 면면은 바뀌는 게 당연하다.

"지내실 곳을 준비하는 데 시간이 걸렸습니다. 용서하십시오."

다이키를 향해 엎드려 머리를 조아리고 그리 말한 헤이추는 고료와 다이키를 재촉했다. 문밖에는 병졸 다섯 명 정도가 대기했는데 다들 갑주를 입지 않은 군복 차림으로 긴장하거나 힘이 들어간 모습은 아니었다.

"함께하신 기수는 마구간에 맡겼습니다. 잘 돌보도록 얘기해 놓았으니 안심하십시오."

그러고는 통로 끝을 가리켰다. 등불을 든 병졸이 앞장섰다. 암반 속을 파서 만든 투박한 통로를 빠져나가자 능운산의 절벽에 면한 긴 회랑이 나왔다. 회랑 한쪽은 바위 표면에서 깎아낸 하얀 암벽이고 다른 한쪽에는 돌기둥이 늘어서 있었으며, 기둥과 기둥을 잇는 낮은 벽 너머는 밝은 달빛이 쏟아지는 허공이었다. 머리 위로는 운해가 가깝고 아득히 먼 아래쪽에는 시커멓게 산야가 펼쳐졌다.

"묻고 싶으신 것도 있겠지만 지금은 많이 피곤하시겠지요. 일단 편히 쉬십시오."

헤이추는 암벽에 뚫은 문을 열었다. 산의 표면을 따라 긴 회랑을 오르락내리락 나아가자 회랑의 폭이 넓어지며 노대처럼 만들어놓은 막다른 곳이 나왔다. 견고한 나무를 흑금의 물림쇠로 장식한 문 너머는 넓은 거실이었다. 형식뿐인 가구를 놓은 거실 안쪽에 더 중후한 조각을 새긴 문이 있다. 그 문 너머는 전실보다도 넓고 깊숙한 방이었다. 정면 안쪽에는 유리를 끼운 접문이 이어지고, 환한 등불을 밝힌 실내에는 사치스러운 가구 일식이 갖추어져 있다. 앞장섰던 헤이추는 문 바로 앞쪽에 무릎을 꿇고 다이키에게 탑상•을 권했다.

"지금 식사를 준비하겠습니다. 급히 준비하느라 이 같은 장소밖에 없었으나, 잠깐의 일이라 여기시고 용서하십시오."

그리 말하고 고개를 깊이 숙이더니 몸을 슥 물리며 문밖으로 나갔다. 기다린 것처럼 동행한 병졸이 문을 닫았다. 철컹 하고 이번에는 자물쇠를 잠그는 소리가 났다.

"헤이추 님."

고료는 서둘러 불렀지만 벌써 문 너머에서는 대답이 없다.

—뭔가 이상하다.

고료는 방을 둘러보았다. 깔끔하게 정돈되어 있고 세간살이는 어느 것이고 호화롭다. 고료는 방을 성큼성큼 가로질렀다. 전실로 향하는 문을 제외하고 거실에 접한 문은 네 개. 그중 세 개는 침소를 갖춘 호화로운 침실이다. 남은 하나는 서재 양식으로 널찍한 서탁과 선반, 이 또한 사치스러운 가구들이었다. 정면 안쪽으로 이어진 접문을 열면 바위 표면을 파낸 거실 폭만 한 노대이다. 눈 아래로 산야를 한눈에 볼 수 있지만 벽이 없는 부분에는

• 침대와 의자를 겸한 가구.

온통 세공을 장식한 철창살이 끼워져 있었다.

—허울 좋은 감옥이다.

고료는 분개했다. 동시에 위화감의 정체를 깨달았다. 헤이추는 자신을 소개하기는 했지만, 다이키에게 다시 이름을 묻지도 않았고 태보라 부르는 일도 없었다. 곁을 따르는 고료의 이름도 묻지 않았다. 첫째로 이곳은 운해 밑이다. 운해를 넘은 천상이야말로 왕궁의 가장 깊숙한 부분이었다. 이곳은 그 바로 앞이다. 재보는 본디 운해 아래에서 지내는 일이 없다. 다시 말해 다이키에게 '왕궁'이란 운해 위에 있는 연조이고, 그렇다면 진정한 의미로는 여전히 다이키를 왕궁으로 맞아들이지 않은 것이다.

그것을 어찌 해석해야 할까. 번민하면서 찬바람이 불어 드는 문을 닫았다. 다이키가 이해하는 표정으로 고료를 바라보았다.

"아직 신용받지 못하는 것 같네요."

그렇게 말한 다이키는 희미하게 쓴웃음을 짓는 것 같았다.

"그런 모양입니다. 태보, 괜찮으십니까."

고료의 물음에 다이키는 어리둥절했다.

"괜찮으냐니요?"

"그러니까……."

고료는 이야기를 하다 말고 말을 삼켰다. 이런 기만이 통하겠느냐는 물음은 말로 할 수 없다. 문을 사이에 두었다고는 하지만 전실에는 아마도 병졸이 대기하고 있을 것이다. 어쩌면 어딘가에서 내부 상황을 살피고 있을지 알 수 없는 노릇이다.

다이키는 알아챈 듯이 고개를 끄덕였다.

“조바심을 내도 소용없어요. 처분을 기다리죠.”

“예.”

고료는 동의했다.

행동을 시작한 이상 다이키의 말대로 상황에 맡기는 수밖에 없다.

그 뒤 헤이추가 직접 식사를 날라 왔는데 예의를 갖춘 말을 정중하게 할 뿐이지 곁에 머무르지도 않고 말을 거는 일도 없을뿐더러 고료의 질문에 적극적으로 대답하지도 않았다. 언제까지 여기서 기다리면 되느냐고 물어도 자신은 모른다고 대답할 뿐이었다. 일단 헤이추가 다이키와 고료의 시중을 혼자 도맡았고, 고료는 다이키의 종자로 인식되어 당분간 떼어놓을 일은 없으리라는 것은 알았지만 그 이상은 알지 못했다. 아센은커녕 고관이 날아올 낌새도 없고, 그렇다고 병졸이 쳐들어와 신문하지도 않는다. 환영받는 상황은 아니지만 위험한 분위기도 아니었다. 단순히 방치되어 있다.

고료는 이해할 수 없었다. 의심받고 문초당한다면 모를까 어째서 방치된 것인가. 이튿날이 되도록 상황에는 변화가 없었다.

헤이추에게 따져 물었지만 대답은 없고 문밖에 있는 병졸은 말을 걸어도 응답조차 없다.

"대체 어떻게 된 일이야."

하루를 기다린 끝에 결국 고료는 목소리가 거칠어졌다. 헤이추는 시선을 흘끔 움직이고는 묵묵히 저녁 식사 접시를 치웠다.

"도대체 태보께 무슨 처우인가!"

어떤 의미인지 헤이추는 고개만 가볍게 숙이고 식기를 문밖의 병졸에게 건넸다. 대신에 차반을 받아 들어 탁자 위에 두었다.

"태보를 앞에 두고 그게 무슨 행동거지인가. 무례한 데도 정도가 있지."

기세에 눌렸는지 헤이추는 겁을 먹은 듯 한 걸음 물러났다. 서둘러 거실을 나가려 하기에 그 앞길을 막아섰다.

"뭐가 어떻게 되고 있는지 귀하에게는 설명할 의무가 있지 않나."

"용서하십시오."

헤이추는 작은 목소리로 말했다. 고료를 피해 닫힌 문으로 향하려 했다.

"이봐!"

헤이추의 팔을 고료가 붙잡으려 했을 때 "고료" 하고 조용한 목소리가 말했다.

"헤이추를 나무라도 소용없는 일이에요. 난폭한 짓은 하지 마세요."

고료는 안도의 한숨을 쉬는 헤이추를 흘끔 보고서 다이키를 돌아보았다.

"이런 처우는 너무합니다. 이건 명백히 구금이에요."

"어쩔 수 없죠."

다이키는 쓴웃음을 지었다.

"저도 고료도 기본적으로는 아센 님의 적이니까요."

"하오나……."

"방치된 이유는 신경 쓰이지만 헤이추도 이유는 모를 수 있고, 안다면 알리지 말라고 명령받은 거겠죠. 경솔하게 이야기를 나누면 적과 내통했다 오해받을 수도 있겠죠. 헤이추에게도 입장이 있어요."

고료의 말에 헤이추에게 고개를 살짝 숙였다.

"미안합니다. 고료는 제 처지를 걱정해준 거예요. 용서하세요."

"예……."

헤이추는 인사를 올렸다.

"늘 고맙습니다. 물러가서 쉬세요."

다시 인사를 올리고 발길을 돌려 문으로 향하던 헤이추는 문을 나가기 직전에 돌아보았다.

"저어…… 외람되오나."

그렇게 말하고 다이키를 향해 섰다.

"정말로 태보이십니까."

"네."

다이키가 대답하자 당황한 듯이 가만히 섰다. 고료가 물었다.

"태보가 아니라면 누구라는 것이냐."

"저는…… '태보라 밝힌 자'라고만 설명을 들었습니다."

그랬던 거구나. 고료는 그제야 납득했다.

"태보가 틀림없으시다. 내 확약만으로는 아무런 증명도 되지 않겠지만."

"고료 님은 태보의 호위이십니까."

"나는 원래 금군 사수다. 우연히 태보를 지키는 운명이 되었으나 원래 태보를 알았다. 예전에서 곁에서 모신 적이 많았으니까."

"그러나 태보가 틀림이 없으시다면 어찌하여 이렇게 갇혀 계십니까."

고료는 어이가 없었다.

"묻고 싶은 사람은 나야. 왜 그런 취급을 하지."

헤이추는 모른다는 듯이 고개를 가로저었다. '태보라 밝힌 자'

라고 들었다면 정체를 의심받는 것은 확실하다. 문제는 그렇다면 어째서 누군가를 보내 신문도 하지 않느냐는 것이었다.

"정체를 의심받는 것은 어쩔 수 없는 일이에요."

다이키가 이야기에 끼어들었다.

"그러나 아센 님을 뵈면 한눈에 아시겠죠. 당신을 이곳에 보낸 분께 그렇게 전해주십시오."

헤이추는 "예에" 하고 애매하게 대답하고 뒷걸음질 쳐서 퇴출했다. 닫히는 문을 지켜보고 다이키는 가볍게 한숨을 쉬었다. 고료가 말을 걸려 하자 눈짓으로 막고서 고개를 가로저었다. 전실 양쪽에 있는 작은 방에 병졸이 상주하는 기척이 있다. 역시 다이키도 남의 이목을 경계하는 것이리라.

어째서 이런 대접을 받는 것인가. 이 상태는 다이키에게 좋은 징조인가 나쁜 징조인가. 이래서야 다이키가 말하던 백성의 구제는 할 수 있을까. 고료는 하고 싶은 말을 입을 다물고 삼켰다.

다이키는 고개를 살짝 끄덕이더니 노대 너머를 바라봤다. 밤하늘에는 음산한 달이 떠올랐다. 달빛이 비춘 산야에는 나뭇잎이 물들기 시작했다.

004

이튿날 고료는 희미한 소리와 차가운 공기의 흐름을 느끼고 눈을 떴다. 순간적으로 벌떡 일어나 검을 끌어당겼다. 거실에 있는 탑상에서 입구로 눈길을 돌려 닫혀 있는 문을 확인하고는 가볍게 한숨을 내쉬었다. 거실 안을 더 둘러보자 다이키가 노대로 나가려던 참이었다. 놀라서 고료를 보고 걸음을 멈춘다.

"일어나셨어요. 역시나 깨우고 말았네요."

미안해하며 말해서 고료는 도리어 부끄러웠다. 다이키가 침실에서 나오는 소리를 깜빡 못 들었다는 생각 때문이었다.

"바깥으로 나가시게요? 춥지 않으십니까."

"괜찮아요. 고료는 더 쉬세요."

다이키는 그리 말하고는 노대로 나간다. 고료는 검을 놓고 작게 한숨을 쉬었다. 언제 무슨 일이 있을지 모른다. 거실문에는 바깥에서 열쇠가 잠겨 있는데 안쪽에서 잠글 방법은 없다. 문은 바깥으로 열리므로 안쪽에서 막을 수도 없었다. 누가 쳐들어올 생각이면 언제든 가능했다. 그래서 거실에서 쉬고 있었던 것인데 다이키가 움직이는 소리에 눈을 뜨지 못했다.

'이래서 되겠는가.'

둔해졌다. 허송세월로 헤매던 육 년. 처음 문주에서 도망쳤을 때야 강한 긴장 속에 있었지만, 각지를 떠도는 사이에 점차 긴장감이 떨어졌다. 예전의 고료라면 다이키가 일어나는 기척으로 눈을 떴을 것이다. 그 정도의 거리였다. 상황으로서는 전장에서 야습에 대비하는 것과 다르지 않다. 그런데도 다이키가 노대의 문을 열 때까지 일어나지 못한 자신이 부끄러웠다.

설사 다이키가 고료를 배려해 기척을 죽였다 하더라도 병사라면 다이키가 일어난 시점에서 눈을 뜨는 게 당연하다. 그만한 긴장감을 유지하면서도 체력을 회복하는 것이 이상적이었다. 현실로서 가능한지는 둘째 치고 그래야만 한다. 그것이 군에서의 상식이다. 고료 자신은 스스로 그렇게 부과해왔고, 부하에게도 그것을 요구했다.

—그런데 이런 꼴이라니.

정신을 바짝 차려. 고료는 자신을 다그쳤다. 이제 다이키를 지킬 이는 고료밖에 없다. 대국을 지키고 있다 해도 지나치지 않다.

그런 생각을 하면서 다이키를 쫓아 노대로 나갔다. 알아챈 다이키가 풀이 죽어서 돌아보았다.

"왜…… 그러십니까?"

질문한 상대는 철창살을 쓰다듬어본다. 흑금의 표면이 하얗게 흐렸다. 서리다.

계절은 착실하게 겨울로 향했다.

고료는 다이키의 등을 가볍게 밀며 거실로 재촉했다.

"서리가 내리는 시기가 되었군요. ……올해는 조금 늦은 듯합니다."

"늦은 건가요?"

"지금까지 서리를 보지 못했으니 예년보다는 늦죠. 올해는 평소보다 조금은 따뜻한 것 같군요."

"그런가요."

작게 대답한 다이키의 옷이 차가웠다. 노대에 부는 바람은 쌀쌀했다.

돌아온 거실에는 불기운이 없다. 하다못해 따뜻한 백비탕이라도 들게 하고 싶었지만 헤이추가 오기를 기다려야 한다. 따뜻한 웃옷을 걸쳐주려 해도 가진 것이 없다. 다이키와 고료는 갈아입을 옷도 변변하게 없이 겨울 채비도 하지 못했다.

"봉래는 이 시기에는 아직 따뜻한가요?"

"아침저녁으로는 쌀쌀할 무렵이죠. 하지만 낮에는 아직 따뜻할 거예요."

"많이 다르군요. 봉래에서는 언제쯤 눈이 내립니까?"

"십이월인데 이쪽과는 달이 달라요. 봉래와 이쪽은 한 달쯤 차이가 나요."

고료는 "허" 하고 중얼거렸다. 달이 다르다는 것은 상상해본

적도 없었다.

다이키는 갑자기 키득키득 웃었다.

"예전에…… 이쪽에 있을 때 막 시월이 되었는데 눈이 내려서 무척 놀랐어요. 대국은 이리도 빨리 겨울이 되는구나 했는데 달이 달랐던 거네요. 봉래에서 말하는 십일월이었던 거죠. 물론 십일월 초순에 내리는 첫눈은 제가 살던 마을에서는 생각할 수 없을 정도로 이르지만요."

다이키는 미소 짓고 말을 이었다.

"그전에도 어린애이기는 해도 이상하다고 느낀 적은 있었어요. 하지만 그런 법이라고 생각했죠. 주변 모든 것이 봉래의 상식으로 보면 이상하거나 신기한 일투성이였거든요."

"신기한 일이 많았습니까."

"가장 그랬던 게 기린이라 들었을 때였어요. 사실은 짐승이라 언제든 짐승이 될 수 있다는 말을 들었을 때는 얼이 빠졌죠."

"그야…… 그렇겠군요."

고료는 인간이라서 그 당혹감은 상상할 수 있을 것 같았다. 전변하여 짐승 모습이 되는 것은 기린뿐 아니라 반수라 불리는 사람들도 마찬가지지만 어떠한 기분일지 늘 궁금했다.

"혹시…… 태보께 이쪽이 기분 나쁜 장소였던 것은 아닙니까."

고료가 문득 별생각 없이 묻자 다이키는 "아뇨" 하고 명랑한

눈으로 딱 잘라 대답했다.

"반대예요. 많은 것이 신기하고 무척 즐거웠어요."

그러고는 살며시 미소 짓는다.

"특히 봉산은 정말로 예쁘고 편한 곳이었어요. 모두 무척 그리워요……."

봉산이란 기린이 자라는 성역이다. 고료가 "그러시군요" 하고 대답했을 때 문밖에서 소리가 들렸다. 아무래도 헤이추가 아침 식사를 가져온 듯하다.

고료의 응답에 문이 열리자 아니나 다를까 헤이추였다. 오늘은 등 뒤에 여관女官 한 사람을 거느렸다. 두 사람은 입구에서 무릎을 꿇고 인사하고서 거실로 들어왔다.

"오늘은 곁에서 시중들 여관을 데려왔습니다."

헤이추가 뒤에 있는 여관을 돌아보았다. 마흔 살쯤 된 볼이 통통하고 온화해 보이는 여자다. 그 여자는 깊이 고두하고 "쇼와浹和이옵니다" 하고 고했다.

"……쇼와."

다이키가 고개를 갸우뚱하며 중얼거렸다. 예, 하고 대답하고 고개를 든 여자가 가만히 다이키를 올려다보았다. 잠시 뒤 그 눈에 눈물이 고였다.

"태보, 무사하셨군요."

목소리를 듣자마자 다이키가 일어났다. 잰걸음으로 다가가 가까이에 무릎을 꿇었다.

"전부공典婦功인 쇼와인가요?"

전부공이란 귀인의 곁에서 잡일을 하는 여관을 이른다.

"오랜만에 뵈옵니다. 이리도 장성하시다니……."

쇼와는 말하며 소매를 얼굴에 대고 하염없이 울었다. 다이키는 쇼와의 어깨에 손을 얹었다.

"무사했군요. 다행이에요……."

"저야말로 이만저만 걱정한 게 아닙니다. 무사하신지, 제대로 밥은 먹고 잠은 주무시는지, 만에 하나라도 아프신 곳은 없는지."

쇼와는 그리 말하고 다이키를 바라보았다.

"이리도 훌륭하게 자라셔서 더할 나위 없이 기쁘옵니다만, 조금은 아쉬운 마음도 있습니다. 가능하다면 성장하는 모습을 지켜보고 싶었습니다……."

쇼와는 그리 말하고 다시 얼굴을 소매에 묻었다. 그 모습을 지켜보던 헤이추는 안도의 한숨을 쉬었다. 무릎 꿇은 자세에서 힘이 빠진 듯이 주저앉았다.

"정말로…… 태보셨군요……."

"당연하지요."

쇼와가 격하게 말했다.

"이런 분을 이런 감옥 같은 곳에. 게다가 시중도 없이."

"아, 아아……."

소삼(내의) 소매로 눈물을 닦은 쇼와는 벌떡 일어나더니 등 뒤 병졸에게 달려간다. 받쳐 든 식사를 빼앗았다.

"식겠어요. 오늘은 날씨가 차니까요."

말하면서 탁자 위에 아침 식사를 시원시원한 동작으로 차린다.

"청소도 제대로 되지 않았고 의복도 아직 얇으시고. 헤이추님, 제대로 준비해주세요."

"아…… 미안하네."

예전에 다이키의 시중은 오로지 여관에게 맡겼다. 다이키가 아직 어린 탓도 있고 봉산을 떠난 지 얼마 되지 않아, 그때까지 여선에 둘러싸인 생활을 감안해 되도록 똑같은 환경을 만들어주고 싶다는 교소의 지시였다고 고료는 들었다.

하지만 그렇게 다이키 바로 곁에서 섬기던 여관 대부분이 이제 왕궁에는 없다고 쇼와는 이야기했다.

육 년 전, 왕궁에서 식이 일어났다. 이쪽과 저쪽—봉래라 불리는 환상의 나라가 뒤섞여 다이키는 환상의 나라에 삼켜졌다. 이쪽에서는 막대한 피해가 나왔다. 그때 고료는 문주에 있었지만 많은 관리와 건물이 피해를 입었다는 이야기는 들었다. 여관들은 육침六寢에 가까운 건물에 있었던 터라—당시에는 그곳이 다이키의 거처였다—모두가 무사했으나 그 뒤 아센이 위왕으로 오르면서 뿔뿔이 흩어졌다고 한다.

"주상은 돌아가셨고 태보는 식에 흘러가버려 이제 돌아오지 않는다는 것이 아센의 주장이었습니다."

식사 시중을 들면서 쇼와는 그렇게 당시의 이야기를 했다.

느닷없이 일어난 식이 다이키를 삼켰다고 아센은 설명했지만, 그 식은 실제로는 명식이었다. 명식은 위기에 빠진 기린이 일으킨다는 소문이 끊임없이 퍼졌다. 그렇다면 아센이 다이키를 공격했다고밖에 생각할 수 없었다. 다이키의 시중을 들던 여관들은 하나같이 아센에게 반발했다. 그 탓에 엄중한 형벌을 받은 자도 있는가 하면 관위를 박탈당해 왕궁을 쫓겨난 이도 있다. 스스로 왕궁을 나간 자도 있었다. 쇼와는 궁중에 머물렀지만 역풍이 심했던데다 쇼와 역시 아센에게 아첨할 마음은 추호도 없었다. 덕분에 주어진 일은 종들이나 하는 허드렛일이었다. 식이 일어났을 때 선적仙籍에 오르지 않은 종들 중에 막대한 피해가 나왔다. 그 부족함을 메우는 데 다이키와 교소를 섬기던 하관 대부분이 충당되었다고 한다.

원래는 서주 천관에 소속해 다이키의 신변을 돌보는 전부공이었다. 그런데 선부膳夫•의 여종으로 궁중에서 쓰는 식기만 계속 닦으며 지냈다 한다.

"저 때문에 고생했군요."

"이렇게 다시 뵈었으니 별일도 아닙니다."

쇼와는 그렇게 말하고 다기를 들고 보조개를 지었다.

"또 시중을 들 수 있게 되다니 이보다 더한 행복이 어디 있겠습니까."

005

쇼와는 지금까지의 공백을 메우려는 것처럼 한시도 손을 쉬지 않고 움직였다. 헤이추에게 지시하여 침실을 정돈하고 큰방을 안락한 거실로 정돈하더니, 급기야는 사용을 마친 식기를 들고서 말했다.

"헤이추 님께는 이쪽 청소를 부탁드리겠습니다. 이리도 먼지가 많아서야 태보의 존체가 상하십니다. 저는 이걸 선부에게 반

• 궁중의 식사를 감독하는 관리.

납하고 나서 태보의 의복을 찾아서 오겠습니다."

그렇게 말하고 나서,

"태보의 의복은 어디에 있을까. 아니, 있어도 이제 다 작겠네요. 적당히 골라 올게요. 당신 것도요."

말하면서 고료를 쳐다본다.

"그 김에 거처를 어떻게 할 수 없는지 담판을 짓고 오겠습니다."

그리 말을 남기고 거실을 잰걸음으로 나갔다. 걸레를 떠맡은 헤이추는 눈을 깜빡거리며 그 모습을 지켜보고 나서, 가벼운 소리를 내며 문이 닫히자 한숨을 푹 쉬었다.

"어허……."

백발이 섞인 머리를 흔드는 모습이 우스꽝스러웠다.

"큰일이로군."

웃음 섞인 목소리로 고료가 말을 걸었다.

"아뇨, 지금까지 제대로 시중을 들지 못했는걸요. 쇼와의 말이 다 맞습니다."

그렇게 말하더니 다이키에게 다시 인사를 올린다.

"거듭된 무례를 용서해주십시오."

"헤이추의 행동은 당연한 거였어요."

다이키가 말했다.

"송구스럽습니다."

고료도,

"태보라 밝힌 자라는 소리를 들었으니 수상한 게 당연하지."

그렇게 말하자,

"그리 말씀해주시니 한결 마음이 가볍습니다. 변명이 되겠지만 저는 이전에 태보를 뵐 기회가 없었던지라."

"헤이추는 최근에 등용되었나?"

"아뇨, 이전에는…… 이전이라고 해야 할지, 얼마 전까지는 사성司聲이었습니다."

사성은 국관에 관련한 제반사를 관리하는 사무관이다.

"그런데 급거 사인으로서 곁에서 시중을 들라고 분부받았습니다."

"지금 천관장은……."

"릿쇼立昌 님이라 하옵니다. 이전에는 춘관장의 부리府吏(하급관리)셨으니 고료 님께서는 아시지 못할 것입니다."

"가이하쿠皆白 님은 행방을 모른다 들었네만."

원래 고료가 문주로 떠나기 전 천관장은 가이하쿠였다.

"식으로 행방불명된 이후 소식을 알지 못합니다."

"그러한가."

고료가 나직이 말했다. 다이키는 한층 더 의기소침했다.

"큰 피해가 나왔군요……."

"예……. 그것이…… 아무래도 식이었으니까요."

헤이추는 목소리를 낮추었다. 듣자 하니 교소의 측근이던 고관 중에 현재도 조정에 남은 사람은 전 춘관장 조운뿐이었다. 총재이던 에이추詠仲는 식이 일어났을 때 입은 부상으로 사망했다. 가이하쿠는 행방불명되고, 지관장地官長• 센카쿠宣角는 아센에게 처형당했다 한다. 추관장 가에이花影, 하관장 하보쿠는 왕궁을 탈출하여 그 이후로 행방을 모른다. 동관장이던 로산은 해임당했다.

"로산은 무사한가요."

"그럴 겁니다. 저 같은 것은 자세히 알지 못합니다만. 적어도 처형당했다는 이야기는 듣지 못했고, 도망치셨다는 소문도 듣지 못했습니다."

"소문인가?"

고료가 물었다.

"예, 그렇습니다. 실제로 작금의 왕궁은 내부 일을 분명히 알 수가 없습니다. 아는 건 자기 주위의 일뿐이죠. 그 외에는 풍문

• 토지를 다스리는 관리의 우두머리.

으로밖에 알 방도가 없습니다."

"어딘가에서 정보가 차단된다는 소리인가?"

헤이추는 고개를 갸웃거렸다.

"누가 굳이 알리지 않으려고 방해하는 느낌은 아닙니다. 굳이 말하자면 다 흩어져 있는 거예요."

"흩어져 있다?"

고료가 묻자 헤이추는 재차 고개를 갸웃했다. 마땅한 표현을 찾을 수 없다. 헤이추가 느끼는 이 감각을 말로 표현하기는 어려웠다.

교왕 치세도 말기에 접어들었을 무렵에 헤이추는 국관으로 등용되었다. 고관의 부리부터 시작해 착실히 경력을 쌓았다. 그 당시에는 나라라는 주체가 있었다. 이미 교왕의 치세는 갖가지 부작용을 보였고, 조정이 기운 것이 아니냐고 걱정하는 자도 있었지만, 그런 상태에서도 헤이추에게는 나라에 소속되어 있다는 것을 실감했다. 자신이 전체 중 일부라는 확실한 감촉이 있었다. 헤이추의 일이 밀리면 동료의 부담이 늘고 상관이 곤란해진다. 다른 부서에도 폐를 끼친다. 그런 인과관계가 보였다. 자신이 지금 무엇을 위해 이 일을 하는지 알았고, 알지 못하더라도 설명을 요구할 상대가 있었다. 나라라는 전체 안에서 자신은 무얼 하는지 그럭저럭 알고 있었다.

이는 교왕 치세 말기든 공위의 시대든 다르지 않았다. 일그러진 형태이기는 해도 나라는 있었고, 그 나라 안에서 자신이 어느 위치에 있고 자신의 일이 어떤 형태로 정사에 관여하는지 이해했고, 이해하는 것이 가능했다. 같은 일을 진행하는 동료, 그 결과를 내는 상사, 그것이 기구 속에서 위로 위로 빨려 올라가는 경로도 이해할 수 있었고, 거기에 관여하는 사람들의 얼굴도 보였다. 실제로 대면하거나 모습을 본 적이 없더라도 그곳에 누가 있고 무엇을 하는지, 그 결과가 어떠한지 정도는 자신의 이목과 소문으로 파악했다. 다시 말해 그곳에 '사람'이 있다는 것을 실감했다.

아센의 왕조도 처음에는 그러했다. 조정은 매우 혼란했지만 어디에 부정합이 있어 정체가 있고, 무엇이 제대로 되지 않아 어떻게 해결되지 못하고 있는지 막연하게나마 알았다. 그런데 점차 그것이 보이지 않게 되었다.

식으로 고관이 피해를 입어 자리를 비운 것도 원인이기는 했다. 그 뒤 아센이 조정을 장악하는 과정에서 많은 고관이 경질되고 처형당한 것도 관계가 있다고 보인다. 많은 관리가 사라지고 다른 관리로 바뀌는 일이 빈번해서 얼굴이나 이름, 인품을 기억할 새가 없다. 그것이 나라라는 조직을 알기 어렵게 한다. 하지만 그런 일은 교왕의 치세 말기에도 있었고, 공위의 시대에도 있던 일이다. 교소가 등극한 당초에도 있었다. 그러나 고관이 사라져도 다음에 누가 그 자리에 오를지 알 수 없다, 알아도 그자가 누구인지 아무도 모른다, 있는지 없는지조차 알지 못하고 지금 무얼 하는지 알 수 없다—같은 일은 한 번도 없었다.

위왕인지 가왕인지는 둘째 치고 조정의 주인인 아센의 얼굴이 보이지 않는다. 육관장의 이름 정도는 알지만 어떤 자인지 모를 사람이 존재한다. 아무튼 있다는 것은 알지만 무엇을 하는지 알 수 없다. 어떤 의도로 어떻게 나라를 움직이려 하는지 도통 보이지 않는다. 보기 힘들다—잘 알 수 없게 되었다—모르겠다—전혀 보이지 않는다—그렇게 점차 시야가 나빠졌다. 그것은 안개가 감돌기 시작해 주위를 삼키는 모습과 흡사했다.

아센이 옥좌에 있는 것은 안다. 이전 금군 장군. 식이 일어나 조정이 혼란에 빠졌을 때 수습에 힘쓴 것도 안다. 왕을 잃은 조정을 장악하려고 움직인 과정도 안다. 교소 휘하의 관료를 치우고 자신에게 편리한 인재를 후임자에 앉혀 대립 세력을 밀어내려 했다—거기까지는 알겠다. 하지만 그 과정에서 무언가 달라지기 시작했다. 헤이추가 속한 천관으로 예를 들면 교소 시대 천관장 태재太宰는 가이하쿠였다. 가이하쿠가 식으로 행방불명되자 그 뒤를 태재보가 메웠다. 태재보는 왕궁의 질서를 아센의 체제에 따르도록 재편하기 위해 움직였지만 어느새 모습이 보이지 않았다. 지시가 뜸해지고 소문을 듣지 못하게 되고 모습이 보이지 않더니 사라졌다.

그 뒤에 태재에 취임한 자가 릿쇼다. 춘관장 부리에서 획기적으로 발탁되었는데, 부리라 하면 관료 중에서도 최하위이며 이런 자가 육관장 중 하나를 차지하는 것은 상식으로는 생각할 수 없는 일이었다. 어떠한 경력의 인물인지 어떤 공적이 있는지 인품이 어떤지는 아무도 모른다. 적어도 헤이추의 주위에 아는 이는 하나도 없었다. 도대체 '춘관장'이란 게 교소 시대의 춘관장인 조운을 가리키는지, 현재 춘관장을 가리키는지조차 알 수 없다. 릿쇼가 평소에 뭘 하는지도 모른다. 예전에 진행되던 천관 재편은 방치된 상태다. 고관이 경질된 채 공위인 관위도 있다. 헤이추의 상사 중에도 결락이 있었다. 그런데 일만은 갑자기 내려온다. 위에서 이것을 하라고 지시가 오는데 그게 어디에서 나온 것인지 어떠한 의도인지 알 수 없고, 설명을 요구해도 요청한 상대조차 의아해한다. 그래도 명령이니까 지시에 따라 움직이고 있으면 뜬금없이 상반된 지시가 내려온다. 이 또한 어디의 누가 어떤 의도로 한 지시인지는 모른다. 두 가지 상반된 지시 중 어느 쪽을 우선해야 할지 알 수 없다. 문의해도 이견이 좁혀지지 않는다. 몇 번이고 묻는 사이에 이내 한쪽 응답이 사라진다. 내려온 지시가 철회되는 것도 아니고, 그저 반응이 사라진다. 그래서 헤이추는 '하라'는 목소리가 들리는 쪽을 따를 수밖에 없다. 위쪽에서 권력 다툼이 있어 침묵하는 쪽이 진 거라고 추측은 하지만 실제로 그런지는 알 수 없었다. 그래놓고 '하라'는 목소리도 뜸해지고 이윽고 방치되어, 아무도 재촉하지 않고 결과를 받는 사람조차 없는 일이 일어난다.

"매사가 다 그런 식이라……."

헤이추가 고했다.

"저는 무슨 일이 일어났는지 도통 모르겠습니다."

이번 건만 해도 그렇다. 헤이추는 사성이었다. 관료를 관리하는 법과 제도를 정비하는 것이 소임이다. 그런데 갑자기 사인으로 삼는다고 한다. 이유도 알려주지 않은 채 누가 결정했는지도 몰랐다. 갑자기 왕과 재보의 생활을 관장하는 내소신內小臣에서 불러 사인에 임명할 테니 태보라 밝힌 자의 시중을 들라고 명받았다. 사성이던 헤이추 입장에서는 관위상으로 강등이다. 무슨 부족함이 있어 사성에서 경질되었는지조차 알려주지 않았고 어째서 사인인지도 알지 못한다. 어디로 가라는 말만 들었을 뿐 누구의 지시를 듣고 어떻게 하면 되는지 알려주지 않았다. 직속 상사인 시어侍御에게 지시를 구했으나 당사자인 시어가 헤이추가 사인에 임명된 사실을 모른다. 자네는 누구냐는 소리를 듣고 말았다. 그 뒤에 위쪽에서 조정이 이루어진 모양이지만, 결국 시어의 지시는 "적절히 조치하라"였다.

태보라 밝힌 자가 있다. 노문에서 기다리게 했으니 적절히 시중을 들라. 그것이 헤이추에게 내려온 지시의 전부였다.

머물 장소를 마련해야 한다, 인중전仁重殿으로 모시면 되는 것이냐 물으니 기다리라고 했다. 잠시 뒤 육침에 들이는 것은 시기상조라는 대답이 돌아왔다. 그렇다면 어디로 하면 되는지, 어떠한 격식의 장소를 준비하면 되는지, 얼마나 머물 것을 예상해야 하는지, 대우는—물어도 제대로 된 답변이 없다. 이곳으로 하라며 장소 하나는 지시가 내렸지만 소관 관리에게 열쇠를 받으러 가니 관리는 그런 이야기는 듣지 못했다 한다. 식사 준비, 이부자리 준비, 모든 것이 그러해서 헤이추는 일일이 소관 관리에게 가서 수綬•를 보이고 자기소개를 하고 사정을 설명하는 것부터 시작해야 했다.

"줄곧 그런 식이에요. 그러니 저희는 위에서 지시받은 일은 그대로 완수하고, 그것 외에는 각자 자신의 판단으로 선처합니다. 그럴 수밖에 없어요. 아마도 위쪽도 그렇겠죠. 어쩌면 모든 국관이 이제는 그런 상태인지도 모릅니다."

• 관직을 나타내는 끈.

마치 왕궁 전체가 짙은 안개 속에 있는 것 같다고 헤이추는 거듭 말했다. 자신의 주위는 보이지만 거리가 벌어짐에 따라 서서히 모습은 희미해져 보이지 않고 만다.

고료는 헤이추의 이야기를 듣고 그래서야 나라의 정사가 돌아갈지 의아해하다 납득했다. 그러니 나라는 백성에게 무언가를 베풀 수 없는 것이다. 나라로서의 형태를 잃었다.

"아센은 무얼 하는 건가."

고료는 혼잣말이었는데 헤이추는 질문이라고 생각한 모양이다.

"작금에 아센 님은 왕궁 깊숙이 틀어박힌 채 거의 바깥으로 나오지 않으신다 들었습니다."

"나오지 않는다?"

"예. 나랏일은 전부 조운 님과 그 일파가 도맡은 모양입니다. 아센 님은 모든 것을 조운 님께 맡기고 자신은 거의 바깥으로 나오시지 않는다던가. 그렇다기보다도……."

헤이추는 그렇게 말하고 목소리를 낮추었다.

"아센 님이 틀어박혀 계신 것을 구실 삼아 조운 님이 마음대로 주무르고 계시다는 소문입니다. 저도 사인의 직책을 얻고 나서 신경 쓰여 이곳저곳에 알아보았는데 어쩌면 태보께서 계신 것을 아센 님은 아직 모르시는 것이 아닐지……."

"조운이 덮고 있다?"

"그럴지도 모릅니다. 조운 님이 아닌 누군가 다른 분일지도 모르나, 저 따위는 알 수 없는 일입니다."

헤이추는 "다만" 하고 말했다.

"저는 언제부터인가 이 조정이 기분 나쁘게 느껴져요. 많은 관리가 있는데도 사람이 살지 않는 폐허에 있는 것처럼 느낄 때가 있습니다."

헤이추 자신은 신왕 아센의 소식을 듣고, 이것으로 대국에 질서가 돌아왔다고 기뻐했다. 위조라 불리던 왕조가 정당한 왕조가 된다면, 거기에 소속한 헤이추는 당연히 기뻤다. 그러나 왕궁에 그런 경사스러운 분위기는 전혀 없었다.

"마치 아무 일도 없었던 것처럼 조용합니다. 그리고 긴장감일까요. 다들 숨을 죽이고 사태의 추이를 지켜보는 듯한……."

헤이추는 말하고 나서 놀라며 입가를 가렸다.

"죄송합니다. 말이 지나쳤습니다. 분에 넘는 말씀을 드린 모양이군요. 잊어주십시오."

"걱정하지 마. 나는 아무것도 듣지 못했다."

고료가 말하자 안도한 듯이 고개를 조아렸다. 고료는 당황한 모습으로 수건을 쥐고 닥치는 대로 가구를 닦기 시작한 헤이추를 보고서 다이키에게 시선을 돌렸다. 말은 하지 않았지만 뜻은 통했는지 다이키는 고개를 끄덕였다.

다이키의 존재가 아센의 귀에 들어가지 않았다. 이것이 사실 아닐까. 다시 말해 아센은 신왕으로 다이키에게 지명된 사실을 모른다. 덮은 사람은 조운인가. 그러면 조운은 '신왕 아센'을 환영하지 않는다는 뜻인가?

고료가 생각에 잠긴 무렵, 쇼와는 왕궁의 심부로 향했다. 찾아낸 의복을 안고 천상의 연조, 그 안쪽으로 걸음을 서둘렀다. 외전으로 이어지는 누각을 지나 회랑을 꺾어 동쪽으로 향한다. 조당을 무시하고 문을 지나 육관장부로 달려갔다.

천관장부의 건물들로 향하는 문에서 문지기를 부른다.

"쇼와이옵니다. 릿쇼 님께 전해주세요."

이내 릿쇼의 하관이 모습을 드러냈다. 정전으로 쇼와를 데려간다. 정전에서 기다리던 남자는 쉰 줄, 험상궂은 풍모다. 이 남자가 쇼와를 여종에서 여어女御로 불러들였다.

쇼와는 그 자리에 무릎을 꿇고 인사했다.

"틀림없습니다. 다이키이옵니다."

"확실한가."

"예." 쇼와는 고개를 끄덕였다. 예전에 섬기던 주인이다. 직접 시중을 들지는 않았지만 늘 곁에 있었던 것은 분명하다. 말을 붙이기도 하고 먼저 말을 걸어주신 적도 있다. 성장했다 하여 다이키를 잘못 볼 리 없다.

릿쇼는 깊이 수긍했다.

“잘했다. 그대는 계속해서 다이키를 섬기도록 하여라.”

“태보의 존체 주변에 여러모로 부족함이 있사옵니다.”

“그대에게 일임한다. 물건이든 사람이든 좋을 대로 분부하라.”

예, 하고 쇼와는 평복했다.

“아무쪼록 극진히 뫼셔라. 그리고.”

쇼와가 고개를 끄덕였다.

“보고 들은 것은 틀림없이 릿쇼 님께 전하겠습니다.”

남자는 만족한 듯이 웃었다.

006

다이키가 백규궁에 출두해 아센을 새로운 왕이라 불렀다는 소식은 왕궁 안에 번개처럼 퍼졌다.

“정말로 태보인가.”

누군가 틀림없다고 호응하면,

“하지만 태보는 백규궁에 계실 때 아직 어리셨네. 성장한 존안을 아는 이는 없지 않나.”

"알든 알지 못하든 기린을 가장할 수는 없는 노릇 아닌가."

보통은 의문의 여지가 없다. 금빛 머리카락으로 판단하면 된다. 그러나 대국의 기린은 흑기다.

그렇게 지적받자 다들 침묵했다. 머리카락 색으로 판별할 수 없다면 다이키라 밝힌 누군가가 틀림없이 다이키임을 어떻게 확인하면 좋은가.

"성장하셨다지만 어릴 적 모습은 남았을 것이다."

남았을지도 모르지만 크게 달라졌을지도 모른다. 어쨌거나 예전의 다이키를 아는 자가 면회하는 수밖에 없다. 천상에 사는 자로 한정된다. 소식은 능운산 기슭에서 산을 달려 올라와 노문을 넘어 천상에 이르렀다.

"천관은 어떠한가. 아니면 서주 육관은?"

"당치도 않소."

이전 천관이던 남자가 대꾸했다.

"존안을 똑바로 볼 기회가 있을 리가 있나. 황공무지한 일이고 빤히 바라보는 건 무례한 짓이오."

기본적으로 그들은 다이키 앞에서는 머리를 조아렸다.

"성장하신 다이키를 가리키는 것보다 왕궁 바닥을 분간하는 편이 훨씬 쉽지."

"얼굴의 인상은 기억하고 있지만 어리셨다는 것 이상은 모르네."

"성장한 태보를 분간할 수 있는 사람은 교소 님밖에 없지 않은가."

그러나 교소는 이제 없다.

"아니면 서주 영윤, 또는 서주사 리사이 님."

"예전 육관장이라면 어떠한가."

낭패는 왕궁 구석구석에서 심부로 도달했다.

"다들 돌아가셨거나 행방을 알지 못하는군. 다른 사람은?"

하관은 총재부에서 깊이 고두했다.

"동관장이던 로산 님과 춘관장이셨던 총재뿐이옵니다."

현재의 총재, 이전 춘관장 대종백大宗伯에 종사한 조운은 신음했다.

"나도 과연 분간을 할 수 있을지."

조운은 춘관장을 맡았지만 원래 교소 휘하가 아니고, 따라서 다이키와 거리낌 없이 면회할 사이가 아니었다. 보통 조의 때 단상 위의 다이키를 올려다보았을 뿐이다. 가까이에서 만나 말을 주고받은 적은 손으로 꼽을 정도밖에 없고, 그럴 때도 대부분 고두하고 있었기 때문에 얼굴을 기억할 정도는 아니다.

"로산이나 이전 금군 장군 간초라면."

두 사람 다 교소 휘하로 다이키와도 친했다. 그러나 문제는 그런 부분이 아니었다.

"태보의 신원 조사보다 중대한 일이 있네. 참으로 아센 님이 새로운 왕이라고 했다고."

"그래. 분명히 그랬지."

"그런 일이 있을 수 있나?"

총재부에는 조운의 측근이라 불리는 관리가 한데 모여 있었다. 그러나 조운의 이 물음에 대답할 수 있는 이는 아무도 없었다.

"혹시……."

조운은 문득 생각이 미쳤다.

"교소가 죽었다는 뜻인가?"

"설마" 하고 소리치는 주위 사람들에게 조운이 물었다.

"백치는?"

만약 교소가 죽었다면 지금쯤 백치도 숨이 끊어졌을 것이다. 여태껏 백치가 죽었다는 보고는 받지 못했지만, 애당초 백치의 상태를 날마다 확인하는 사람 따위 없다. 어느 틈에 말성을 울었을지도 모른다.

"서둘러 확인하겠습니다."

하관은 말하고서 총재부를 뛰쳐나가 급히 서궁에 사람을 보내 확인하게 했다. 대복부大卜府의 의뢰를 받아 이성씨는 이성궁으로 달려갔다. 일찍이 하얀 새가 있던 백은의 가지에는 머무는 존재가 없다. 다만 나무의 뿌리에 작은 무덤이 있고, 그곳에 대나무 한 줄기가 꽂혀 있다.

이성씨는 몸을 숙여 대나무에 귀를 가져다 댔다. 대나무는 땅속 깊이 묻힌 커다란 항아리로 통한다. 귀를 대자 항아리 안에서 무언가 움직이는 소리가 들렸다. 항아리 안에 갇힌 새가 버석버석 움직이는 소리다.

백치는 죽지 않았다고 보고가 올라왔다. 이것을 듣고 조운은 더 큰 혼란에 빠졌다.

"그렇다면 천명이 다시 내릴 리가 없다."

"그럼 태보께서 거짓을 말씀하셨다는 겐가."

"태보가 어찌하여."

"아무리 그래도 기린이 계략 따위 꾸밀 리가 없네."

"태보의 의지가 아니더라도 누군가에게 이용당할 수도 있지 않은가."

"배후에 누가 있나?"

그런 의견들을 들으면서 조운은 줄곧 찜찜한 기분이었다. 다이키를 움직이는 누군가가 있는 것인가. 아니면 다이키 자신의 의지인가. 그렇다면 무엇이 목적인가? 어찌하여 위험을 무릅쓰고 이런 행동을 하는 것인가?

"그보다도 태보라 밝힌 자의 진위를 확인해야 하는 것 아닌가."

"아센 님이라면 어쩌면……."

"그것은 아니 된다."

조운은 단호하게 말했다.

"섣불리 만나게 하여 아센 님께 무슨 일이 생기면 어쩔 겐가. 옥체에 무슨 일이 있어서는 큰일이야. 신원 확인이라면 달리 누군가 있겠지. 천관은 어떤가."

조운은 천관장인 릿쇼를 보았다.

"저는 천관장에 오른 지 얼마 되지 않아 아무 말씀도 못 드립니다. 하오나 예전에 태보 곁에 시중들던 자가 있을 겁니다. 가장 가까이에 있던 것은 서주 천관일 테지만, 태보는 항상 교소 옆에 계셨답니다. 그렇다면 교소의 곁에서 시중을 들던 천관이겠지요……."

누군가를 찾아내라는 조운의 명을 받고 간신히 찾아낸 인물이 쇼와다.

그리고 오늘, 쇼와가 틀림없이 다이키라고 확인했다.

"설마 기린이 왕이 불리해질 만한 행동을 할까."

그렇게 언성을 높이는 자도 있었다.

"교소에게 여전히 천의가 있다면 태보가 그것을 부정하는 듯한 말을 할 리가 없지."

"그건 그렇지만……."

"그렇다면 교소가 죽지 않은 것은 확실하다 하더라도 어떠한 이유로 정말 천명이 바뀌었다는 뜻 아닌가."

"그렇게 생각할 수밖에는……."

조운은 생각에 잠겼다.

"문제는 이것을 아센 님께 보고해야 하나 말아야 하나."

조운은 일부러 아센에게 보고하지 않았다. 그 자리에 있던 관료 모두가 아센에게는 이야기하지 않았고, 하관에게도 그같이 명령해두었다. 아무래도 충격적인 일이기는 하니 풍문이 퍼지는 것은 막을 길 없으나, 다행인지 불행인지 현재 아센 주위에 있는 하관은 명령받은 것 외에는 하지 않으니 소문이 귀에 들어가도 굳이 아센에게 보고하지는 않을 것이다.

"태보께서 무언가 획책하고 계신지도 모릅니다. 태보라기보다 태보를 이용하여 아센 님께 적대하려는 누군가겠죠. 생각 없이 아센 님을 뵙게 했다가는 누군가의 계략, 간계에 가담하게 되기 십상이에요. 태보의 진의를 알 때까지는 곁에 들일 수는 없지요."

지관장이 그리 주장했다. 만약 이 이야기가 귀에 들어가면 아센은 다이키와 만나려 할 것이다. 하지만 그것은 조금 더 조사하고 나서가 바람직하다.

"우선 교소를 신봉하는 놈들이 수상한 움직임을 보이지 않는

지 확인할 필요가 있겠지. 또한, 타국의 예를 포함해 과거의 자료를 찾아 똑같은 선례가 없는지 더욱 철저하게 조사할 필요가 있네. 태보의 진의를 확인하기 전까지는 절대로 알리지 마라."

그 자리에 있던 모두가 고개를 끄덕였다.

007

하늘 한가운데에 널찍하고 평평한 암반이 놓여 있다. 아찔한 절벽 아래에는 도읍인 홍기가 펼쳐져 있다. 가을 빛깔은 하루하루 깊어지고 불어오는 바람에도 너른 하늘에도 겨울의 기색이 숨어들었다.

거대하고 평평한 반석을 갈고 닦은 노대, 삼면에는 능운산의 절벽이 우뚝 솟아 있다. 그 절벽을 따라 낭떠러지를 잘라낸 듯이 성가퀴가 둘러쌌다. 성가퀴에는 곳곳에 대기실이 설치되어 있다. 그중에서도 가장 높고 절벽에 가까운 곳에 자그마한 사람 그림자 하나가 있었다. 그림자는 그 팔에 새를 머물게 했다. 돌출된 곳 끝에 아슬아슬하게 선 그림자는 두려워하는 낌새도 없이 한동안 하계를 둘러보더니 이내 새를 하늘로 날렸다.

연청색 하늘에서 파란 날개가 날갯짓한다. 새는 북쪽으로 날아갔다.

새를 풀어준 자는 조류를 지켜본다. 소녀였다. 소녀가 관복이 아니라 사복을 입은 까닭은 그녀가 개인의 권한으로 왕궁 안에 있다는 증거였다. 기장을 짧게 줄인 포袍와 곤褌, 형태로는 가벼운 차림새지만 옷감은 조포朝袍에 필적하는 고가의 것이었다. 허리에는 좌우에 쌍도를 찼다. 그것만으로 무게가 상당할 터인데 소녀가 차고 있는 그것은 가벼운데다 소녀의 몸놀림은 짐승 같았다. 지금도 절벽 끝에 서서 꿈쩍도 하지 않는다. 성가퀴 끝을 둘러싼 담 위에 서서 발부리는 완전히 둘레 밖으로 나와 있다. 바람도 불지만 조금의 흔들림도 없다.

소녀는 한동안 새가 사라진 방향을 지켜보고 몸을 돌려 훌쩍 성가퀴에 내려섰다. 조금 넓은 공간을 나와 절벽을 따라 난 회랑을 걷는다. 계단을 내려가 성가퀴를 걷다가 맨 앞에 자신이 나온 문을 지나 다시 성가퀴를 내려간다. 몇 번이고 되풀이하며 내려가 이윽고 노대에 다다랐다.

노대에 우뚝 서 있는 거대한 문은 닫혀 있다. 금문이다. 노대에도 주위 성가퀴에도 사람 흔적은 없다. 문 옆에는 절벽을 파낸 형태로 커다란 방이 마련되어 있다. 노대에 면해 한일자로 가늘고 길게 도려낸 구멍으로 들여다보면 얼빠진 얼굴을 한 관리가 한 사람 우두커니 서 있었다. 공허한 눈이 소녀를 보았지만 표정조차 변화가 없다. 무시하는 것이 아니다. 이 꼭두각시는 직무에는 충실하다. 금문에 다가오는 자를 검문해야 하지만 소녀가 누구이고 어떠한 자인지 알고 있으며, 검문할 필요가 없을 뿐이었다.

흘끔 보고 소녀는 다시 걷는다. 그 앞에 절벽을 크게 깎아 만든 건물이 있었다. 구사(마구간)다. 왕의 기수를 위한 장소, 금문을 통해 내방하는 자의 기수를 잠시 맡는 장소, 금문을 지키는 병졸의 기수를 맡는 장소. 구사 옆 금문을 지키는 병졸이 대기하는 건물에는 얼빠진 얼굴을 한 병졸 다섯 명이 일렬로 늘어서 조각상처럼 서 있었다. 문 옆에 선 혼인閽人•과 마찬가지로 소녀를 보았으나 꿈쩍도 하지 않는다. 소녀가 금문 주위를 오가도록 허락된 것을 안다. 그래서 저렇게 혼백이 빠진 것처럼 서 있지만, 그렇지 않다면 따지지도 않고 움직여 기계처럼 침입자를 도륙한다.

—더없이 이 왕궁다워.

소녀는 구사를 들여다보았다. 늘어선 기방騎房 중 절반 정도가 찼다. 맨 안쪽에 있는 기방 앞에 웅크린 인물이 보였다. 뒤집어

• 궁중에서 문을 오가는 사람을 기록하고 신분을 검사하는 관직.

둔 통에 앉아 거구를 작게 웅크렸다. 소녀가 건물로 들어서자 인물은 고개만 돌려 돌아보았다. 패기 없는 눈이 소녀를 보았지만 얼굴에는 복잡한 표정이 어렸다. 적어도 꼭두각시는 아니다.

"여전히 풀기 없는 얼굴이구나."

소녀의 말에 남자는 대답하려고도 하지 않고 시선을 앞으로 돌렸다. 남자가 보는 기방 안에는 하얀 호랑이를 닮은 생물이 웅크리고 있었다. 용맹하지만 아름다운 생물이다. 하얀 몸에 검은 줄무늬, 키만 한 긴 꼬리, 복잡하게 빛나는 눈동자.

"게이토는 잘 지내니?"

소녀는 짐승에게 말을 걸었다. 곁에 다가가고 싶지만 그럴 수는 없다. 이 추우는 기방 앞에 있는 남자 외에는 접근을 허락하지 않는다. 기방에는 철창살이 달려 있다. 부주의하게 다가온 자를 공격하기 때문이다. 짐승은 그저 쫓아내기만 할 생각 같지만, 저 앞다리로 후려치면 목숨이 달린 문제가 된다. 그래서 소녀는 남자 옆에 서서 기방을 들여다보는 데 그쳤다.

"태보가 돌아왔대."

추우를 바라보며 말하자 옆에서 숨을 삼키는 기척이 났다.

"태보……."

망연한 목소리 뒤에 바위 같은 몸이 일어났다.

"야리邪利, 그 말이 진실이더냐."

야리는 남자를 올려다보았다.

"정말인가 봐."

"붙잡히신 겐가."

"태보가 스스로 왕궁으로 돌아왔어. 정면으로 당당하게 말이지. 붙잡힌 게 아니고 그럴 필요도 없어. 아센이 새로운 왕이라는 모양이니까."

남자가 서슬이 올라서 어깨를 잡으려고 몸을 숙였지만 야리는 풍압에 밀린 것처럼 몸을 흔들어 피했다. 허공을 잡은 남자는 낯빛이 달라진 채 야리를 본다.

"아센이…… 왕?"

"태보 말로는."

"당치도 않은 소리!"

남자가 호통쳤다.

"그 흉적은 도둑놈이다. 옥좌를 훔치고 백성을 도륙했다. 왕의 자격 따위 있을 터가 없지!"

야리는 고개를 갸우뚱했다.

"백성을 도륙하기는 교소도 마찬가지잖아. 군인이었으니까."

"의미가 달라!"

"다른가? 대국의 백성을 해친 경험이 있다는 의미로는 마찬가지잖아. 아센이고 교소고, 그리고 간초도 동류라고 생각하는

데?"

간초는 그 말을 듣고 분개했다.

"정당한 이유가 있어 한 것이다. 우리는 죄도 없는 양민을 해치는 짓은 하지 않는다."

"그렇다면 아센이 죽인 것 역시 정당한 이유가 있었을 수도 있지."

"찬탈자의 이유가 정당한가."

"찬탈자가 아니었다는 뜻이겠지. 새로이 천명이 내렸으니까."

"어처구니가 없군."

간초가 거칠게 말했다.

"새로운 왕 따위가 오를 리가 없지. 대국의 왕은 지금도……."

말이 끊어졌다. 간초의 얼굴에 두려운 기색이 떠올랐다.

"설마……."

"백치가 죽었느냐고 묻고 싶은 거라면 대답은 죽지 않았어. 여전히 백치는 숨이 끊어지지 않았다고 해. 그렇다면 새로운 왕이 오를 도리가 없다고 조의가 난장판이었다나 봐."

간초는 하늘을 올려다보고 크게 숨을 내뱉고서 다시 야리를 보았다.

"네 주인은 뭐라더냐."

"있을 수 없다고 하셨어."

간초는 분통함을 억누르듯이 기세 좋게 통 위에 주저앉았다.

"그렇다면 아센은 신왕이 아니다. 아마 아센이 태보를 붙잡아 말하게 했겠지."

"그러니까 그건 아니야. 태보는 스스로 돌아와서 그렇게 말했거든."

"어떻게 된 거지?"

야리는 "글쎄"라면서 시선을 추우 쪽으로 돌렸다. 짐승은 흥미로운 듯이 야리와 간초를 보고 있다.

"폭풍이 왔다……."

야리의 작은 말소리에 간초는 의아한 듯이 야리를 올려다보았다.

"주공은 그리 말씀하셨어. 폭풍이 왔다, 시대가 움직인다, 좋게든 나쁘게든."

간초는 한동안 야리를 응시하더니 체념한 듯이 무릎 위에 팔꿈치를 얹었다.

"……네 주인이 하는 말은 도통 모르겠다."

"우리 같은 것이 이해할 수 있는 주공이 아니야."

무슨 의미인지 간초는 깊은 한숨을 한번 내쉬었다. 그러고는 물었다.

"건강하시더냐."

"태보 말이야? 만난 적이 없으니 모르지."

그런가, 하고 간초는 혼잣말처럼 말했다.

"……많이 자라셨겠구나."

대국의 기린이 궁성으로 귀환했다. 고게쓰午月는 그 소식을 같은 소신인 보슈쿠駹淑에게 들었다.

"진짜인가?"

반사적으로 기뻐하다 이어서 불편함을 느꼈다.

"아무래도 틀림없는 것 같아요."

젊은 동료는 검을 갈면서 대답했다. 목소리도 표정도 밝았다.

"누가 확인했나 봐요. 태보가 틀림없답니다. 그리고 태보께서 직접 아센 님을 새로운 왕으로 선정하셨대요."

"설마."

고게쓰는 저도 모르게 말이 튀어나왔다.

"설마? 왜 그러십니까?"

보슈쿠는 손을 멈추고 고게쓰를 보았다. 어딘지 앳된 얼굴에는 정말로 의아한 표정이 떠올랐다. 고게쓰는 "아니" 하고 말을 흐렸다. 어리둥절하던 보슈쿠는 이내 미소를 띠고 다시 손을 움직였다.

"역시 아센 님께서 왕이셨군요. 드디어 대국에 밝은 시대가 왔어요.”

활기차게 말하는 보슈쿠가 드디어 검을 휘두를 때가 왔노라고 분기하는 마음은 충분히 이해한다.

“그렇구나.”

고게쓰는 대답하고 주저앉은 의자 위에서 한쪽 무릎을 끌어안는다. 무의식중에 손톱을 깨물었다.

내전 한쪽 소신들이 대기하는 방이었다. 고게쓰는 오 년 전에 소신이 되었고, 보슈쿠는 작년에 새로이 소신으로 임명되었다. 왕 신변을 경호하는 소신은 병졸 중에서 선발된다. 책임의 무게를 감안해 졸장 이상이 맡는 것이 일반적이다. 졸장은 병사 백 명의 우두머리다. 어느 정도 높은 지위이며 지위에 걸맞은 업적이 요구된다. 젊은 보슈쿠는 이제 막 졸장으로 승진하고 바로 소신에 임명됐다. 숨김없이 기뻐하는 모습이 고게쓰에게는 눈부셨다.

—새로운 왕…….

고게쓰는 복잡한 심경이었다. 육 년 동안 대국에는 기린이 없었다. 아센이 왕으로 조정을 통솔하고 있으나, 나라란 본디 왕과 기린이 수레의 양쪽 바퀴가 되어 움직인다. 한쪽이 결여되는 것은 불행한 일이다. 재보의 귀환은 대국에 더없는 낭보다. 그러나 그 이전에 재보가 궁성에 없는 사태가 일어나서는 안 된다.

원흉은 아센이다. 아센은 대역죄를 저질렀다.

고게쓰는 아센의 휘하였다. 현재 금군 좌군 장군 세이코成行 밑에서 여수를 맡고 있다. 고게쓰 자신도 세이코도 아센의 대역에는 전혀 관여하지 않았으나, 왕을 잃고 재보의 모습이 궁에서 사라져버린 것에 죄가 없다고는 할 수 없다. 적어도 고게쓰 자신은 저에게 죄가 없다고 생각할 수 없었다. 비난의 소리를 높인 적도 없다. 아센에게 따진 적도 없다. 대역죄를 알고 나서 아센을 등진 적도 없었다. 다시 말해 받아들인 것이다.

고게쓰는 재보를 궁성에서 몰아낸 쪽이었다. 다이키가 돌아온 것을 기뻐할 자격이 있다고 생각지 않는다. 동시에 대역죄를 저지른 죄인이 왕이 되는 것은 잘못되었다.

—보슈쿠는 이런 기분은 모를 것이다.

보슈쿠는 원래 대국 남부 개주 출신이었다. 개주사 장군인 신료津梁가 왕사에 편입될 때 따라왔다. 보슈쿠는 어떠한 의미로도 대역에 가담하지 않았다. 대국의 현 상황에 조금도 책임질 일이 없었다. 보슈쿠는 순수하게 재보의 귀환이 기쁠 테고, 이것으로 왕조의 체제가 바뀌고 자신들이 성실하게 책무를 다할 수 있지 않으냐고 기대하고 있겠지. 그 심정은 고게쓰도 절실히 알았다. 소신은 왕의 사적인 공간에서 경호를 맡는다. 왕을 지키는 핵심이지만, 벌써 오래도록 대기소에서 대기만 하며 아무 일도 하지 못했다.

—허송세월하는 거나 마찬가지다.

윤번의 날에는 내전으로 향해 소신 번소에서 대기한다. 줄곧 그저 대기만 하다 아무것도 하지 않고 당번이 끝나 자택으로 돌아간다. 그것만을 하릴없이 되풀이했다. 아센이 자신의 경호를 소신에게 맡기지 않는 탓이다. 아센이 내전에 나올 때는 건물의 경비를 맡기도 하지만 자주 있는 일이 아니고 때로는 거기에조차 불리지 못하기도 한다. 실제 경호가 누구에 의해 어떻게 이루어지는지 고게쓰도 알지 못한다.

—어째서 곁에 다가가지 못하게 하는 것인가.

고게쓰는 아센의 휘하다. 마음에 걸리는 일이 있더라도 아센에게 인정받으면 무조건 기쁘다. 그러니까 아센 곁에서 시중을 들고 경호하는 것은 명예로운 일이라 생각했다. 그런데 실제로는 아무 일도 맡지 못했다. 그대로 오 년.

이유를 묻는 것도, 일하고 싶다고 애원하는 것도 질렸다. 다른 소신과 똑같이 이건 이런 역할이라고 받아들이고 체념하기에 이르렀다. 하지만 보슈쿠는 그렇지 않다.

"즉위는 언제가 될까요."

보슈쿠는 기쁜 듯이 물었다. 고게쓰는 "글쎄"라고만 대답했다.

기센歸泉은 안타까웠다. 아센은 어느새 휘하들과 거리를 두었다.

—어째서 이리되었을까.

기센에게 아센은 자랑스러운 주공이었다. 아센은 덕망 높고 유능한데다 과감했다. 전장에서는 연전연승, 교왕의 중신 중 가장 으뜸이고, 병사들이 깊이 존경하고, 주위 평가도 높다. 교소와 비교되는 일이 많았지만 기센에게는 무조건 아센이 위였다. 교소는 주위와 보조를 맞출 줄을 모른다. 툭하면 독단에 빠지고, 독선으로 흘러가는 경향이 있다고 기센은 생각했다. 아센은 다르다. 부하와 소통을 잘하고 설명을 마다하지 않는다. 진정을 담아 어울리고 섬세하게 신경 써주어 믿음직했다. 다이키가 교소에게는 겁을 내는 모습을 보이는 데 반해 아센은 잘 따르는 것은 그 때문이다. 아센에게는 타인을 받아들일 도량이 있고 안심시키는 포용력이 있다. 교소에게는 그것이 없다. 때로 타인을 거부하고 과민했다.

어찌하여 아센이 아니라 교소였던가. 기센은 지금도 받아들일 수 없었다.

—아센 님이 왕이다. 교소보다 뛰어나다.

줄곧 그렇게 생각했으니 아센이 반역을 일으킨 것을 알았을 때는 어쩔 수 없다고 믿었다. 하늘이 틀렸다. 아센은 그것을 바로잡았다. 이는 정의다.

아센이어야 했다고 증명해 보이겠다. 기센은 그리 굳게 결의하고 일했다. 주공을 위해서라면 어떤 일도 거부하지 않았다. 분골쇄신은 고통스럽지 않았다. 잘못된 선택으로 일그러진 시대를 올바른 왕 곁으로 되돌리겠다.

그런데 언제부터인가 아센은 겉으로 모습을 드러내지 않았다. 휘하들과 만날 기회도 사라졌다. 모습을 보는 일도 드물거니와 목소리를 듣는 일도 드물어졌다. 목소리는커녕 아무런 지시도 없다. 아센이 기센에게 내리는 지시는 뚝 끊겼다.

"아센 님은 어찌되신 건가."

기센은 참다못해 상관인 힌켄에게 물은 적이 있다. 힌켄은 자조하듯이 웃었다.

"우리가 아센 님의 요구에 부응하지 못한 것이겠지. 충분한 공적을 올리지 못했다."

"하지만 실패는……."

없었다고 말하려다 기센은 입을 다물었다. 명령받은 일은 틀림없이 했다. 하지만 아센이 '하라'고 한 그 명령이 가리키는 바를 달성했다고 생각지는 않았다. 반민이 있으면 치라고 명령받아서 쳤다. 그 일은 분명히 완수했다. 그러나 아센이 바라는 것은 반민이 없는 세상이다. 그것은 전혀 달성하지 못했다. 확실히 그런 의미로 자신들은 아센의 요구에 부응하지 못했다.

"하오나 그것은 저희만이 아닙니다."

기센의 말에 힌켄은 한숨을 쉬었다.

"우리가 가장 부족했다는 뜻이겠지. 애초에 우리는 문주에서도 제대로 일하지 못했다."

기센은 말을 삼켰다. 기센은 교소가 실종된 당시 교소와 함께 문주로 향했다. 교소가 데려간 이사二師를 힌켄이 이끌었다. 당시 그들은 아무것도 알지 못했다. 아센의 계획을 사전에 듣지 못하였던 탓이다. 명령대로 교소를 따라 철위를 지킨다고 생각했고 그같이 행동했다. 그러니 무언가 아센의 기대에 벗어난 행위가 있었을지 모른다. 실제로 교소는 자취를 감추었지만 죽지는 않았다고 한다. 습격자가 실패했을지도 모른다. 자신들도 알지 못하는 새 습격을 방해하여 그 뒤 행동을 방해했을지도 모를 일이다.

"아센 님은 우리에게 실망하신 건가……."

힌켄의 말투가 쓸쓸하게 들렸다. 기센은 고개를 떨구었다.

—확실히 우리는 잘하지 못했다.

조정은 통일되지 않고 나라는 안정되지 않았다. 자신들은 제대로 일하지 못했다. 두드러진 공적을 세우지 못했다. 게다가 힌켄은 처음부터 아센 휘하가 아니었다. 교왕 시대에는 다른 장군

밑에 있었다. 기센이 군에 들어갔을 때는 이미 아센 부하였지만, 출신의 차이는 대우에도 당연히 영향을 끼치는지 모른다.

그러나.

기센은 꾀가 없다는 말을 들은 적이 있다. 언제였는지 아센이 기센에게 그리 말했다. 큰 실수를 저지른 뒤의 일이었다.

"자네는 요령이 없어."

아센은 따스하게 웃었다.

"요령 있고 약삭빠른 행동은 기센에게 대단한 난제인 듯하군."

죄송하다며 송구해하는 기센의 등을 아센은 두드렸다.

"하나, 그렇기에 믿음이 가지. 비하할 것 없다."

아센은 실패가 아니라고 했다. 명령한 아센의 실패이기는 해도 명령받은 기센의 실패가 아니다. 그러니 후회할 필요도 비하할 필요도 없다.

나중에 힌켄도 말했다.

"아센 님은 자네가 우직하고 요령이 없다고 말씀하셨어. 하지만 우직하고 요령이 없는 것은 되려고 한다고 될 수 있는 것이 아니라더군. 사용법을 틀리지 않으면 이만큼 얻기 어려운 자질도 없으니 소중히 하라고 말씀하셨네."

힌켄의 말을 듣고 기센은 기뻤다. 기센은 자신이 남에 비하면 부족하다는 사실을 알았다. 열심히 섬기는 것밖에는 하지 못하고, 아무리 애써도 공적에서 남에게 뒤떨어진다. 그런 자신을 평가해준 것을 알고 얼마나 기뻤던가.

그런데 버림받았다고 생각했다. 아센은 우매하고 무능한 놈이라고 질려버렸는지도 모른다.

기센이 그리 털어놓자 힌켄은 쓸쓸히 웃었다.

"아센 님은 나와 기센이 닮았다 하셨지. 그렇다면 나도 마찬가지로 버림받은 것이겠지."

"아뇨, 힌켄 님은 다릅니다. 생각이 깊고 충실하시죠. 실적도 남기셨고요. 저 같은 것과는 전혀 다릅니다."

힌켄은 미소 지으며 기센의 어깨를 두드렸다. 이번에는 정말로 유쾌해 보이는 미소였다.

"나는 너를 귀중한 휘하라고 생각한다."

"예에."

기센은 대답했다. 칭찬인지 아닌지 불안했다.

"칭찬이다."

힌켄은 웃음 섞인 목소리로 말했다.

"네가 변하지 않고 있어주어 고맙구나. 뭐, 이런 우리라도 쓸모가 생길 날이 오겠지. 그리 믿고 정진해야 한다."

"예."

기센은 고개를 끄덕였다.

언젠가 일하라는 말을 들을 날이 올 것이다. 그때 완벽하게 임무를 다할 수 있도록 준비를 게을리할 수 없다. 그렇게 마음먹었다. 그리고 그때가 왔다.

—다이키가 돌아왔다. 그리고 아센을 새로운 왕이라 한다.

앞으로 왕조는 크게 변할 것이다. 정체된 공기로 가득하던 궁성이지만 앞으로 틀림없이 움직이기 시작한다. 진정한 의미로 새로운 시대를 만들 때가 왔다. 상처 입은 것 같았던 아센의 침묵도 풀릴 것이다. 이전 휘하에게 일하라는 통지가 내릴 터다.

—곧 반드시.

6장

001

음울한 밤이었다. 달은 없고 밤하늘에 구름이 끼어 별도 보이지 않았다. 벌레 소리는 숨이 끊어질 듯 가녀리게 가을의 끝을 노래했다.

책력으로는 달이 바뀌었다. 문주 동부 요산. 능운산 네 개를 거느린 험준한 산에는 이날 밤 첫눈이 내렸다. 멀리 산이 보이는 고을에서는 집집 안에서 불빛 없는 밤에 안긴 사람들이 덧없는 꿈이 찾아오기를 기다렸다.

고을 바깥에도 같은 꿈을 기다리는 사람들은 있다. 묵을 곳을 잡지 못하고 고을 안에 있을 자리를 찾지 못한 사람들이 공지에 불을 피우고 웅크렸다. 내일은 어디로 가면 될지, 어디까지 방랑하면 안심하고 살 수 있을지.

그 불을 내려다보는 언덕 위에는 힘이 다한 나그네의 무덤이 밤이슬에 젖었다. 나그네의 원통함을 애도하는 것처럼 벌레가 딱 한 번 울고 소리가 끊어졌다.

이미 문주의 밤은 그곳에 사는 누구에게도 친절하지 않았다.

노인은 무덤 근처 헛간 안에서 넝마를 뒤집어썼다. 원래는 농기구를 보관하기 위한 건물이었다. 이 헛간 하나를 남기고 노인은 모든 것을 잃었다. 여에 있던 농갓집도 그 집에 살던 가족도. 가족 모두가 몸이 가루가 되도록 일하고 간신히 저장한 것. 그것을 빼앗기 위해 쳐들어온 밤도둑이 그의 모든 것을 난도질했다. 늙은 몸뚱이 하나만 남았다. 이미 어떻게든 살아남아야 한다는 기개도 남아 있지 않다. 할 수 있는 것이라고는 비는 것뿐이다.

—빨리 가족 곁으로 갈 수 있기를.

그것을 바랄 수밖에 없는 이 절망으로 가득한 시대가 빨리 끝나기를.

자신은 이제 됐다. 아무런 바람도 없고 바람을 북돋을 기력도 없다. 하지만 이런 밤을 맞이하는 것은 자신으로 끝나기를.

"구해주십시오." 노인은 작은 목소리로 중얼거리고 누더기를 옷깃 쪽으로 여몄다.

하지만 마찬가지로 자신으로 끝나게 해달라 기도하는 목소리는 도처에 무수히 있었다. 자신의 괴로움은 이미 단념했다. 구제받겠다는 희망도 없다. 그러나 이런 생각을 하는 것은 자신으로 끝나기를.

기도하면서 창문으로 캄캄한 밤을 올려다보는 여자가 있다. 그녀가 사는 농갓집에 그녀 말고 다른 이의 흔적은 없다. 한때 남편과 자식 둘이 여기서 살았다. 사랑스러운 가족의 모습이 어둠 속에 떠올랐다가는 사라진다.

—오늘 밤은 그래도 낫다. 달빛이 없으니까.

불빛이 있으면 환상은 더욱 선명했다. 남편이 늘 앉았던 의자, 그 발치에서 나무토막을 쌓으며 놀던 아들. 이제야 붙잡고 일어나게 된 딸애가 노상 붙잡고 발돋움하던 탁자. 검소한 식사를 하는 모습, 잠자는 모습, 웃는 모습, 우는 모습.

그러니까 이제 두 번 다시 등불은 켜지 않는다. 낮에 일어나는 일도 없다. 해가 비치는 동안은 널문을 꼭 닫는다. 불빛이 있으면 봉당과 가구에 묻은 요마의 발톱 자국, 여기저기 튄 혈흔까지 보이고 마니까. 피 웅덩이에 가로누운 슬픈 모습까지 머릿속에 되살아나버리니까.

평소 같으면 채소밭에 나갈 무렵이지만 오늘 밤은 달빛이 없어 들일도 하지 못한다. 할 일 없는 시간이 괴롭다.

—이런 생 따위 빨리 끝나면 좋으련만.

같은 생각을 하며 가쁜 숨을 쉬며 누운 관리가 있다. 산기슭에 있는 작은 마을이었다. 한촌에 남은 인가는 이 집 한 채. 남은 주민도 이 남자 한 사람, 그 숨도 점차 다해갔다.

그는 문주의 한촌에서 태어나 주위의 환호성을 받으며 주의 관리가 되었다. 그리고 십 년 만에 도망쳐 태어난 집으로 돌아왔다. 주성 안은 이제 정체 모를 마굴이었다. 탁한 눈을 한 관료가 생기도 없이 떠돌아다닌다. 무언가를 바로잡으려 할 때마다 그가 있을 곳은 사라지고 신변에도 위험이 닥쳤다. 하는 수 없이 사직하고 선적을 반환하고 성을 빠져나와 각지를 도망쳐 숨다가 결국 이 마을로 돌아왔다. 돌아왔을 때는 이미 마을 사람 모습은 보이지 않았다. 그가 도망쳐 올 것을 상정하고 앞질러서 주사가 모조리 다 죽인 뒤였다. 그리운 부모도 그리운 이웃도.

그 이후로 어찌할 도리도 없이 홀로 폐허를 지켰다.

하지만 그것도 끝이 가까워졌다. 여름에 병들어 날이 갈수록 용태가 악화되었다. 그는 이제 선인이 아니다. 그러니 병이 그의 목숨을 앗아 간다. 아마도 다행일 것이다. 그는 더이상 이 세상의 앞날을 보고 싶지 않았다.

근래 사흘 동안 병상에 누운 채 이제 목소리도 나오지 않고 일어날 수도 없다. 팔다리는 쇠약해져 꼼짝도 하지 못하고 어제까지는 몸의 마디마디가 견디기 힘들 정도로 쑤셨지만 오늘은 이상하게 편했다.

저승에서 모두가 기다린다.

그는 짜내듯이 숨을 쉬면서 허공을 올려다보았다.

그 작은 마을에서 멀지 않은 작은 여. 헛간으로 오인할 만한 초라한 집에서 한 소녀가 달려 나왔다. 소녀는 작은 손에 소쿠리와 등불을 들고 깊은 밤의 길을 달려간다. 대국 북부에서는 일반적으로 여에는 사람이 살지 않는다. 이와 여 양쪽에 집과 토지를 분배하는 것이 세상의 관습이지만, 겨우내 사람이 살지 않는 건물은 눈에 찌부러지는 수밖에 없기 때문이다. 따라서 여의 건물이란 여름철에 근근이 농지를 경작하고 가축을 방목하기 위해 쓰는 임시 건물에 불과하며, 겨울 동안 무너지면 눈이 녹은 뒤에 다시 짓는 그만한 물건일 뿐이다. 그러나 소녀의 일가는 그 집에 살았다. 원래 살던 고을이 불에 타 길거리를 헤매다가 여의 농갓집이라면 써도 된다고 해준 사람이 있었던 덕이다. 좁은 집 안에 화로를 만들고, 얇은 널빤지 한 장인 벽 주위에 흙을 바르고, 나무껍질을 이었을 뿐인 지붕을 다시 얹어서 일가는 간신히 목숨을 부지했다.

소녀의 모친은 죽었다. 사고로 죽었다고 들었지만, 소녀는 모친이 병사의 습격으로 잔인하게 살해당한 것을 안다. 아버지는 인근 고을의 부농에게 고용되어 일했다. 가서 일하고 돌아오는 것만으로도 고된 아버지를 대신해 집안일은 세 아이가 꾸려갔다. 오늘처럼 아버지가 돌아오지 않을 때는 아버지 몫까지 일해야 한다. 아버지를 대신해 숯가마의 불을 지키고, 산에서 모은 나무를 쪼개어 벗긴 나무껍질을 잘게 잘라 물에 담근다. 하지만 물에 담갔던 나무껍질을 엮어 함이나 새끼를 만드는 일은 아이들만으로는 하지 못했다.

그렇게 밤을 지새우다 소녀는 문득 오늘이 초하루라는 사실을 떠올렸다. 초하룻날 밤, 아버지는 반드시 근처 산에 공물을 바치러 간다. 오늘 밤에는 아버지가 없으니 세 아이 중 누가 가야 한다. 하지만 소녀의 오빠는 불 당번을 해야 한다. 아버지는 조금씩 자면서 불이 꺼지지 않도록 지켰지만, 소녀의 오빠는 아직 그러지 못했다. 숯은 소중하다. 지금은 숯 대신에 쓸 수 있는 나무 열매도 있지만 돈이 되지 않는다. 수입을 얻기 위해 숯이 필요했다. 그러니 누군가 오빠 곁에서 잠들지 않도록 격려해야 하고, 그럴 수 있는 사람은 언니뿐이다. 언니는 오빠를 격려하면서 나무껍질을 벗겨서 쪼갠다. 소녀는 아직 아홉 살로 밤을 새우는 일도 나무껍질을 벗기는 일도 하지 못했다. 그러니 대신에 캄캄한 밤길을 달려 공물을 들고 간다.

밤길은 무섭다. 하지만 가지 않으면 아버지는 실망할 것이다.

화를 내지는 않겠지만, 조금 섭섭해할 것이다. 그리고 이튿날 녹초가 되어 돌아와서는 홀로 하루 늦은 공물을 들고 나간다. 소녀는 그것을 알았다. 한 달에 한 번 공물을 들고 가는 것은 아버지에게 무척 중요한 일이다.

그러니까 소녀는 소쿠리를 끌어안고 되도록 서둘러 밤길을 달린다. 여를 나와 캄캄한 길을 달려서 산길을 내려가면 공물을 흘려보내는 시내의 못까지는 금방이다. 소녀는 열심히 달려 얼마 지나지 않아 못 근처에 도착했다.

샛길 옆, 조금 내려간 곳에 넓은 바위밭이 있고 그 끝에 못이 있다. 상류에서 흘러온 계류는 이곳에서 웅덩이를 이루었다. 절벽에 감싸 안겨 물을 가득 채운 못 안쪽에는 구멍이 있다. 절벽을 찢은 듯이 난 균열 밑에 어두운 구멍이 입을 빠끔히 벌렸다. 구멍 안으로 흘러든다. 아무래도 구멍 너머는 동굴인 듯한데, 입구는 아주 좁아서 어린아이가 겨우 지날 수 있을까 말까 한 정도다. 하지만 소녀의 형제 중 아무도 실제로 가본 적은 없었다. 그곳은 못의 건너편이고, 가려면 넓은 못을 헤엄쳐서 건너야 한다. 여름이라도 물은 살을 엘 듯이 차갑고 보기와는 달리 물속은 물살이 제법 세서 어린아이는 절대로 이 못에 들어가서는 안 되었다. 금지하지 않더라도 소녀는 물에 들어가고 싶은 마음 따위 없었다. 못은 깊고 캄캄한 구멍이 끊임없이 물을 삼킨다. 살짝이라도 물에 들어갔다가는 그 순간 구멍 속으로 빨려들 것만 같아서 소녀는 낮에도 무서웠다.

이날 밤도 꿀꺽 침을 삼키고 나서 쭈뼛쭈뼛 강가로 갔다. 가는 길에 잠시 시선을 상류로 돌렸다. 이 시내를 쭉 올라간 곳에 아버지가 계신 농지가 있다.

소녀는 어째서 이런 일을 하느냐고 물은 적이 있다. 아버지가 나무껍질과 덩굴을 이용해 짠 소쿠리에는 음식이며 푼돈, 옷가지가 들어 있는 것이 보통이었다. 먹을 것이 없어 다들 굶주렸는데 음식을 담아 흘려보내다니. 소녀에게는 소쿠리 안의 내용물을 다 함께 나누지 못하는 게 이상했다.

아버지는 소녀의 물음에 이 물줄기 너머에 아주 소중한 사람이 있다고 대답했다. 못에서 흘러가는 물은 이 산, 함양산으로 삼켜 들어간다. 아버지는 한때 이곳에서 소중한 사람을 잃었다고 했다.

그 사람은 함양산에서 죽어 지금은 산 어딘가에 있다는 저승이라는 곳에 있다. 먹을거리며 옷가지가 없으면 곤란해진다. 가족은 배는 고프지만 날마다 먹는다. 그 사람이 먹을거리를 얻는 것은 달에 한 번이니 참아야 한다고 일렀다.

그러고 보니 마찬가지로 죽은 어머니의 무덤에도 음식과 옷가지를 놓는다. 모르는 사람이 상대라 이상한 기분도 들지만, 소녀는 사실 어머니 역시 제대로 알지 못했다. 어릴 적에 죽은 어머니의 얼굴과 목소리를 기억하지 못했다. 마찬가지일지도 모른다고 소녀는 납득했다.

—달에 한 번밖에 밥을 먹지 못한다니 가엾다.

소녀는 생각하면서 발치를 확인하고 작은 손에 끌어안은 소쿠리를 수면에 떨어뜨렸다. 뚜껑을 꼭 닫은 소쿠리는 잠기지도 않고 흔들흔들 흘러가 등불이 닿는 범위에서 사라졌다. 소녀는 그것을 지켜보고 어둠 속 그곳에 있을 동굴을 보았다.

자신도 죽으면 그런 무서운 곳에서 살아야 하는 걸까. 그런 생각을 하면서.

그리고 그곳에서 그다지 멀지 않은 어둠 속에는 웅크린 사람이 있었다. 작은 목소리가 들린다.

"……에서 싸우고."

희미한 불빛은 단 하나. 곧 꺼질 듯이 어두웠다.

"……에서 죽었네……."

어둠 속에 웅크린 그림자는 움직이지 않았다. 그저 노랫소리만이 입속에서 외듯이 새어 나왔다.

"벌판에서 죽어 나뒹구니 이제 까마귀에게 먹히는 일만 남았네……."

나직하고, 어딘가에 마음을 두고 온 것처럼 생기를 잃은 노랫

소리, 그 소리가 이상하게 쾌활히 어둠 속을 흐른다. 화답하듯이 어디에선가 물소리가 힘없이 울렸다.

—나를 위해 까마귀에게 말해다오

파먹기 전에 한차례 예의를 갖추어 울어달라고

벌판에 널린 채 무덤조차 없지 않은가

썩은 고기가 어찌 네 입에서 도망칠 수 있으랴?

한쪽 무릎을 끌어안고 웅크린 인영, 양팔 사이로 숙여서 묻은 머리가 억누른 웃음에 흔들렸다. 예전 호탕하게 웃으면서 노래하던 날을 떠올렸는지, 아니면 어둠 속에서 홀로 노래하는 지금을 자조하는 것인지.

어스름한 불빛이 꺼질 듯이 흔들렸다. 그림자는 꿈틀거려 불빛을 보고 아직 한동안은 진짜로 사그라들지는 않을 것을 확인한 뒤 다시 얼굴을 숙였다.

"아침에 정정하게 나가 싸우고……."

—날 저물어 밤에는 돌아오지 않네

002

동가를 떠난 지 보름이 지날 무렵 리사이 일행은 임우에 도착했다.

임우는 문주 남동부에 있는 문주 최대의 고을로 화적 토벌 때 왕사가 진영을 설치한 장소다. 임우를 기점으로 왕사는 화적과 싸우고 이곳에서 뿔뿔이 흩어졌다. 그 때문에 오랫동안 교소 휘하 소탕전의 거점이기도 했던 장소다. 리사이는 이전에 교소를 찾아 문주에 온 적이 있지만, 쫓기는 몸으로 임우에 다가갈 수는 없었다. 따라서 임우를 보기는 이번이 처음이다.

임우는 탁 트인 고원 한가운데에 당당한 자태를 드러냈다. 완만하게 높직한 비탈, 그 기슭부터 산 중턱에 걸쳐 높고 두꺼운 곽벽을 둘러싸고, 안쪽에 기와지붕이 줄짓는다. 리사이 일행이 발을 멈춘 가도에서도 비탈을 올라가듯이 펼쳐진 고을의 모습이 한눈에 보였다. 고을 안쪽에 돌출한 언덕에 우뚝 솟은 건물들이 향성일까. 주위를 성벽이 둘러쌌다. 그 좌우의 녹음에 덮인 산허리에는 사당임 직한 건물이 줄지었다. 유달리 커다란 그 전당들 아래 경사지에 세운 시가가 펼쳐지고, 가장 낮은 남쪽의 오문 누각이 솟아 있다. 곽벽 바깥에 넓게 차지한 공지를 관통하는 길 양쪽에 고을에서 넘친 작은 전포가 노점을 늘어놓고, 많은 사람이 오갔다. 아득히 먼 저편에는 구름을 찌르는 높은 산이 우뚝 솟아 있다.

"여기에 부구원浮丘院이라는 도관이 있습니다."

오문을 지나면서 교시가 말했다.

"엔초 님께 그곳으로 가라는 말씀을 들었습니다. 사정을 알리는 청조가 먼저 도착했으니 감원은 모든 것을 알고 계실 겁니다."

리사이는 고개를 끄덕였다. 교시는 청조라 했으나 관아에서 쓰는 청조는 아닐 것이다. 청조는 본디 관아나 군에서 통신수단으로 일반적으로 사용하는 요조다. 하관 담당으로 관아의 이목에서 새끼를 얻는다. 남은 것을 민간에 팔기도 하나 이는 대단히 고가라 어지간해서는 손에 넣을 수 없다. 그래서 서민은 비둘기 같은 값싼 새나 맹조孟鳥라는 요조 등을 사용한다. 통신에 이용하는 이런 새들을 총칭해 청조라 부른다.

호토가 앞장서서 문으로 들어가자 고을의 활기가 눈앞에 펼쳐졌다. 큰길 양쪽에 늘어선 상점에는 활기가 있고 오가는 사람과 수레도 많다. 리사이 일행처럼 기수를 데리고 검을 찬 무인 같은 행객도 많았다. 다만 어딘지 모르게 황폐한 기색이 있다. 길거리는 어수선하고 온갖 곳에 황민으로 보이는 사람들이 할 일 없이 모여 있었다. 질서도 없어 보였다.

"전란과 재해의 흔적은 없어……."

리사이의 중얼거림에 호토는 대답했다.

"임우는 전란에 휘말리지 않았으니까요. 공지에 군영을 설치

했지만 주로 전투가 벌어진 곳은 임우보다 북쪽, 또는 서쪽 고을들이었던 모양입니다."

"그러한가."

리사이는 고개를 끄덕였다. 그런데 왕사가 뿔뿔이 흩어진 뒤의 소탕전에는 휘말리지 않은 것일까. 그런 생각을 하면서 혼잡한 사람들 틈을 걷는다. 고을은 바로 뒤에 자리 잡은 완만한 산비탈로 이어진다. 고을 중앙으로 튀어나오듯이 뻗은 작은 봉우리 위에 성곽이 우뚝 솟아 있었다. 향성일 테지만 규모는 군성급이다. 그 양쪽에 펼쳐진 비탈은 녹음으로 뒤덮였고 그곳에 크고 작은 건물들이 띄엄띄엄 있다. 호토는 곧장 산을 가리켰다. 산중턱, 큰길에서 돌계단을 올라 기와지붕이 줄지어 있는 곳이 부구원이다.

간소하지만 중후한 모습의 산문山門은 닫혔다. 부구원은 서운관파의 도관이지만 일반 도관처럼 신자가 참배하러 오는 곳이 아니다. 도사의 수행장이자 서운관 경유의 기술을 계승하는 것을 본분으로 삼는다. 리사이는 교시의 설명을 듣고 문이 닫혀 있던 이유를 이해했는데, 교시의 방문에 응해 열린 문을 지나자 안에는 수없이 많은 빈곤한 사람이 오갔다.

"득지원의 교시라 합니다."

교시가 인사하자 문을 열어준 도사가 정중히 답인사를 했다.

"이야기는 감원께 들었습니다. 저는 당산의 도강都講으로 기이쓰喜溢라 합니다."

도강이란 수행하는 도사에게 강의를 하는 교사 역할을 하는 도사를 이른다.

"감원이 기다리고 있습니다. 안으로 드시죠."

손으로 안쪽을 가리킨 기이쓰를 따라 리사이 일행은 돌을 깐 길을 밟고 산 위를 가리킨다. 부구원의 건물은 하나같이 역사와 풍격이 느껴졌다. 하지만 그 건물 주위에 셀 수 없을 만큼 많은 백성이 모여 있는 것은 어찌된 일일까. 사당을 둘러싼 기단에는 벽에 받쳐놓듯 천막을 치고 안에는 기단 위에서 밥을 짓는 이도 있다. 안뜰에도 판잣집을 짓고, 주위를 어린애와 닭이 뛰어다녔다. 리사이는 그 모습에 당황했는데, 리사이보다 교시가 더 놀란 듯했다.

"도강님, 이 백성들은 대체……."

교시는 도원이라 생각할 수 없는 풍경에 당황하면서 물었다. 원래 대국 북부는 출가와 수행이 성행하는 토지라 들었지만, 남의도 입지 않았으니 이 사람들이 도사로 수행하는 건 아닌 듯했다.

"기이쓰라 부르시지요."

기이쓰는 온화하게 말했다.

"이자들은 갈 곳 없는 황민입니다."

"백성을 보호하고 계신 겁니까?"

"그런 것은 아닙니다. 모두 도사가 되고 싶다고 입산한 자들입니다."

그렇게 대답하는 기이쓰에게 시선이 멈춘 백성들이 인사를 건넸다. 기이쓰는 일일이 답인사를 했다.

"사실은 달리 갈 곳이 없는 것이겠지요. 도관이나 사원이라면 최소한 지붕이 있거니와 식사도 나오니까요. 원래 이 부근에서는 목숨을 부지하기 위한 출가가 많지만 근래의 곤궁함으로 입산이 늘어 보시는 바와 같은 상황이 되었습니다."

기이쓰는 마른 얼굴에 희미하게 쓴웃음을 띠었다.

"하지만 이만한 숫자가 되니 수행을 시킬 방도도 없습니다. 애초에 본인들도 갈 곳을 찾는 것뿐이지 정말로 출가를 하고자 하는 것은 아닐 테지요. 살림살이가 나아지면 환속할 테니 저희로서도 수행을 위해 일손을 쪼개지는 못합니다. 그래서 입산 대기라는 형태로 이렇게 두고 있습니다."

기이쓰는 작은 목소리로 덧붙였다.

"황민은 보호해서는 안 됩니다. 불우한 자라고 해서 많은 숫자가 체류하면, 곧바로 모반 혐의가 있다며 주사의 신문을 받게 되니까요."

"문주는 그렇게 엄격한가요."

교시가 물었다.

"황민을 받아들여도 되는 곳은 이가뿐이에요. 하지만 실질적으로 이 부근에 제대로 기능하는 이가는 없습니다. 어디든 타지인을 먹일 여유가 없는 탓입니다. 그렇다고 못 본 체도 할 수 없고……."

그래서 문을 닫은 거라고 기이쓰는 설명했다.

"어떻게든 하려고 받아들였지만 안타깝게 당산도 한계를 넘었습니다. 더이상의 백성은 부양할 수 없습니다. 그래서 요새는 저렇게 문을 닫아둡니다."

"그랬군요."

교시는 걸으면서 주위를 둘러본다. 안쪽으로 들어가면 들어갈수록 부구원의 경관은 기이해졌다. 남는 땅은 모조리 농지가 되었다. 선인을 모시는 사당에서는 가축을 기르고, 회랑의 난간에는 빨래가 널려 있고 처마가 있는 곳이라면 어디든 가건물을 둘러싸고 황민이 자리 잡았다. 양지에는 사람들이 피폐한 얼굴에 넋이 나간 눈을 하고 있었다.

"이런 상태이니 충분한 대접을 할 수 있을지……."

기이쓰는 면목 없어 하며 강당 옆에서 정원 쪽으로 교시 일행을 이끌었다.

한때는 아름답게 정비했을 정원도 지금은 채소밭이 되었다. 멋들어진 가지가 늘어선 숲도 물가를 정비한 연못도 가축과 가금류의 우리가 되었다. 그래도 먹고살기에 충분치 않은지 황민들은 하나같이 마르고 나른해 보였다.

"이쪽입니다."

기이쓰가 안내한 서원에 이 부구원의 감원인 노인이 있었다. 바깥으로 나와 일행을 맞이한 노인은 조칸如翰이라 했다.

"경내 모습에 많이 놀라셨겠지요. 정신없는 곳이라 죄송합니다."

"힘드실 때 신세를 지게 되었습니다. 폐를 끼쳐서 저희야말로 죄송합니다."

조칸은 아니라며 일행을 당내로 안내하고 서탁 주위의 의자를 권했다.

"엔초 님의 의뢰이시니까요. 여기에 있는 양민과 저희도 서운관의 단약을 부탁한 참입니다."

조칸은 그리 말하고 기이쓰를 봤다. 기이쓰는 알았다는 듯이 고개를 끄덕이고 방문과 창문을 닫았다. 어두워진 당내에 불을 켠다. 조칸은 그것을 확인하고 나서 입을 열었다.

"대단한 요행이 있었다고 엔초 님께 들었습니다."

"예."

교시는 고개를 끄덕였다.

"이분은 이전 서주사 장군 리사이 님입니다. 리사이 님께서 저희를 위해 태보를 데리고 돌아와주셨습니다."

"……태보는?"

"그것이……."

리사이가 면목 없다는 듯이 대답했다.

"사정이 있어 함께 오시지 못했습니다."

조칸은 의아한 듯이 하얀 눈썹을 찌푸렸다.

"그렇습니까. ……아니, 그것이 좋습니다. 요새는 나아졌다지만 문주는 수색이 엄중합니다. 솔직히 태보의 존체를 걱정했습니다."

"부구원에 대한 감시도 엄중합니까?"

"최근에는 관리가 쳐들어오는 일도 줄었지만 그래도 이만한 숫자의 백성이 있습니다. 어디에서 어떤 소문이 날지 모를 일이라 생각하고 있습니다."

"그렇습니까."

교시는 고개를 끄덕였다

"이 사람은 안내를 맡은 신농인 호토입니다. 부담을 끼쳐서 죄송하지만 한동안 신세를 지겠습니다."

"신농이십니까."

조칸은 정중하게 인사했다.

"……그래서 주상을 찾으신다고요."

"예. 함양산에 단서가 있다 여기고 있습니다."

"함양산은 현재 화적에 점거당했습니다. 접근할 수나 있을지도……."

"접근도 못 하는 상태인가요?"

조칸은 무겁게 고개를 끄덕였다.

"말씀드리기 저어되지만, 주상께서 사라지신 당시에 왕사가 군을 총동원해 행방을 찾았습니다. 함양산 역시 예외가 아니었지요. 그 이후로는 반민 수색도 여러 차례 있었습니다. 한데 지금도 이 부근에 주상이 계시겠습니까."

대놓고 의심스러운 점을 따져서 리사이는 당황했다.

"실제로 지금 어디에 계신지는 뭐라고도 할 수 없지만……. 그러나 주상을 찾으려면 어디에서부터든 손을 대야 하네."

"지당한 말씀이십니다……."

조칸은 수긍했으나 어딘지 모르게 낙담한 기색이 감돌았다. 리사이는 조칸은 어쩌면 리사이 일행의 방문을 환영하지 않는 것이 아닌가 하는 직감이 들었다.

조칸은 잠시 생각에 잠긴 듯한 표정을 짓고 나서 말했다.

"여러분의 시중은 기이쓰가 맡을 겁니다. 조처할 것이 있다면 기이쓰가 처리해주겠지요."

리사이 일행은 늙은 도사에게 공손히 인사했다.

003

일행은 부구원 일곽의 건물로 안내받았다. 황민이 드나들지 않는 깊숙한 장소의 별당으로 주위에는 수레를 둘 헛간과 마구간, 단약을 만드는 작업장 등이 늘어섰다.

"초라한 곳이라 죄송합니다."

기이쓰는 그렇게 말하며 건물을 개방했다.

"화로와 부뚜막을 수선하고 만드는 공장工匠이 묵기 위한 건물입니다. 경내가 보신 바와 같은 상태가 되고 나서는 다른 산에서 단약 제조법 등을 가르치러 와주시는 도사님이 묵는 일도 있으니, 여기라면 여러분이 계셔도 눈에 띄지 않을 겁니다."

그렇게 말하며 조촐한 내부를 안내했다.

"식사 등은 바깥의 부엌에서 날라 와 제가 시중을 들겠습니다. 여러모로 부족한 점도 있겠지만 용서하십시오."

리사이의 기수는 아무래도 눈에 띄므로 필요하지 않은 한 부구원에서 맡을 수 있도록 마구간을 비워주었다. 그 대신에 말을 빌려주겠다 했다.

"이것저것 마음 쓰게 해서 미안하군."

기이쓰는 아니라고 대답하고 부끄러워했다.

"정말로 부족한 부분이 많을 겁니다. 식사도 저희와 같은 것으로 참아주셔야 합니다."

"그건 상관없다만."

리사이가 말하며 교시를 보았다.

"이 인원이 갑자기 찾아왔으니 부담이 되겠지. 우리의 식비나마 희사하면 어떠할까."

교시가 좋은 생각이라고 말하려는데 기이쓰가 황급히 손을 저었다.

"말도 안 됩니다. ……아뇨, 받을 수는 없습니다. 형편이 달라진 것 같다고 소문이 나도 곤란한 터라."

"하지만……."

교시가 입을 열었지만 호토는 그 말을 가로막았다.

"일부러 베풀어주신 호의이니 말씀을 고맙게 받아들이지요. 물론 저희는 얹혀 있는 몸이니 최소한의 것으로 괜찮습니다. 마음 쓰지 마세요."

그렇게 말하고 나서 물었다.

"그보다 수색의 강도는 어떠한가요. 역시 아직 그분의 휘하는 쫓기고 있습니까."

"아……."

기이쓰는 우물거렸다.

"쫓긴다고 할 정도는 아닙니다. 휘하를 찾아내려는 움직임은 작금에는 그다지 보이지 않으니까요. 그렇다고 방임하고 있는 것은 당연히 아닙니다. 수상하다는 소문이 나면 곧바로 사사가 달려오고, 황민과 부민이 모이면 해산시키지요."

"이쪽은 괜찮습니까?"

리사이가 물었다.

"도관과 사원은 눈에 띄지만 않는다면 봐줍니다. 하지만 관아는 아센에 가담한 세력이 좌지우지하고 있고 너그러이 봐준다기보다 방치당하고 있다고 해야 하겠지요."

리사이는 고개를 끄덕였다.

아센을 지지한다는 말인즉 자신들밖에 생각하지 않는다는 소리였다. 아센에게는 지방을 다스릴 방책도 사상도 없다. 덕분에 관아를 좌지우지하는 놈들은 아센을 지지하는 것처럼 보이는 한 백성을 돌보지 않는 아센의 정책을 구실 삼아 마음껏 해먹을 수 있는 것이었다.

"그 덕분에 당산도 묵인해주고 있습니다만."

그렇더라도 아센에게 반하는 것은 용서받지 못한다. 조칸도 그렇게 간주되지 않도록 고심하는 듯했다.

"이전에 왔을 때 철위 일대는 무엇 하나 남지 않았는데 지금은 어떻지."

"변함은 없지요. 임우 북서 방면은 대부분 초토화되었습니다. 특히 철위 주변은 완전히 벌판으로 돌아가버렸습니다."

"주민들은?"

"간신히 마을 사당을 유지하는 작은 마을이 드문드문 있는 것 같아요. 어디든 마을 문을 닫아걸어서 내부 사정은 헤아릴 수 없습니다."

그 밖에도 백랑으로 향하는 가도를 따라서는 화재를 면한 고을이 그럭저럭 부흥했고, 고을로서 체제를 유지하고 있다 한다.

"아센에게 저항하려는 백성은 있을까."

"반민은 이미 주벌당해 흔적도 없습니다. 주상 휘하는 잔당의 소탕이 엄중하였으니 이 부근에는 거의 남아 있지 않을 겁니다."

"잔당 소탕……."

리사이가 작게 되뇌었다.

"임우에는 전화의 흔적이 없던데 소탕전의 영향은 없었나."

기이쓰는 말하기 거북한 듯이,

"임우에서는 대규모 소탕전은 없었습니다. 이유인즉 소탕이 있기 전에 향장이 고을 문을 닫아버린 터라……."

"닫았다?"

"예. 왕사는 고을 북쪽에 포진해 있었습니다. 왕사가 흩어지고 잔당을 소탕하는 것을 보자마자 곧바로 향장은 고을 문을 닫고, 섞여 든 병사를 몰아내 고을에서 내쫓아버렸지요."

"아센은 병졸이고 백성이고 상관하지 않았으니까요."

호토가 말했다.

"그 시절에는 아직 아센의 그런 방식은 널리 알려지지 않았을 겁니다. 전적으로 향장이 보신을 위해 불씨를 바깥으로 내던진 겁니다. 그 탓에 왕사는 갈 곳을 잃고 결과적으로 꽤 많은 사졸이 붙잡혀 처형당한 모양이에요. 한때는 공지 근처 언덕에 유해가 쌓여 있었습니다. 저희는 손도 대지 못하고 썩는 대로 내버려두는 수밖에 없었는데, 어느새 보이지 않더군요. 완전히 썩어 흙으로 돌아갔는지, 아니면 누가 매장을 했는지, 옮겼는지, 그건 잘 모르겠습니다."

"그러한가……."

그곳에 리사이의 지인이 얼마나 많이 있었을까. 에이쇼군, 소겐군, 가신군. 떠오르는 얼굴이 여럿 있다. 그들이 그 송장 안에 포함되어 있지 않다면 좋으련만.

—벌판에서 죽어 나뒹구니 이제 까마귀에게 먹히는 일만 남았네

그런 오래된 노래가 있었다. 벌판에서 죽어 매장도 하지 못하는 것은 병사의 숙명이라지만 그들을 생각하면 애달팠다.

자연히 입을 다물어버린 리사이를 대신해 호토가 말했다.

"우리는 그분을 찾아야만 합니다. 마을 사람에게 묻는다고 이쪽에 위험이 미치는 일은 없겠지요."

"그건……."

기이쓰는 어쩔 줄 몰라 하며 말을 끊었다가 잠시 뒤 이어서 이야기했다.

"어떻다고 말씀드릴 수가 없군요. 물으며 돌아다니면 어디에서 눈여겨볼지 알 수 없으니 위험한 일이기는 하겠지요. 그보다도 마을 사람들이 대답해줄까요. 화적의 난 뒤에 단속이 엄중했던 터라 백성은 그분에 관한 이야기는 하려 하지 않아요. 존함을 꺼내는 것조차 꺼리는 상태입니다."

"여기에 머무는 황민에게 이야기를 들을 수는 없겠습니까."

"그것만은 참아주십시오."

기이쓰는 고개를 깊이 숙였다.

"손님이 그분의 행방을 찾는 모양이라는 소문이 도는 것만은 삼가세요. 소문이 바깥까지 새어 나가면 관아의 수색을 받겠지요. 지금은 관아의 시야에 띄지 않으니 간신히 묵인되고 있지만 한번 찍히면 이렇게 많은 황민은 뭐냐는 이야기가 반드시 나올 겁니다. 내부가 이런 꼴이니까요."

기이쓰는 그렇게 이야기하고 나서 말을 덧붙였다.

"말씀드리기 송구하지만, 부구원은 무엇보다 보호하고 있는 황민의 안전을 우선하고 싶어 합니다. 주상을 찾으시는 일이 나라를 위해 필요한 줄은 충분히 알지만, 갈 곳을 잃은 백성에게 재난이 덮칠 만한 일만은 피해주실 수 없겠습니까."

"그러니까……."

교시가 말했다.

"되도록 관아의 눈에 들 만한 행동은 하지 말라는 건가요?"

"부구원이 휘말릴 만한 짓은 하지 말았으면 하는 거겠지."

리사이가 끼어들었다.

"우리도 그런 건 바라지 않아. 보호한 백성의 안전이 우선이라는 기이쓰의 이야기는 지당하다고 생각한다. 충분히 주의하겠네."

안심한 듯이 기이쓰는 한숨을 내쉬었다. 정중하게 인사를 하고 방을 나가려다가 입구에서 발을 멈추었다. 머뭇거리듯이 리사이를 돌아본다.

"그래서 그게…… 여러분은……."

말하다 말고 입을 다물었다. "아닙니다" 하고 입속에서 웅얼거리고서 다시 고개를 푹 숙여 인사하고 나갔다.

"언제까지 있을 거냐고 묻고 싶었겠지요."

기이쓰가 사라진 방향을 보고 호토가 입을 열었다.

"그렇겠지."

리사이는 쓴웃음을 짓는 듯했다.

"무리도 아니다. 이만한 황민이 있어. 듣자 하니 황민을 이렇게나 많이 모아두는 것 자체가 위험하기 그지없는 일인 모양이지 않나. 관아가 관심이 없으니 문제가 되지 않지만 일단 부구원의 현상이 도마 위에 놓이면 곧바로 규탄당하겠지. 어떻게든 그건 피하고 싶은 거야."

"죄송합니다."

교시는 낙심해서 사과했다.

"설마 엔초 님께서 믿었던 부구원까지 이런 상황일 줄은……."

"그만큼 문주의 사정이 가혹하다는 뜻이겠지."

리사이가 말했다. 적극적인 지원을 얻지 못하는 건 괴롭지만 처음부터 기대할 일이 아니었을 것이다. 아센에게 거스르는 것은 막대한 희생을 의미한다.

"그러나 만에 하나라도 부구원에 폐를 끼치지 않도록 하려면 할 수 있는 일은 극단적으로 한정되겠군요."

호토가 말하기에,

"이곳저곳에서 주상에 관해 묻고 다닐 수는 없겠어. 아예 우리가 부구원의 손님인 것도 들키지 않도록 행동할 필요가 있겠지."

"그렇게 되겠군요……. 만에 하나 문제가 일어난다 해도 부구원은 아무것도 알지 못했고 단순히 부탁받아서 숙소를 빌려주었을 뿐인 척하고 싶겠죠."

"그러니 희사도 필요하지 않다?"

교시가 물었다.

"그런 것 같습니다. 금전 수수가 있으면 협력을 의심받아요. 되도록 관계없는 모양새로 두고 싶겠죠."

리사이는 한숨을 쉬었다. 바람직한 형태는 아니지만 한탄해도 소용없다.

"우리로서도 부구원과 겨우 살아가는 황민에게 폐를 끼치고 싶지는 않다. 가능한 한 행동에는 주의하지. 그리고……."

호토가 알았다는 듯 고개를 끄덕였다.

"어딘가에 거점을 마련할 필요가 있어요. 우리가 여기에 있는 것만으로도 조칸 님과 기이쓰 님은 가시방석이겠지요. 우리도 뜻대로 행동할 수 없으니 문주까지 온 의미가 없고요. 집이든 뭐든 빌릴 수 없을지 찾아보겠습니다."

004

호토가 신농의 연줄을 총동원하여 머물 곳을 찾는 동안에 리사이와 교시는 임우와 그 주변을 돌아다녔다. 기이쓰가 안내를 맡았는데 안내보다는 손님이 부주의한 행동을 하지 않도록 감시하는 의미이리라고 교시는 헤아렸다. 그런 대응에 리사이에게 미안한 마음이 드는 한편으로 하는 수 없다고도 생각했다. 임우에는 갈 곳을 잃은 황민이 넘쳤다.

화적의 난 때문에 생긴 혼란, 그 뒤 이어진 교소 휘하 색출, 반아센 세력 소탕, 휘말린 백성은 돌봄도 받지 못하고 방치당했다. 부구원에 몸을 의지한 황민은 최소한의 주거가 있고 가난하나마 식사를 얻을 수 있지만, 임우 구석구석에는 천 한 장으로 비를 견디고 바람을 피하며 생활하는 백성도 많았다. 그들 대부분이 피부가 누렇고 눈이 탁했다. 야윈 모친은 갈비뼈가 드러난 가슴에 젖먹이를 안고, 더욱 깡마른 아이들은 길에서 쓰레기를 뒤진다. 고목 같은 노인은 넝마를 걸치고 길 구석에 누운 채 꼼짝하지 않는다.

"관아의 구제는 없나요."

교시는 저도 모르게 물었으나 기이쓰는 말없이 고개를 가로저었다. 황민은 임우의 주민이 아니다. 관아의 권한은 임우에 소속한 백성에만 미친다는 것이 관아의 입장이었다. 다시 말해 멋대로 눌러앉은 자들까지는 알 바 아니라는 뜻이다.

그럼 임우의 주민에게는 충분한 시혜가 있는가 하면 그것도 아니다. 재해 때와 혹한기에 대비해 식량과 물자를 비축했을 의창은 만성적으로 바닥을 드러냈다. 결실이 있고 징수가 있고, 짐이 운반되어도 어느새 사라진다. 관리는 곤궁한 마을에 나누어 주었다고 설명하지만 받았다는 이의 소문은 한 번도 들리지 않는다.

"이래서 겨울에 괜찮을까요. 이 일대는 눈도 많이 내리지 않나요."

교시가 묻자 기이쓰가 답했다.

"눈보다 무서운 것이 추위입니다. 문주 북부의 허해虛海 연안과는 달리 이 일대에는 눈이 그리 많지 않아요. 쌓이기도 하고 지붕에 쌓인 눈이 낡은 집을 무너뜨리기도 하지만, 마을이 눈에 갇혀 꼼짝할 수 없게 되는 일은 없으니까요. 하지만 뼛속까지 시릴 만큼 추워집니다."

해마다 길 위에서 사는 황민 가운데에서는 동사자가 나온다. 저장한 숯이 바닥을 드러내면 집이 있어도 위험하다고 한다.

"교왕 시대라면 피해는 더욱 컸겠지요. 그러나……."

기이쓰는 주위를 둘러보았다. 임우 교외, 근교를 흐르는 강가에 와 있었다.

문주 남동부에는 기복이 심한 산이 줄지어 있다. 그중에서 임우 주변에는 유일하게 평야가 끝없이 펼쳐졌다. 그 중앙에는 북수北水가 흐른다. 머나먼 남쪽, 왕도인 홍기에서 북쪽을 향해 허해로 흘러나가는 큰 강이었다. 사방의 산들에서 흘러내리는 물을 모으며 북수는 지금 교시가 서 있는 강가 부근에서 크게 서쪽으로 방향을 튼다. 문주 동부 중앙에는 요산이 바로 면해 있기 때문이다. 여러 능운산을 거느린 거대한 요산으로 문주 동부는 남북으로 분단되어 있다. 요산을 넘어 북쪽으로 빠져나가는 길은 존재하지 않고, 문주 북동부로 가기 위해서는 반드시 요산을 돌아가야 한다.

북쪽을 바라보면 요산의 연봉이 보인다. 맑게 갠 가을 하늘 저편으로 색이 엷어지면서 이어진 험준한 산들이 보였다. 그 너머에는 거대한 기둥처럼 능운산이 서 있을 테지만 그 모습은 대기에 녹아들어 볼 수가 없다. 요산에서 이어지는 산들은 임우 주변의 평야 지대로 완만하게 내려가고, 산기슭에서는 수확을 마친 경작지가 펼쳐졌다. 아무것도 없는 들에 가을 풀이 무성하게 자랐다가 말라서 차가운 바람에 산들거린다. 마치 황폐한 땅이 펼쳐진 것 같은 광경이었다.

그 평지 한가운데로 북수가 흐른다. 교시가 서 있는 강가에서 대안까지는 상당한 거리가 있었다. 강가 바로 옆 제방의 둑은 높다. 제방 때문이 아니라 애초에 대지를 파내듯이 강이 흘렀다. 둑은 한 면이 하얗다. 빽빽하게 뒤덮은 키 작은 관목들에 하얀 꽃이 피었다.

"이것 덕분에 살아남았습니다."

기이쓰는 말하면서 관목에 손을 뻗어 하얗고 작은 꽃 사이에 열린 노란 열매를 땄다. 하나, 두 개 따서 목에 건 자루에 담는다.

관목은 형백荊柏이라 한다. 황폐한 땅에서도 잘 자라고, 봄부터 늦가을에 걸쳐 끊임없이 꽃을 피우고 꽃이 떨어진 뒤에는 열매가 달린다. 작은 돌멩이만 한 열매를 말리면 숯 대용품이 되었다. 이 식물은 화적의 난 이전에는 존재하지 않았다. 교소가 등극할 때 하늘에 빌어 종자를 얻었다. 그것이 교소를 잃은 뒤에 대국 전토에 퍼져 교소가 없는 육 년을 버티게 했다. 그래서 백성은 홍자鴻慈라고도 부른다.

외출할 때마다 열매를 따 가는 모양인지 기이쓰가 든 자루는 형백 열매가 물들인 기름 얼룩으로 색이 완전히 변했다. 그것을 알아채고 교시와 리사이도 가까이 있는 열매를 땄다. 마찬가지로 열매를 모으는 백성의 모습이 둑 곳곳에 보였다. 강가 농경지의 밭두렁, 산비탈, 온갖 곳에 형백 덤불이 보인다. 그만큼 숯이 필요하다는 증거다. 화력은 숯에 미치지 못하나 값비싼 숯을 사지 않고도 자력으로 숯 대용품을 얻을 수가 있다. 이는 대국 백성에게 최고의 은총이었다. 교시도 항상 형백 열매를 땄다. 특히 어린아이들은 이것을 따서 모으는 것이 일과나 마찬가지였다.

열매를 따던 기이쓰가 손을 멈추었다. 포대를 두 손으로 끌어안고 주저앉는다.

“이것을 베풀어주신 분은 지금 어디에서 어떻게 계실까요.”

교시는 이 말에 대답할 수 없었다. 리사이도 말없이 손안의 열매를 바라보았다.

“정말로 살아 계실까요.”

“그건 틀림이 없네.”

리사이가 단언하자 기이쓰는 웅크려 앉은 채 리사이를 돌아다보았다.

“하온데 어찌하여 줄곧 모습을 감추고 계실까요?”

“원해서 숨어 계시지는 않겠지. 어디에서 어떻게 계시는지는 모르지만 무사하시다면 대국의 이 참상에 마음 아파하시겠지. 움직이실 수 있다면 필시 대국을 구하기 위해 행동에 나서셨을 거야. 그러지 않는다는 것은 처한 상황이 무척 심각하여 움직이지 못하는 거겠지. 그러니 어떻게든 구해야만 한다.”

리사이는 얘기하고 말을 덧붙였다.

“적어도 나는 그리 생각한다.”

기이쓰는 자루를 안은 채 고개를 끄덕였다.

"사실이라면 부구원을 총동원하여 여러분을 도와야겠지요."

"그럴 필요 없어."

리사이의 말에 기이쓰는 리사이를 돌아보았다.

"그분을 구한다는 것은 아센에게 적대한다는 뜻이야. 너무나 위험한 일이지. 보호할 자가 있는 사람은 보호하는 데 전념해야 해. 그대들로 말하자면 부구원에 의지하는 백성을 보호하는 것이 최우선이다. 그것이 나아가서는 대국을 구하는 것이겠지."

"그럴까요."

"그분을 구하는 것은 나처럼 잃을 것 없는 자에게 맡겨두게. 그대들이 대국의 버팀목이 되어준다면 나도 안심하고 자신의 할 일에 전념할 수 있어."

기이쓰는 고개를 크게 끄덕였다.

이튿날에는 호토가 한 남자를 데려왔다.

"임우에 사는 거간꾼으로 겐추建中라 합니다."

호토가 소개한 남자는 말없이 고개만 까딱였다. 힘이 세 보이는 남자인데 동작은 최소한이고, 쓸데없는 말은 일절 하지 않는다. 웃지도 않고 그저 팔짱을 끼고 호토 옆에 서 있다.

"임우의 신농에게 소개받았습니다. 여러 광산에 광부를 파견하는 일을 한답니다. 일거리를 찾기 위해 모인 광부들은 일할 곳이 정해질 때까지 임우에 머뭅니다. 그러한 사람들의 의식주도 겐추가 살핀다고 하더군요."

잘 부탁한다는 리사이의 말에도 겐추는 말없이 고개만 끄덕였다. 교시는 과묵한 남자라고 생각했다. 단순히 말수만 없는 것이 아니다. 이상하게 위압적인 분위기가 있다. 거친 광부들을 관리하려면 어지간한 실력과 대담한 성격이 필요할 것이다. 거간꾼이라 하지만, 협객 같은 자인지도 몰랐다.

호토는 리사이 곁에 다가가더니 목소리를 낮추었다.

"큰 목소리로는 말하지 못하지만 광부 중에는 황민과 부민도 제법 많이 섞여 있어요. 임우에 모인 황민이 여러모로 의지하는 인물이랍니다."

"그런가."

"광부에게 숙소나 셋집을 소개하고, 그러기 위한 셋집도 가지고 있어요. 그중 한 채를 빌려주겠답니다."

"그거 고맙군."

리사이가 겐추에게 몸을 돌리자 겐추는 그제야 입을 열었다.

"단, 조건이 있다."

"뭐지? 당연히 되도록 겐추의 의향에 따르도록 노력하지."

"신농에게는 주공을 찾는다 들었는데 사실인가."

리사이는 고개를 끄덕였다.

"모반 준비는 아니겠지?"

"아니고말고요."

호토가 그렇게 대답했지만 리사이는,

"들은 바와 같이 나는 주공을 찾고 있다. 주공은 화적의 난과 이어진 혼란 속에 문주에서 소식이 끊기고 말았다. 무사한지 확인하고 싶고 무사하시다면 돕고 싶을 뿐이다. 그것이 모반의 준비가 되는가?"

"주공이 반민인지 묻고 있다."

"반민이 어떤 의미냐에 따라 다르겠지."

주인어른, 하고 교시는 허둥지둥 작게 불렀다.

"어떤 의미냐?"

겐추는 리사이를 날카로운 눈으로 노려보았다. 리사이는 한 걸음도 물러나지 않았다.

"주공은 결코 나라와 백성에게 해의를 품을 분이 아니지만 현재의 나라에 고분고분 따를지는 알 수 없다. 현재 나라의 꼴을 보면 좋다 하시지 않을지도 모르지. 그것도 반의라 부른다면 반민이 아니라고는 할 수 없게 되지. 하기야 뵙고 의향을 여쭈어보지 않는다면 모를 일이다만."

겐추는 수상한 것을 보듯이 눈을 가늘게 떴지만 논평은 하지 않았다.

"귀찮은 일은 곤란하다."

"당연히 폐는 끼치지 않도록 하겠다."

리사이의 말에 고개를 끄덕였다.

"여기에서 그리 멀지 않다. 이쪽이야."

교시 일행은 겐추의 안내로 부구원 뒷문을 나섰다. 호토의 앞에 서서 좁은 언덕길을 먼저 내려가는 겐추의 등을 바라보면서, 교시는 리사이에게 작은 목소리로 물었다.

"그렇게 말씀하셔도 됩니까."

사실대로 말할 수 없으니 거짓말도 어쩔 수 없다. 리사이는 거짓말을 하지 않으려던 나머지 아슬아슬하게 위험한 영역까지 털어놓았다.

"잔당이 아니냐고는 묻지 않았다."

리사이는 입속으로 웅얼거리듯이 말한다. 잔당이란 왕사의 잔당, 또는 교소의 잔당이란 의미일 것이다. 틀림없이 겐추가 진실로 캐묻고 싶었던 점은 그것이었을 것이다.

"일부러 발뺌할 여지를 남겨준 것 같았어. 그러니 거기에 응했을 뿐이야."

005

겐추가 안내한 곳은 부구원에서 그리 멀지 않은 집이었다. 작고 쓰러져가는 폐가지만 리사이에게는 충분했다. 겐추에게 열쇠를 받고 그날 중으로 부구원에 둔 짐을 찾아 폐가로 옮겼다. 다만 기수는 눈에 띄어 동행할 수 없으므로 계속해서 부구원의 마구간에 맡기고, 대신에 말을 빌렸다. 마찬가지로 기이쓰도 따라왔다. 시중을 들기 위해 오가겠다고 한다. 더이상 수고를 끼치는 것에는 저항이 있었지만, 아마 부구원으로서는 원에서 내보내도 눈을 떼기는 불안할 것이다. 리사이 일행이 무슨 짓을 저지르면 부구원에 허물이 미친다. 사정을 아니까 거부하지 않고 받아들였다.

본채는 북쪽 지방에 많은 안쪽으로 길쭉한 건물로 대청마루에 널찍한 침실이 네 개 딸려 있다. 본채 좌우에 별채 없이 안뜰이 동서로 길고 가는 것은 부지 북쪽에 세운 본채에 되도록 햇빛이 들게 하기 위함이다. 남쪽의 별채는 나지막한 달개집으로 마구간이나 헛간 역할밖에 하지 못하지만, 지붕이 낮아서 햇살을 가로막지 않는다. 별채는 기울어 조만간 무너질 것 같았지만, 본채의 구들은 살아 있었다. 안뜰의 서쪽에 마련된 부엌 부뚜막의 연기가 본채를 덥힌다.

"아침저녁으로는 불이 필요한 계절이 되었구나……."

교시가 부뚜막에 불을 지피는데 뒤에서 수돗가를 청소하던 리사이가 그렇게 중얼거린다. "그러네요" 하고 교시는 동의했다. 동가에서도 구들에 불을 지피기 시작했을까. 슬슬 노사인 엔초는 다리가 아파서 생활에 곤란을 겪을 무렵이다. 주민끼리 추워졌다고 이야기하는 사이에 눈이 내린다. 내리고 사라지는 눈은 점차 다 녹지 않아 남게 되고, 그러면 혹독한 한겨울이 찾아온다. 산과 들은 얼어붙고 길은 눈으로 막히고, 산골의 작은 마을은 눈에 갇히는 일이 많아진다. 그동안 먹을 식량은 비축해둔 것이 전부다.

—얼마만큼의 백성이 올겨울을 살아남을 수 있을까.

해가 바뀌어 혹한기, 식량이 부족해지면 눈이 녹을 때까지 날짜를 헤아려 식사를 줄인다. 주위에는 아직 이렇게 눈이 있는데 식량은 이제 이것뿐이다. 그것을 확인할 때 느끼는 불안과 초조함. 조금도 익숙해지지 않는다. 하지만 좋든 싫든 간에 몸에 밴 초조감이 해마다 백성을 내몬다.

다가오는 계절을 생각하며 음울한 침묵이 내렸을 때 일단 부구원으로 돌아가겠다고 한 기이쓰가 돌아왔다. 등 뒤에 중년 여성 한 사람을 대동했다. 명색뿐인 장작을 짊어진 여자는 부엌 한쪽에 장작을 쌓는다. 그 모습을 지켜보면서 기이쓰가 "부구원에서 지내는 황민입니다"라며 서론을 말하고 여자를 소개했다.

도우러 온 것인가. 어리둥절한 교시 일행에 아랑곳하지 않고, 기이쓰는 장작을 부린 여자를 채근한다. 여자는 눈짓으로 알았다고 대답했다.

"육 년 전에 주상을 뵈었습니다."

그들은 놀라서 여자를 돌아보았다.

"아뇨, 정말로 먼발치에서 뵈었을 뿐이에요. 임우 바깥이었어요. 훌륭한 기수를 타고 검은 갑옷을 입고 계셨습니다. 거리가 있어서 옥안까지는 보이지 않았지만 머리카락이 하얘서 처음에는 연세가 든 무장인 줄 알았죠. 그런 것치고는 기수에 오른 모습이 반듯하시고 행동거지가 활기차 보였어요."

노인인 줄 알았는데 젊으신가 보네, 하고 여자가 말하자 곁에 있던 낯선 남자가 알려주었다. 저분이 대국의 새로운 왕이라고.

여자의 이야기는 교소가 임우에 도착한 직후의 일 같았다. 여자가 있던 마을에서는 들일을 하던 틈틈이 그 모습을 본 자가 꽤 많았다. 마침 봄을 대비해 여에서 눈에 파묻힌 집을 파낼 시기였다.

"제가 모습을 뵌 것은 우연이었지만 금세 주상께서 오셨다고 소문이 나서 모습을 한번 뵈려고 많은 백성이 진영을 바라다볼 수 있는 장소로 달려갔어요."

저분이 그분이라고 가르쳐주어 그 모습을 멀찍이 본 자도 있는가 하면, 저 집단 안에 있는 것 같다고 추측은 하나 너무 멀어서 확실한 모습을 분간할 수 없었던 자도 있다. 적어도 여자가 아는 한 그녀보다 더 가까이에서 모습을 본 이는 없었다.

"얼굴은 보지 못했지만 어떤 느낌의 분인지는 알았으니까요. 운이 좋다며 다들 저를 부러워했어요."

"그러한가……."

리사이가 고개를 끄덕였다.

"임우 바깥에 있던 진영에 계신 것은 딱 하루였어요. 이내 많은 병졸이 서쪽으로 이동했고. 진영은 남아 있으니 아직 계시지 않을까 부랴부랴 보러 간 사람도 있었지만 이미 그곳에는 계시지 않았던 것 같아요."

"임우에 도착한 이튿날에는 서쪽으로 떠나셨다니까. 주상의 모습은 어떻던가?"

"건강해 보이셨어요. 주눅 든 기색도 없고, 그렇다고 조급한 기색도 없고. 주위를 위엄 있는 병사가 둘러쌌지만, 진영의 병사와도 가볍게 말을 주고받으시는 것 같더라고요. 말을 걸면 병사들이 뛸듯이 기뻐해서 옆 사람이랑 대단한 인기라고 이야기 나눈 게 기억나요."

리사이는 그러냐고 맞장구쳤다. 그 광경이 눈에 보이는 것 같았다. 처음부터 줄곧 군인이던 교소는 병졸 사이에서 인기가 높았다. 교소 역시 병졸에게는 동료 의식 같은 것이 있어 가볍게 말을 걸었고, 상대방은 그것을 조건 없이 기뻐했다. 리사이의 군에서도 그러했다. 리사이의 휘하는 승주사에 있던 시절부터 부하였던 터라 리사이가 왕사의 장군이 될 때까지 교소를 만날 기회가 없었다. 금군 장군 시절의 교소를 몰라 왕으로 처음 뵙고 나서 그 모습을 보는 것만으로도 고양되는 모양이었다.

"왕이 일부러 문주의 우리를 위해 행차하신다니……. 그렇게 생각하니 감사했어요. 예전부터 화적이 날뛰어서 저희는 화적의 행패에는 아주 이골이 났어요. 어차피 아무도 도와주지 않고, 하지만 화적은 날뛰고 싶은 만큼 날뛰면 얌전해지니 그러기를 기다리는 수밖에 없다고 생각했어요. 그런데 주상께서는 일부러 금군을 파견하시어 눈 깜짝할 사이에 화적을 진압해주셨어요."

여자는 말하고서 통통한 양손으로 가슴을 눌렀다.

"이리도 고마울 데가 있을까. 다들 그리 말했죠. 주상은 이런 변방의 땅도 버리지 않으시는군요. 이번 주상은 우리에게 마음을 써주신다니, 기뻤지요."

"그 뒤에 어찌되었는지 아는가?"

"알지요. 주상이 사라졌다고 큰 소동이 났으니까요. 화적이 주상께 무슨 짓을 한 것이 틀림없다고 다들 분통을 터뜨렸어요. 공격을 받으셨는지, 납치를 당하셨는지, 어쨌거나 도와드려야 한다고 저희도 날마다 그 부근을 찾으며 돌아다녔어요. 수상한 곳이나 수상한 놈들은 없었는지."

"그런가."

"하지만 주상은 계시지 않았어요. 찾지 못한 새에 문주 전체가 이상해졌어요. 왕사가 점점 모습을 감추고 대신에 중앙에서 새로운 왕사가 와서, 그러더니 그놈들이……."

여자는 말을 끊었다. 새로 온 것은 아센군이다. 교소 휘하를 토벌하기 위해, 휘하를 숨겨주었을 거라 생각되는 마을을 자비없이 불태웠다.

"그 뒤로 문주는 이 꼴입니다. 주상께서 계시던 시대가 그리워요. 그대로 주상께서 옥좌에 계셨다면 얼마나 좋았을까요……."

여자는 말하고 나서 퍼뜩 리사이를 보았다.

"기이쓰 님께서 주상을 뵌 일이 있으면 그 이야기를 듣고 싶다 하셨어요. 인제 와서 이런 이야기를 모으다니 혹시 주상을 찾고 계신가요."

리사이는 한순간 말문이 막혔다.

"우리는 어떻게든 대국을 구하고자 한다."

그 말을 어떻게 받아들였는지 여자는 고개를 깊이 조아렸다.

"이 정도 이야기로 도움이 될까요. 괜찮으시면 아는 이들한테도 넌지시…….”

여자의 말을 리사이는 가로막는다.

“마음은 고맙지만 이 건은 곧바로 잊는 것이 좋아. 그대는 그저 장작을 나르러 왔다. 알겠는가?”

리사이의 말에 여자는 굳은 표정으로 수긍하고 몇 번이나 고개를 숙이고 부엌을 나갔다. 여자를 배웅하고 돌아온 기이쓰에게 물었다.

“기이쓰 님, 괜찮을까요?”

기이쓰는 어렴풋이 미소만 짓고 대답하지 않았다. 황민에게 정보를 모으면 무슨 일이 벌어지고 있다고 들킬 위험성이 커진다. 특히 교소와 관계된 일이라면 아센에 대항하려는 세력이 있다고 상상하기는 쉬울 것이다. 어수선하게 모인 황민의 입을 막을 방도 따위 없을 것이다. 소문이 나면 부구원에 피해를 끼친다.

리사이의 걱정에 개의치 않고 기이쓰는 이튿날에는 두 남녀를 각각 데려왔다.

이 두 사람은 조금 더 가까이에서 교소를 목격했다.

“저는 가교嘉橋에 살았어요.”

한쪽 발을 끄는 남자가 말했다.

가교는 화적에 점거당한 고을 중 하나였다. 임우에서 가도를 따라 서쪽으로 가면 나오는 비교적 큰 고을로 교소가 자취를 감추기 바로 직전에 주된 전장이 된 곳이었다.

"화적이 고을에 쳐들어와서 눈 깜짝할 사이에 현성을 점거해 버렸어요. 화적을 쫓듯이 왕사가 들어와 이레쯤 전투한 끝에 현성을 탈환했지요. 화적이 도망친 뒤에 열린 현성으로 들어가는 모습을 뵈었습니다."

또 다른 여자는 임우 북쪽의 지구志邱라는 마을의 주민이었다.

"지구에도 화적이 쳐들어왔지만 물자를 약탈하러 왔을 뿐이라 금세 떠났어요. 물자를 빼앗아 가는데 정말로 지독하게 난폭하고 어찌나 행패를 부리는지 다친 사람은 꽤 나왔지만, 가교처럼 전장이 된 건 아니었어요. 그때는 사망자가 없었을 거예요."

그러나 그 뒤 화적의 난이 진정되고 나서 금군의 병사를 숨겨 준 탓에 지구는 송두리째 불탔다. 마을 주민 대부분이 병사와 운명을 함께하고 간신히 도망친 여자의 일가는 임우로 도망쳐 결국에는 부구원에 이르렀다.

"화적이 물러난 뒤에 왕사가 물자를 날라 와주었어요. 그때 고을 바깥에 훌륭한 무장 한 무리가 있었는데 선두에 서 계신 분이 왕이라고 들었어요. 검은색에 거무스름한 은빛 장식이 달린 갑옷을 입고 호랑이를 닮은 기수를 타셨어요."

게이토다. 리사이는 중얼거렸다. 게이토는 교소가 모습을 감춘 뒤에 스스로 진영으로 돌아왔다고 한다. 그러고 보니 게이토는 그 뒤에 어찌되었을까.

"그 뒤로 모습을 보지 못했나?"

여자는 "예, 뭐……" 하고 모호하게 대답했다.

"아는 것이 있다면 가르쳐주지 않겠나."

"아뇨, 아는 것은……."

우물쭈물하는 여자에게 기이쓰가 상냥하게 말을 걸었다.

"알려주시지 않겠습니까? 물론 당신이 한 말은 절대로 바깥으로 새어 나가지 않을 겁니다."

"아뇨, 정말로…… 잠깐 모습을 뵈었을 뿐인지라."

"진영에서?"

"진영은 아니었어요……. 진영 근처였던가. 자세히는 잊어버렸어요."

그렇게 말하고 어색한 미소를 지으며 자리를 뜨려는 여자를 기이쓰가 붙잡는다. 다독여서 이야기를 계속하게 했다.

"마을에 바로 인접하여 자그마한 사당이 있었지요. 마침 그곳에 참배를 드리러 갔다가 근처 숲속에 계신 모습을 뵈었어요. 그때는 갑옷을 입지 않으셨지만 호랑이를 닮은 기수가 함께여서 주상이라고 생각했어요."

바위가 포개어져 조금 높직한 작은 구릉이 사당 바로 옆에 있었다고 한다. 바위 사이에 뿌리 내린 소나무가 드문드문 자라서 전망 좋은 숲을 이루었다.

"두세 사람과 함께였어요. 무슨 의논이라도 하시는 것 같았는데…… 그때 있던 한 사람이……."

여자는 내려뜬 눈을 이리저리 굴리면서 우물쭈물했다.

"불쾌한 검붉은 갑옷을 입은 낯빛이 안 좋은 무장으로…… 난이 있고 나서 지구가 주벌을 당했을 때 선두에 서서 마을 사람을 사냥하던 놈이에요. 그 얼굴은 절대로 잊지 못합니다."

"지구를 주벌했다. 그러면 아센군에 있는 자인가."

여자는 고개를 끄덕였다.

"그런 것 같아요. 희희낙락 여자와 아이를 사냥한 짐승이에요."

여자는 나직하게 내뱉었다. 이야기의 내용은 듣지 못했지만 그 남자가 일반인 같은 남자를 가리키면서 무언가를 설명하고, 교소는 잠자코 귀를 기울이는 것 같았다고 한다.

리사이는 고맙다고 인사하고 여자의 증언은 절대로 남에게 발설하지 않겠다고 약속한 뒤 여자를 돌려보냈다. 잰걸음으로 멀어지는 여자의 뒷모습을 배웅하며 열심히 기억을 뒤졌다. 아센군에 그런 남자가 있었나?

아센은 줄곧 교소와 쌍벽을 이루었다. 장수로서의 긍지도 높고 아센을 따르는 휘하도 우수한 자가 많았다. 군대로서 품행이 훌륭하면 훌륭했지 절대로 야만적인 전투 집단이 아니다. 희희낙락 여자와 아이들을 사냥하는 비열한 병사가 있었을까. 그런 병사를 아센이 군에 둘 리가 없다는 생각밖에 들지 않았다.

다시 이튿날, 기이쓰가 다른 남자를 데려왔다. 작은 체구에 야윈 남자다.

"딱 한 번, 주상을 뵈었습니다."

남자는 그리워하듯이 그리 말했다.

"저는 철위 출신입니다."

"철위."

"당시에는 가교에 살았지만 태어난 곳은 철위로, 직업을 얻기 전까지 철위에 살았습니다."

자신은 가교의 상점에서 일했지만, 부모 형제는 철위에 있었다. 가교에서 도망친 화적은 철위 방면으로 향했다. 당시 서쪽에서도 화적의 반란군이 쳐들어와서 철위도 위험하다는 소문이 퍼졌고, 남자의 부모 형제는 소문에 겁을 먹고 도망쳐 남자를 의지해 가교로 피난 왔다. 마찬가지로 가교로 도망쳐 온 철위 주변 주민이 많았다고 한다.

"철위 사람들은 주상께서 일부러 출정하신다고 대단히 기뻐했습니다. 먼발치에서나마 주상의 모습을 뵙고 싶다면서 다 함께 몇 번이고 진영 쪽으로 갔습지요. 하지만 모습을 뵐 수 있을 만큼 다가가는 일은 도저히 할 수 없었어요."

기회를 얻지 못한 채 군대는 철위 방면으로 출발하게 되었다. 화적의 침공 위기에 놓인 철위를 구하기 위해서다.

"전쟁터에는 도저히 다가갈 수 없지요. 이번이 마지막 기회라고 저와 형은 왕사의 뒤를 쫓기로 했습니다."

그러다 형이 요 앞산에서 기다리면 모습을 뵐 수 있을지도 모른다는 말을 꺼냈었다. 가도는 이 앞에 함양산 남서쪽에 줄지은 산을 넘었다. 가교를 나와 완만한 오르막길을 끝까지 올라간 곳에 고읍이 있고, 그 고읍 너머에는 작은 봉우리를 뚫어서 낸 길이 있다. 그 길 위에서라면 아래를 지나는 군대 안에 있는 교소를 발견할지도 모른다고 생각했다.

"저녁나절에 고읍에 도착할 테니 군대는 그곳에서 야영하리라 생각했습니다. 그래서 앞질러 가려고 저와 형은 밤새 달려서 봉우리를 올랐지요. 그런데 생각보다 산이 험해서……."

한밤중에 길도 없는 비탈을 우왕좌왕하는 사이에 완전히 방향을 잃었다. 자신들이 어디에 있는지조차 모른 채 해가 떴다. 이래서는 군대가 길을 지나는 데 늦는다며 낙담했을 때 사람 목소리가 들렸다고 한다.

"저와 형은 약간 높은 절벽 위에 있었는데 그 밑에서 사람 목소리와 짐승 발소리가 들렸어요. 산을 깎아 낸 길 위로 나왔던 건가 싶어 기뻐서 목소리가 나는 쪽으로 갔사온데, 절벽에서 내려다보니 아래로 난 길은 좁은 산길일 뿐이었어요. 그곳에 일양 정도의 기수 한 무리가 오고 있는 참이었습니다."

남자는 그 길에 짐작 가는 바가 있었다. 임우에서 철위로 가려면 백랑으로 향하는 가도를 지나 산기슭 남쪽을 빠져나간 뒤에 분기점에서 북쪽으로 들어가, 함양산 서쪽 철위로 돌아서 들어간다. 하지만 가교에서 산을 넘어 철위로 빠져나갈 수 있는 좁은 길이 있었다.

"저희 철위 사람은 임우로 가려면 그 길을 지납니다. 도중에 산길에서 하룻밤 야영해야 하지만 그편이 가까우니까요. 가도를 지나면 가교까지 이레쯤 걸리는 거리지만 산길을 지나면 사흘이면 가교에 도착할 수 있어요. 하기야 겨울에는 쓸 수 없고, 그리 넓은 길이 아니라서 군대는 도저히 지날 수 없지요. 그곳으로 오는 사졸의 모습이 보인 거예요."

그중에 교소 같아 보이는 모습이 있었다.

"먼발치이기는 하지만 그전에 이미 뵈었다는 자들의 소문으로 모습을 들었기에 아마 틀림이 없을 것입니다. 백호를 닮은 기수에 검은 갑옷……. 투구는 쓰지 않으셨습니다. 머리카락은 하얀색이었습니다."

틀림없다며 리사이는 고개를 끄덕였다.

"그래서?"

고양된 리사이를 향해 남자는 힘없이 고개를 저었다.

"그게 다입니다. 기수를 타고 있어 엄청난 속도로 산길을 올라가셨습니다."

"모습은 어떠하였는가? 위협받는 낌새는 없었나."

남자는 없었다고 대답했다.

"위협하거나 위협받는 그런 긴장된 분위기는 아니었어요. 지극히 평범하게 길을 서두르는 것처럼 보였는걸요. 주위에 훌륭한 검붉은 갑옷 차림으로 통일한 병졸들이 적당히 거리를 유지하면서 전후좌우를 둘러싸고 있어, 주상을 지키는 호위로구나 생각했죠."

"갈 길을 서두르는 눈치이기는 했던 거로군?"

"예. 아마도 철위로 가시는 것 같았어요. 그 길을 따라가면 철위가 아니면 함양산밖에 없으니까요."

리사이는 저도 모르게 주먹을 쥐었다. 함양산.

"저와 형은 그걸로 만족하고 힘이 다해버렸습니다. 밤중에 산속을 헤맸으니까요. 다행히 가교로 가는 산길 위였어요. 또 산속을 우왕좌왕하지 않아도 절벽을 내려가 길을 따라가면 됩니다. 안도해서 절벽 위에 드러누웠죠. 한잠 자고 돌아가려고 했는데 해도 높이 떴고 흥분해서 잠들 수가 없었어요. 차라리 쉬지 않고 가교로 돌아갈까도 생각했지만 먹지도 마시지도 않았으니 움직이기가 귀찮았죠. 그래서 꾸벅꾸벅 졸면서 형이랑 이야기를 나누다가 간신히 잠들었다 싶었는데 소리가 나서 눈을 떴습니다."

한참 자는 사이에 저녁이 된 모양이었다. 자신은 어째서 눈을 떴는지 몰랐지만, 형도 마찬가지로 잠에서 깼으니 소리든 무슨 기척이든 났을 것이다. 서로 깜빡 잠들어버렸다고 이야기를 나누는데 절벽 아래로 가까워지는 발소리가 들렸다. 혹시나 하고 내려다보니 기병 무리가 내려오는 참이었다. 아무리 보아도 전날 낮에 올라갔던 무리 같았다.

"그런데 주상의 모습은 없었습니다."

게다가 숫자가 절반 정도로 줄어 있었다고 한다.

"다친 분도 있는 것 같았어요. 혹시 매복한 화적이라도 있었나 생각했지요."

불길한 예감이 들었다. 어째서 왕의 모습이 없는 것인가. 설마 아니겠지 했지만, 화적과의 전투에서 무슨 일이 있었던 것일까.

"뒤따라가 묻고 싶었지만 그럴 수 없었어요. 절벽을 내려가기가 그리 쉽지 않기도 했거니와 어째 이상한 느낌이 들었거든요."

"이상한 느낌?"

남자는 예, 하고 고개를 끄덕였다.

"만약 전투가 벌어져 주상께 무슨 일이 있었다면 그 무리는 군대에 급히 소식을 알리러 돌아가는 길이었겠죠. 급보를 날려 원군을 불러야 하는 거 아닙니까?"

"그렇지."

"그런데 조금도 서두르는 낌새가 없었어요. 기수를 타고 있어 걸음보다 몇 배나 빨랐지만, 그보다 더 서두를 수도 있었을 겁니다. 그런데 그런 모습으로는 보이지 않았어요. 심지어 그중에는 히죽거리며 웃는 자도 있었습니다. 아뇨, 확실히 표정이 보일 정도로 가까웠던 것은 아닙니다. 히죽거리는 것처럼 보인 건 기분 탓일 수도 있어요. 하지만 불어오는 바람에 실려 들린 목소리의 말투로 보아 적어도 놈들은 기뻐하고 있었어요. 그것도 노골적으로 기뻐하는 게 아니라 숨죽이며 기뻐했어요."

모종의 음습함을 느꼈다. 그래서 그와 형은 소리를 내지 않고 무리가 사라지는 모습을 지켜보았다. 발소리가 끊어지고 나서야 절벽을 내려와 가교로 돌아갔다고 한다.

"그게 뭐였을까 생각하고 있는데 주상의 모습이 사라졌다고. 난리가 나서 그 이야기를 건너들은 것이 이튿날이던가요. 어쩌면 그보다 하루 전이었는지도 모릅니다. 그래서 저와 형은……."

남자는 목이 메었다.

"아마도 그 산속에서 주상 신변에 무슨 일이 있었을 거라고. 왕사 안에 배신자가 있어 시해당하신 게 아니냐고."

줄곧 의심했으나 말하지 못했다. 처음에는 인정하고 싶지 않았으니까. 나중에는 위험해서 입 밖에 올리지 못했기 때문이다.

"그러한가……."

무리란 고료가 말하던 교소의 호위일 것이다. 아센 휘하다. 교소와 함께 갔다가 교소 없이 돌아왔다.

"고맙네. 잘 이야기해주었어."

남자는 울먹이는 눈으로 고개를 끄덕이고 뜸을 들였다가 물었다.

"혹시 주상을 찾고 계셨던 겁니까."

리사이는 이 말에 끄덕이는 고갯짓으로만 대답했다. 남자는 소매로 눈가를 훔쳤다.

"주상께서는 돌아가시고 말았습니다."

그렇지 않다고 말하고 싶었으나 자중했다. 불필요한 사실은 모르는 편이 낫다. 알리지 않는 편이 서로를 위해 낫다.

남자는 한차례 울더니 고개를 깊이 숙이고 물러났다.

006

교소를 데려간 집단이 산을 올라갔다가 교소 없이 내려갔다.

교시는 그 의미의 무게에 암담한 심정이었다.

"리사이 님이 함양산에 단서가 있다고 말씀하신 것이 그런 뜻이었습니까? 주상은 함양산에서 습격을 받았다고요. 분명히 어지간한 기수의 다리라면 함양산까지 하루면 충분히 왕복할 수 있습니다만."

기이쓰가 묻자 리사이는 고개를 끄덕였다.

"그것 말고도 교소 님의 허리띠 조각이 함양산에서 나온 짐 안에서 발견되었다. 배후에서 공격을 받았는지 날카롭게 잘리고 혈흔까지 묻어 있었다. 아마도 공격받은 그 자리에서 떨어졌겠지."

"그랬군요……."

기이쓰는 작게 말하고서 생각에 잠긴 듯 눈을 내리떴다. 호토가 말했다.

"그 무리의 모습으로 생각건대 교소 님께서 스스로 행군 대열에서 벗어난 것은 틀림없는 것 같군요. 아센군의 증언이니 신용할 수 없다고 생각했는데요."

"그런 것 같군."

리사이는 의아해하는 표정을 지었다.

"교소 님은 어찌하여 스스로 대열을 벗어나셨을까."

보통은 생각할 수 없는 일이라고 리사이는 말했다. 호토도 마찬가지다.

“지구의 사당에서 교소 님을 보았다는 증언이 있었지요. 검붉은 갑옷의 부장과 일반인인 듯한 남자가 이야기를 나누고 있었다던가.”

“검붉은 갑옷은 호위인가. 고료도 일양 정도가 함께 사라졌다고 했으니 그들이 장비를 갖춘 호위 부대였겠지. 지구에 있던 병졸은 호위를 위해 동행했다. 그러면 문제는 백성 쪽이야.”

“평범한 백성이 주상을 뵐 수 있을까요?”

“보통은 불가능하지. 깊은 인연이 있든가 사정이 있었을 거야. 아니, 그래도 어려운가. 소겐과 에이쇼도 몰랐던 모양이니까. 가능성으로 생각할 수 있는 건 아센군의 누군가를 통해 소개받아 면담을 청한 거겠지. 그것도 보통 병졸이 아니야. 그때 아센군을 지휘한 것은 아마 힌켄이었던가.”

“어떤 분인가요.”

리사이는 고개를 갸웃했다.

“나도 잘은 모르겠군. 직접 면식은 거의 없어. 아센군의 사수로 특별히 유능하다는 이야기는 들은 적이 없군. 원래는 아센 휘하가 아니었을 거야. 교왕 시대에는 다른 장군 밑에 있었다고 하지 않았던가.”

일군을 통째로 휘하로 편성하기란 불가능하다. 리사이의 군도 마찬가지였다. 다섯 명 있던 사수는 처음부터 휘하였지만, 그 아래 여수 이하에도 하관부의 명령으로 받아들인 병졸도 있었고 지휘관도 있었다. 평판 나쁜 부대를 떠맡은 적도 있다.

"특별히 문제가 있다는 이야기도 들은 적이 없지만. 존재감이 없다고 해야 하나."

"그럼 힌켄인가 하는 사수가 소개한다 해도 교소 님을 뵙기는 어렵겠군요."

"글쎄. 분명히 힌켄은 힘 있는 사수가 아니었지만, 어떻든 아센군을 대표하여 다른 사수와 병졸을 지휘하는 지위에 있었어. 장수로서 교소 님이 이끄는 형태였지만 어디까지나 빌린 군대다. 그러면 예의상 힌켄을 가볍게 여길 수야 없지. 오히려 힌켄이 부탁한다고 하면 거절하기 어렵지."

"그럼 힌켄이 주선해서 소개했다?"

"그럴 가능성은 크겠지. 지구에서의 회합 결과, 교소 님은 스스로 대열을 벗어나게 되셨다. 소겐과 에이쇼에게는 면담을 숨겼으니까 대열을 벗어나 따로 행동하는 것도 숨겼다."

"그러니까 유인해냈다는 건가요."

기이쓰는 의아하게 여겼다.

"지나치게 부주의했던 것 아닌지요."

"결과를 보면 그렇지만."

리사이는 망연자실했다.

"하지만 교소 님도 이상하다고 느끼신 게 아닐까. 그러니까 전날 밤 소겐에게 병사를 빌리신 거야."

호토는 "아, 그런가" 하고 작게 손뼉을 쳤다.

"힌켄의 중계로 누군가 면담을 요청했다. 교소 님은 제반의 사정으로 이를 거절할 수 없었다. 누군가는 은밀히 따로 행동하도록 유도했고 교소 님은 그에 응했지만 수상하게 여겼다. 만에 하나를 위해 병사를 빌려 몰래 자신들을 지켜보게 했다는 거로군요."

"그리 생각하는 것이 자연스럽겠지. 하지만 그 감시인들은 돌아오지 않았어. 무슨 일이 있었을 때 현장에 달려가 교소 님과 함께 공격을 받았다고 생각해야겠지."

"그리고 그 현장이 함양산."

리사이는 고개를 끄덕였지만 기이쓰는 갸웃거렸다.

"그러나 함양산으로 한정 지을 일은 아니지 않습니까. 그 샛길은 저도 아는데 가교 서쪽에서 북쪽으로 올라 용계龍溪로 나가는 길입니다. 분명 용계에서 서쪽으로 가면 철위, 동쪽으로 가면 함양산이지만 함양산과 철위를 잇는 길을 따라 고을이 여럿 있습니다."

"사람 사는 고을에서 흉계를 저지르지는 않겠지요."

호토가 말했다.

"그렇다면 더욱 일부러 함양산까지 갈까요. 함양산에도 사람 눈은 있습니다. 오히려 그 산길이야말로 습격에 적합하지 않은가요. 변변한 인가도 없는 쓸쓸한 길이에요. 길 위 어디에서든 주상을 공격하는 것이 가능했겠지요."

"그건…… 분명 그렇군요."

호토는 납득한 것 같았지만 리사이는 아니었다.

"그러면 함양산의 짐에서 교소 님의 허리띠가 발견된 이유를 알 수 없다. 당시 함양산의 조업 상태는 어땠지?"

기이쓰는 다시 떠올리듯이 한동안 고개를 갸웃거리고 있었다.

"그러고 보니…… 그 무렵에 함양산은 조업을 중단했을지도 모르겠군요. 함양산뿐만 아니라 부근 일대를 화적이 휩쓸어서 주민이 도망쳐 온 기억이 있습니다."

"아센이 화적을 조종했어. 습격 장소를 함양산으로 정했으니까 화적을 이용해 사람을 쫓아낸 것 아닐까."

"그래도 일대에서 사람들을 다 내보냈으니 함양산일 필요는 없습니다."

"어느 정도 닫힌 장소가 아니면 공격에 실패했을 때 놓칠 수 있다. 그래서 함양산을 고르지 않았을까. 어쨌거나 함양산에서 실제로 허리띠가……."

리사이의 말을 기이쓰가 가로막았다.

"그게 이상해요. 아센이 주상을 습격했다, 정확히는 호위로 파견한 수하에게 습격하게 한 것이군요? 그 시점에서 아센은 표면적으로 적대한 것은 아니지요? 그렇다면 아센의 부하가 주상을 습격한 일은 절대로 알려져서는 안 되었을 겁니다. 습격한 현장에서는 증거가 될 만한 물건은 철저하게 없애지 않았을까요. 잘려서 그 자리에 떨어진 물건을 그대로 방치할 리가 없습니다."

리사이는 눈살을 찌푸렸다.

"……그렇군."

"게다가 애써 유인해놓고 호위로 붙인 자들로만 습격한 것도 이상합니다. 저라면 유인한 장소에 아군을 숨겨두겠어요. 눈에 띄지 않는 곳에 군사를 숨겨두지 않았을까요. 그곳에서 덮쳐 주상의 옥체와 함께 위험한 것을 전부 처분했다. 처분한 곳이 함양산이었던 것 아닐까요."

함양산 주변이라면 환기를 위한 수혈이나 낙반으로 생긴 균열, 시굴을 위한 갱도 등 던져 넣을 곳은 널렸다고 기이쓰는 말했다.

"잠시만 기다리십시오."

호토가 소리쳤다.

"그렇게까지 하면 교소 님도 살아남기는 어렵지 않겠습니까.

교소 님은 지금도 살아 계시니까요."

"이전에도 그리 말씀하셨지만 틀림없이 사실입니까."

기이쓰는 묻고서 얼굴을 숙였다.

"그야…… 저도 주상께서 돌아가셨다고 믿고 싶지 않아요. 하오나……."

"살아 계신다. 절대로 틀림없어."

리사이는 단호하게 주장했다.

"하오나…… 그렇다면 주상은 어찌하여 육 년 동안 침묵하고 계십니까?"

리사이는 말문이 막혔다.

"대국의 지금 상황을 모르시는 걸까요. 아시면서도 침묵하고 계신 겁니까? 어찌하여 대국을 구해주시지 않는 겁니까."

"목소리를 내고 싶어도 낼 수 없는 상황이 아니겠습니까?"

교시가 끼어들었다.

"예전에 고료에게 들었어요. 대국은 사이에 끼어 손을 쓸 수 없는 상태라고요."

"사이에 낀 상태?"

기이쓰가 의아한 표정으로 되물었다.

"대국을 구하려면 아센을 쳐야 합니다. 아센을 치려면 그만한 병력이 필요하죠. 주상이 들고일어나 아센을 규탄하면 병력은 얼마든지 모을 수 있고, 몸을 숨긴 휘하도 달려올 겁니다. 그러나 들고일어난 순간 아센이 공격해 올 거예요. 병력이 급히 달려올 여유 따위 주지 않을 거라고요."

"아아…… 그야 그렇겠지요."

"들고일어나면 아센을 칠 수 있지만 그러기 전에 공격받겠죠. 게다가 그때는 죄도 없는 백성까지 휘말릴 겁니다. 그걸 염려하여 주상의 휘하는 지금도 숨어 지낸 채 어떤 소문도 들리지 않아요. 이는 주상도 마찬가지 아닐까요."

"그 말이 맞는다."

리사이는 크게 고개를 끄덕였다. 교시가 말했다.

"주상은 살아 계시니 어딘가에 몸을 숨기고 계실 겁니다. 아마도 대국의 지금 상황을 보며 근심하고 계시겠죠. 하지만 움직일 수 없는 상황일 거예요."

"그건 알겠습니다……. 그렇다면 어디에서요?"

기이쓰가 물었다.

"그러니까 찾아야 합니다. 단서가 될 물건은 허리띠밖에 없습니다. 내버린 것이든 아니든 간에 함양산과 관련이 있는 것은 확실하니 단서를 찾으려면 일단 함양산에 가야 합니다."

"하지만…… 함양산은 현재……."

"어떻게든 들어갈 방법을 찾아보죠."